紅色地址簿

Den Röda Adressboken

Sofia Lundberg

蘇菲亞・倫德伯格——著　華靜文——譯

致桃麗絲，天堂裡最美的天使。
你給了我呼吸的空氣，你給了我飛翔的翅膀。
致奧斯卡，我最珍貴的寶貝。

1

鹽瓶。藥盒。裝潤喉糖的碗。橢圓形塑膠盒裡的血壓計。繫著紅色蕾絲帶的放大鏡，帶子上打了三個大大的結，是從耶誕節的窗簾上摘下來的。號碼鍵放大的電話機。已經舊了的紅色皮面地址簿，封皮的角已經捲曲，露出裡面泛黃的頁面。她把所有這些東西都小心地整理好，放在廚房桌子中央。一定要乾淨整潔。熨過的淡藍色亞麻桌布上沒有一絲褶皺。

然後，她平靜地看著窗外的街道和陰沉的天氣。打傘的人，沒打傘的人，都步履匆匆。樹上光禿禿的。雨水和著泥，從瀝青路上的碎石縫裡流過。

一隻松鼠沿著樹枝衝過來，讓她的眼神裡閃過一絲喜色。她往前探了探身子，仔細地看著這個毛茸茸的小傢伙。牠的身子在樹枝間輕盈地跳來跳去，濃密的尾巴擺來擺去。接著，牠跳到地上，消失在馬路上，去探索新的旅程了。該吃飯了吧，她心裡想，摸了摸肚子。她顫巍巍地拿起放大鏡，想看看金錶上是幾點。可數字還是太小了，根本看不清，她只好放棄。她雙手平靜地拍著膝蓋，閉上眼睛，等待大門響起熟悉的聲音。

「你睡著了嗎，桃麗絲？」

一個很大的聲音將她驚醒。她感到一隻手放在了自己肩上，年輕的看護人彎下腰來看她，她忍住睏意，擠出一絲微笑，點點頭。

「我一定是睡著了。」她清了清喉嚨。

「來，喝點水。」看護人迅速端出一杯水，桃麗絲喝了幾口。

「謝謝……不好意思，我記不起你的名字了。」又是一個新人。之前的那位走了，回學校讀書了。

「桃麗絲，是我，烏爾莉卡。你今天怎麼樣？」她問道，但是並沒有停下來聽桃麗絲的回答。她靜靜地看著烏爾莉卡在廚房裡手忙腳亂地把胡椒罐拿出來，把鹽罐放進食品櫃。桌布也被她弄得皺巴巴的。

桃麗絲也沒有回答。

「我跟你說過，不能再多吃鹽了。」烏爾莉卡手裡拿著速食桶，嚴厲地看了她一眼。桃麗絲點點頭。烏爾莉卡把塑膠薄膜撕開，桃麗絲嘆了口氣。醬料、馬鈴薯、魚和豌豆，都混在一起，一股腦地倒在一個棕色的陶瓷餐盤上。烏爾莉卡把盤子放進微波爐，轉到兩分鐘的地方。微波爐嗡嗡地響起來，魚的味道慢慢飄滿了整個公寓。此刻，烏爾莉卡開始整理桃麗絲的東西：她把報紙和信件胡亂地堆在一起，把洗碗機裡的碗拿出來。

「外面冷嗎？」桃麗絲又看著窗外的大雨。她已經記不清上次出門是什麼時候了。是夏天吧。也可能是春天。

「冷。呃，冬天要來了。今天的雨點簡直就像小冰雹一樣。我真慶幸我有車，不用走路。我在你這條街上找到一個停車位，就在門外。這裡停車比我在郊區住的地方難多了。城裡真是沒救了，但有時候運氣好。」烏爾莉卡說了一堆，然後輕輕哼起了歌。桃麗絲聽出那是廣播裡放過的一首流行歌。烏爾莉卡轉身去打掃臥室。桃麗絲聽到乒乒乓乓的聲音，默默祈禱自己鍾愛的那個手繪花瓶不要被碰倒。

烏爾莉卡回來了，手裡托著一條裙子。是酒紅色的泡泡袖羊毛連衣裙，摺邊處還垂著一根線。桃麗絲上次穿這條裙子時，想把它扯鬆一些，但由於背部的疼痛，她搆不到膝蓋以下的地方。她伸出手來想接過裙子，但烏爾莉卡突然轉身把裙子扔在了椅子上，接著又回來幫桃麗絲脫睡袍。她把桃麗絲的胳膊輕輕抬起，後背的疼痛立刻傳到了肩膀，桃麗絲輕輕哼了一聲。不論白天黑夜，疼痛一直都在，時刻提醒著她自己的身體正在老去。

「你得站起來。我數一二三，就扶你起來，好嗎？」烏爾莉卡一隻胳膊摟著她，幫她站起身，脫下睡袍。於是她就那麼站在廚房裡，在陰冷的陽光下，身上只穿著內衣。內衣也得換掉。烏爾莉卡解開她的胸衣，桃麗絲用一隻胳膊遮住自己。她的乳房鬆鬆垮垮地垂向腹部。

「哦，可憐的人兒，你在發抖！來吧，我們去浴室。」

烏爾莉卡攙著她的手，桃麗絲小心遲疑地邁著步子。她感到自己的乳房晃來晃去，便用一隻胳膊緊緊按住它們。浴室裡暖和多了，因為瓷磚下面有地暖。她把拖鞋踢掉，享受腳下的溫度。

「好，我們穿這條裙子。抬起手臂。」

桃麗絲照做了，但手臂只能抬到胸口的位置。烏爾莉卡把衣服扯來扯去，終於幫她穿上了。

她抬起頭，烏爾莉卡笑了。

「嘿！這顏色真漂亮，很適合你。你想塗點口紅嗎？要不要再來點腮紅？」

化妝品就在洗手池旁邊的小桌子上。烏爾莉卡拿起口紅，但桃麗絲搖搖頭，把頭扭向一邊。

「飯好了嗎？」回廚房的路上，她問。

「啊！飯！我真是個傻瓜，居然忘得一乾二淨。我得把飯重新熱一下。」

烏爾莉卡匆忙走向微波爐，把門打開，又啪地關上，轉到一分鐘，按下啟動鍵。她又倒了一杯越橘汁，和餐盤一起放在餐桌上。桃麗絲看到那一堆亂七八糟像漿糊一樣的食物，皺了皺鼻子，但飢餓讓她還是拿起了叉子。

烏爾莉卡在她對面坐下，手裡端著一個杯子。是上面有手繪玫瑰的那個杯子。桃麗絲一直捨不得用，怕不小心打碎了。

「這個咖啡是比利時金牌吧？」烏爾莉卡笑著說，「是吧？」

桃麗絲點點頭，眼睛盯著那個杯子。

可別摔了它。

兩個人都沒再說話。過了一會兒，烏爾莉卡問：「你吃飽了嗎？」桃麗絲點點頭，她便起身把餐盤收走。她回來時又端了一杯咖啡，用的是赫格納斯（Höganäs）的深藍色杯子。

「給你。我們終於可以休息一下了哈。」

「這天氣，一直下雨，下雨，下雨。好像不打算停了。」

烏爾莉卡笑著，又坐下來。

桃麗絲剛想回答，烏爾莉卡又接著說：

「我不記得幼稚園裡有沒有多餘的內衣褲了。小傢伙們今天可能會淋濕。算了，他們應該可以借備用衣物。不然我今天就會接到一個光著腳發脾氣的小孩。我總是擔心孩子們。但我想你應該知道有孩子的感覺吧。你有幾個孩子？」

桃麗絲搖搖頭。

「一個都沒有嗎？可憐的人兒，所以從來沒人來看你嗎？你從來沒結過婚嗎？」看護的追問很讓她驚訝。人們一般不問這些問題，至少不會這麼直接地問。

「但你肯定有朋友吧？他們會不時地過來？不管怎麼說，那個看上去可夠厚的。」她指指桌上的地址簿。

桃麗絲沒有回答。

「好了，聽著，」烏爾莉卡接著說，「我得趕緊走了。我們下次再聊。」

烏爾莉卡把杯子都放進洗碗機，包括手繪的那只。然後她用洗碗布擦了一下檯面，便啟動了機器。桃麗絲還沒反應過來，她已經出了門。桃麗絲透過窗戶，看著烏爾莉卡邊走邊穿上大衣，然後鑽進一輛門上貼著當地政府標誌的紅色小車。桃麗絲邁著小心的步子走到洗碗機前。她把手繪的杯子拿出來，認真地洗乾淨，然後放進櫃子最裡面，藏在高高的甜點碗後面。她從各個角度檢查了一遍，確保看不見了，才滿意地重新坐在餐桌旁，輕輕撫平桌布上的褶皺。她把藥瓶、潤喉糖、血壓計、放大鏡還有電話又重新整理好，放回原位。當她伸手去拿地址簿時，她遲疑了一下，沒再動它。她已經很久沒有打開地址簿了。她翻開封面，第一頁上有一串姓名。每一個都被劃掉了。空白的地方被她寫了幾處，都只有兩個字：已逝。

A. 埃里克．阿爾姆

有很多名字，從我們的人生中經過。你想過嗎，珍妮？這些名字走來，又離開。讓我們心碎，又讓我們流淚。有些成了愛人，有些成了敵人。有時我會翻翻我的地址簿。它就像是我人生的一張地圖。我想跟你講講它的故事，這樣，將來你作為唯一一位還記得我的人，也會記得我的人生。它就像是對我人生的一種證明。我把我的記憶給你，記憶是我擁有的最美好的東西了。

一九二八年。我十歲生日那一天。當我看到包裹的那一刻，我就知道裡面一定藏著什麼特別的東西。我能從父親眼中閃著的光裡看出來。他那深色的眼睛，平時總是沉心於其他事，此刻卻期盼地等著我的反應。禮物用薄薄的漂亮的棉紙包著，我用指尖輕輕摩挲著。棉紙的表面很精緻，有各種各樣的花紋。上面還繫著絲帶：一條厚實的紅色絲帶。那是我見過的最漂亮的包裹了。

「打開，打開！」艾格尼絲，我兩歲大的妹妹，正興奮地趴在餐桌上，兩隻手都撐在桌布上。母親輕聲嗔怪了她。

「快打開吧！」父親也有點坐不住了。

我用拇指摸了摸絲帶，才將兩端輕輕一拉，打開了。裡面是一本地址簿，亮閃閃的紅色封皮還散發出染料的刺鼻氣味。

「你可以把所有的朋友都記在裡面，」父親笑著說，「記下你以後在去過的所有令人激動的地方遇到的所有人。這樣你就不會忘記。」

他把地址簿從我手中拿過來，打開。在字母A下面，他已經寫上了自己的名字，埃里克．阿爾姆，還有他工作室的地址和電話號碼。那部電話是最近剛剛裝上的，讓他頗為自豪。我們家裡還沒有電話呢。

父親很高大。我不是指身體上的高大。他的個子一點都不高。而是，家裡好像永遠裝不下他的各種想法，他好像總是漫遊在更寬廣的世界裡，去那些未知的地方。我常常感覺他並不想和我們一起待在家裡。他不喜歡那些瑣事，不喜歡日常生活。他渴望知識，他把家裡裝滿了書。我記得他的話不多，連跟母親都沒什麼話。他就坐在那裡，與他的書為伴。有時，我會爬上他的膝蓋，跟他一起坐在扶手椅裡。他從不反抗，只是把我往旁邊推一推，不會擋住他看書裡的文字和圖案。他的身上有種甜甜的像是木頭的味道，頭髮裡也總是有木屑。他的手很粗糙，還有裂口。每天晚上，他都會抹上凡士林，然後戴上薄薄的棉手套睡覺。

我用手輕輕抱住他的脖子。我們就那樣坐著，在我們自己的小世界裡。我跟他一起，踏上思想的旅程。他在牆上釘了一幅巨大的世界地圖，當他讀到關於不同國家和文化的書，就用大頭針在地圖上做標記，就像自己已經去過一樣。有一天，他說，有朝一日他會去看看世界。然後在大頭針上標上數字，1、2、3，按照他所設定的順序給那些地方編上號。或許他更適合當個探險家？

可是，他繼承了爺爺的工作室，一個必須完成的使命。他每天早上都去工作室裡跟他的學徒一起工作，即便在爺爺去世之後，他仍然守著那個毫無生氣的地方，四周的牆邊堆滿了木板，空氣裡充斥著松節油和白酒的刺鼻氣味。我們這些孩子通常只被允許在門口遠遠地看著。外面，白色的玫瑰花爬上了深褐色的木頭牆。花謝時，我們就把掉在地上的花瓣撿起來，泡在盛著水的碗裡；這就是我們自製的香水，我們把它灑在脖子上。

我記得到處都是一堆堆還沒完工的桌子椅子、木屑，還有碎木塊。牆上掛著各種工具：鑿子、鋸子、木工刀、錘子。所有東西都有自己的位置。父親從他的木工凳後面可以看到每一個角落。他耳後夾著一支鉛筆，穿著一件厚厚的已經有裂紋的棕色皮圍裙。不論春夏秋冬，他總是工作到天黑才回家，回到他的扶手椅裡。

父親，他的靈魂仍然在這兒，在我心裡。他自己做的椅子上鋪著母親織的坐墊，上面放著一堆報紙。他一心想去闖蕩闖蕩。而他最終只在家裡的四面牆中間留下了一點印記：手工小雕像；為母親做的搖椅，上面有他親手雕刻的精美花紋；還有書架，裡面還放著他的一些書。這就是我父親。

2

即使很小的動作也需要很強的心力和體力。她把腿向前挪動了幾公分，然後暫停，把手放在椅子的扶手上。一次一小步，再休息。她把腳跟往前探，一手抓住扶手，一手扶著餐桌，還把上身前後晃一晃，想給身體一點慣性的力量。她坐的椅子有著高高的柔軟的靠背，椅腳下面墊了塑膠杯，把椅子抬高了幾公分。不過，她還是花了很長時間才站起來。第三次，她終於成功了。然後，她不得不停住，低下頭，雙手扶著餐桌，等這一陣眩暈過去。

她每天的鍛鍊就是在自己的小公寓裡散步。從廚房走到門廳，繞過客廳的沙發，停下來把窗台上紅色秋海棠的枯葉摘掉，再到臥室，到書桌那裡。書桌上的電腦現在對她格外重要。她小心翼翼地坐下，這張椅子的腳下面也墊著塑膠，由於椅子被墊得很高，她的大腿幾乎沒法放在書桌下面。她掀開螢幕，聽到硬碟啟動的熟悉的低聲轟鳴。她點開桌面的瀏覽器圖示，首頁是報紙的網路版。每天，她都感嘆偌大的世界居然能存在這麼小的電腦裡，能讓她這個在斯德哥爾摩的孤身女人，只要願意，就能與世界各地的人保持聯繫。科技讓她的生活充實，讓她對死亡的等待不再那麼難熬。她每天下午都坐在這兒，如果失眠的話，連清晨和深夜也是。她的上一個看護——瑪莉亞教她學會了用電腦。Skype，臉書，郵件。瑪莉亞說，想學習新東西，永遠都不嫌老。桃麗絲表示贊同，並且說，要想實現夢想，永遠都不嫌老。在那之後不久，瑪莉亞就辭職了，她要回學校讀書了。

烏爾莉卡對電腦好像不太感興趣。她從來沒有提起過電腦，也從沒問過桃麗絲在做什麼。她只是每天打掃房間的時候給它擦擦灰塵，心裡想著自己要做的事。不過，說不定她也用臉書？好像大部分人都用。連桃麗絲都有臉書帳戶，是瑪莉亞幫她註冊的。她還有三個朋友，瑪莉亞是其中一個。還有她的外甥孫女珍妮，在舊金山，還有珍妮的大兒子傑克。她不時看看他們過得怎麼樣，關注一下來自另一個世界的圖片和事件。有時，她還研究他們的朋友的生活，看人家的公開資料。

她的手指仍然可以工作。只是比以前慢了些，而且有時會疼，強迫她停下來休息。她把自己的記憶寫下來，回顧自己的一生。她希望自己死後，發現這一切的人是珍妮。她希望珍妮能讀她的文字，笑著看她的照片。她希望珍妮繼承自己所有美好的東西：傢俱、畫、手繪的茶杯。這些東西不會被直接扔掉吧？這個念頭讓她禁不住渾身發抖，於是把手指伸向鍵盤開始寫作，不再胡思亂想。「外面，白色的玫瑰花爬上了深褐色的木頭牆。」今天她寫下這句。就一句話。接著，她便平靜下來，開始在記憶的海洋中遨遊。

A. 埃里克‧阿爾姆 已逝

你聽過真正絕望的吼叫嗎，珍妮？那種絕望的哭喊？發自心底的尖叫，滲透到周遭的一切，讓所有人都為之動容？我聽過幾次，但每次都讓我想起第一次，也是最可怕的一次。

那是從內院傳來的。父親站在那裡。他的叫聲在院子的石牆間迴盪，鮮血從他的手上湧出來，把草地上的霜都染紅了。他的手腕上楔進了一個鑽頭。他的聲音越來越弱，最後，他倒在地上。我們很多人跑下樓梯，跑進院子，跑向父親。母親把她的圍裙綁在他的手腕上，把他的手臂抬高。她大聲求助，她的哭喊和父親的叫聲一樣響。父親臉色慘白，嘴唇發紫。之後的一切都模糊了。有人把他抬到大街上，抬上一輛車，開走了。牆邊灌木叢裡快要枯萎的白玫瑰上結著霜，孤零零的留在那裡。等大家都走了，我還站在原地，看著那朵花。它是倖存者。我向上帝祈禱，希望父親也能找到同樣的力量。

後面的幾星期都是焦急的等待。每天，我們都看到母親把早餐剩下的粥、牛奶和麵包打包帶去醫院。但經常又原封不動地帶回來。

有一天，她回來了，父親的衣服搭在籃子上，籃子裡仍然裝滿了食物。她的眼睛又紅又腫，紅得像父親中毒的血液。

一切都停止了。生命終結了。不僅僅對父親，也對我們所有人。在那個結著霜的十一月的早晨，他絕望的喊聲殘忍地結束了我的童年。

S. 多明尼克．塞拉芬

夜裡的淚水不是我的，但它們已深入我的靈魂，有時我會醒來，以為自己在哭。每天晚上，等我們上床以後，母親就坐在廚房的搖椅上，我已經習慣了在她的抽泣中睡著。她一邊縫縫補補一邊哭，她的哭聲一陣一陣，瀰漫整個房間，穿過天花板，傳到我們的耳朵裡。她以為我們睡著了。我們沒有。我能聽到她把鼻涕吸回去，咽下去。我能感受到她被丟下的絕望，還有再也不能在父親的庇護下安定生活的絕望。

我也很想他。他再也不會坐在扶手椅裡，沉浸在書裡了。我再也不能爬上他的膝蓋，跟他一起遨遊世界了。在我的記憶中，兒時得到的擁抱都是父親給我的。

那幾個月很艱難。我們早餐和晚餐吃的粥越來越稀了。我們從樹林裡摘回來曬乾的漿果也快要吃完了。一天，母親用父親的槍打死了一隻鴿子，把它燉了。那是父親走後我們第一次吃飽飯，第一次吃到面頰微紅，第一次笑。但笑聲很快就沒了。

「你年紀最大，你得自己照顧自己了。」她把一張紙塞到我手裡。我看到她的綠色眼睛裡湧出淚水。她轉過身去，拿起一塊濕抹布，瘋了似的擦我們剛剛用過的盤子。廚房成了我對童年的回憶。我清楚地記得一切。母親忙著縫的那條藍裙子就搭在板凳上。鍋裡的燉馬鈴薯和冒著的氣泡，快要燒乾了。孤零零的蠟燭，給屋子帶來微弱的亮光。母親在水池和餐桌間來來回回。她一動，裙子就在她腿邊晃一下。

「什麼意思？」我終於問。

她停了一下，沒有轉身看我。

「你要趕我走嗎？」我又問。

沒有回答。

「說話呀！你在趕我走嗎？」

她低頭看著水池。

「你現在長大了，桃麗絲，你得理解。我給你找的工作很不錯。你也看到了，那兒離這裡並不遠。我們仍然能見面。」

「那我不上學了？」

母親抬頭直愣愣地看著前方。

「父親絕不會允許你這麼早就讓我輟學。絕不！我還沒有準備好！」我朝她大喊。艾格尼絲也在她的小椅子裡緊張地嗚咽起來。

我重重地坐在餐桌邊大哭起來。母親在我身邊坐下，一隻手放在我的額頭。她的手剛洗過碗，又濕又涼。

「別哭了，我的寶貝。」她輕聲說，她的頭靠著我的頭。屋子裡安靜極了，我幾乎能聽到她的淚水滾下臉頰，和我的混在一起。

「你每週日休息，那天你可以回來。」

她的輕聲安慰在我耳邊漸漸模糊，最後，我在她懷裡睡著了。

第二天早上，我醒來後，認識到了這個殘酷而無法改變的現實：我將不得不離開家，離開這個安全的港灣，去一個完全陌生的地方。母親遞給我一包衣服，我沒有反抗，接了過來，但在告別時，我無法看她的眼睛。我擁抱了妹妹，然後就走了，什麼也沒說。我一手拎著包，一手拿著父親的三本書，書用粗繩子紮成一捆。在我大衣口袋裡的那張紙上寫著一個名字，是媽媽的花體字筆跡：「多明尼克・塞拉芬」。後面還有兩句嚴厲的指令：「端莊地行禮。正確地說話。」我緩慢地走過南城的大街小巷，朝那個名字下面的地址走去：巴斯圖街5號。那裡將是我的新家。

等我到了那兒，我在那棟摩登的建築前面停了好一會兒。窗戶很大，很漂亮，外面包著紅色的邊框。這座房子是石頭建的，有一條平整的小路通向院子。從我之前的家——那座樸素的、歷經風吹日曬的木頭房子走到這兒，還真是不短的路程。

一個女人出現在門廳。她穿著鋥亮的皮鞋和亮白色沒有腰身的裙子，頭上戴著米色的鐘形帽，一直蓋到耳朵，手臂上挎著一個同色系的小皮包。我窘迫地在自己那條已經磨破的及膝羊毛裙上搓著手，心裡想著誰會為我開門。多明尼克是男是女？我不知道，我從沒聽過這個名字。

我走得很慢，在擦得發亮的大理石台階上每走一步都頓一下。還剩兩階。深色橡木的雙開大門，比我見過的任何門都要高。我上前一步，拍了一下獅子頭形狀的門環。門環發出輕輕的回聲，我直直地看著獅子的眼睛。一個穿黑色裙子的女人開了門，向我行屈膝禮。我想把那張紙條打開給她看，可又來了另一個女人，黑衣女人立刻退到一旁，筆直地靠牆站著。

第二個女人有一頭紅棕色的頭髮，她把頭髮分成兩綹，在頸後編成一個厚厚的髮髻。她的脖子上戴著幾串白色的不規則的珍珠。她穿著及膝的綠寶石色的絲綢禮服和百褶裙，一走路就發出沙沙的聲音。她把我從上到下打量了一遍，從一個長長的黑色菸斗裡深深地吸了一口，然後朝天花板吐出煙霧。

「看看，我們這兒有這麼個漂亮的女孩。」她有著濃重的法國口音，嗓音由於抽菸有點沙啞。「你可以留下了。來，過來，到裡面來。」

說完，她轉身進了屋。我還站在門廳的地毯上，我的包就在前面的地上。黑衣女人對我點點頭，示意我跟著她進去。她帶我走過廚房，來到隔壁的女僕房間，那裡有一張小床是我的，旁邊還有兩張床。不用她說，我便拿起床上的工作服套在頭上。那時我還不知道，我是三名女僕中最小的一個，所以，別人不想幹的活都是我的。

這間公寓很大，裡面到處都是畫和雕塑，還有深色的木質傢俱。房間裡有菸味，還有一種我分辨不出的味道。白天，這裡總是安靜平和的，但晚上常常有客人。女人們穿著漂亮的衣服，戴著鑽石。男人們穿著西裝，戴著禮帽。他們穿著鞋進來，在客廳裡走來走去，彷彿這裡是家餐廳。空氣裡瀰漫著菸味，充斥著夾雜了英語、法語和瑞典語的對話。

這些夜晚，我聽到了以前從未聽過的觀點：男女同酬和女性接受教育的權利、哲學、藝術，還有文學。我還看到了以前從未見過的行為：大聲地笑、激烈地爭吵，還有在陽台窗前和角落裡公開接吻的男女。真是個截然不同的世界。

我會彎著腰穿過房間，收回客人們用過的酒杯和空酒瓶。穿著高跟鞋的腿邁著晃晃悠悠的步子走來走去；衣服上的金片裝飾和孔雀羽毛飄到地板上，卡在門廳寬寬的木地板之間。我得趴在地上用小刀把它們清理乾淨，一直到凌晨才能忙完。等夫人醒來，一切都得重新變回完美的樣子。我們很努力地工作，要讓她每天早上都看到桌布又熨得平平整整，桌子擦得鋥亮，玻璃杯閃亮無瑕。夫人總是睡到很晚才起床，她從臥室出來後，會把公寓的房間逐一檢查一遍。如果她發現了什麼問題，被批評的總是我。總是最小的挨批。很快，我便找到了規律，我會在她每天起床前自己在公寓裡再巡視一遍，把其他人做錯的地方重新做好。

我每天只能睡幾個小時，睡在硬邦邦的馬鬃床墊上。我的身體總是很累，因為長時間的工作，黑色工作服的接縫處總是磨到我的皮膚。還因為森嚴的等級和我挨的掌摑。還有那些把手放在我身上的男人。

N. 格斯塔．尼爾森

偶爾會有人喝得太醉，在公寓裡睡著，我對此已經習以為常了。我的任務就是把他們叫醒，讓他們離開。但這個人並沒有睡著。他只是直直地看著前面。一顆顆淚珠從他的臉頰慢慢滾下，他的眼睛盯著一位已經在躺椅上睡著的年輕人，那個人有一頭金棕色的卷髮，彷彿頭上有一圈光環。年輕人的襯衫釦子開了，露出黃色的背心。他胸前的皮膚曬得黝黑，上面用不規則的墨綠色線條畫著一個錨。

「對不起，您很難過，我……」

他轉過身，沉下肩膀靠在皮質的扶手上，半躺在躺椅上。

「愛是不可能的。」他含糊地說，向這個被他凝視已久的空蕩蕩的房間點點頭。

「您喝醉了。先生，請您起來吧，您得在夫人起床前離開這裡。」我努力讓自己的聲音聽起來很堅決。我使勁想把他拉起來，他握住了我的手。

「你沒看到嗎，小姐？」

「我沒看到什麼？」

「我很痛苦！」

「是的，我能看出來。回家睡一覺吧，痛苦就會減輕的。」

「就讓我坐在這兒看著這個完美的人兒吧。讓我感受這危險的電流。」

他在努力捕捉自己的情緒，有點語無倫次了。我搖搖頭。

那是我第一次見到這個纖瘦的男人，但顯然不會是最後一次。他經常在派對結束後留在公寓裡，陷入沉思，直到清晨的陽光照在南城的屋頂上。他叫格斯塔，格斯塔．尼爾森。他也住在這條街上，巴斯圖街25號。

「小桃麗絲，人在晚上思維真清楚。」每次我讓他離開，他都這麼說。然後他便搖搖晃晃地走進夜色，低著頭，耷拉著肩。他從來不把帽子戴正，總是穿一件很大的破舊的夾克，兩邊還不一樣高，彷彿他的背是彎的。他很英俊。他的臉經常曬得很黑，他有著經典的高鼻梁、薄嘴唇。他的眼神很友善，但常常有一種哀傷。他的火花熄滅了。

過了幾個月，我才意識到，他就是夫人很欣賞的那位藝術家。她臥室的牆上掛著他的畫，大幅的油畫，上面用鮮豔的色彩畫著各種正方形和三角形。沒有主題，只有色彩和形狀的碰撞。幾乎像是一個孩子隨心所欲的畫。我不喜歡他的畫，一點都不喜歡。但夫人買了又買，因為尤金王子也在買，還因為他的畫裡有一種別人無法理解的超現實主義現代性的電流。夫人欣賞他，因為他和她一樣，都是局外人。

夫人告訴我人和人很不一樣。她說，有時，別人希望我們做的未必總是正確的。我們有很多條路可以走，我們可能會走到困難的十字路口，但最終前途是平坦的。走點彎路沒關係。

格斯塔總是問很多問題。

「你更喜歡紅色還是藍色？」

「如果你可以去世界上任何一個國家，你想去哪兒？」

「一克朗可以買多少塊一歐爾[1]的糖？」

每次問完最後一個問題，他總是扔給我一個一克朗的硬幣。他用食指把硬幣彈到空中，然後我笑著接住。

「用它買點甜的，答應我。」

他看出來我還小，還是個孩子。他從未像其他男人那樣摸我的身體。他從不對我的嘴唇或正在發育的胸部評頭論足。有時，他甚至悄悄地幫我收玻璃杯，把它們放在客廳和廚房之間的走道上。如果夫人看見了，就會在事後給我一個耳光。她那粗粗的金戒指會在我臉上留下紅印。我就用一點麵粉蓋住。

[1] 一克朗等於一百歐爾。

3

「你好，桃麗絲姨奶奶！」

小孩子笑著，拚命向她招手，但他太靠近螢幕，桃麗絲只能看到他的指尖和眼睛。

「你好，大衛。」她也向他招手，然後把手放在唇邊給他一個飛吻。那時，鏡頭轉向了另一邊，飛吻被孩子的媽媽接到了。她聽到珍妮的笑聲，也笑了。笑是會傳染的。

「桃麗絲，你好嗎？你感到孤獨嗎？」珍妮歪著頭，離鏡頭很近，桃麗絲只能看到她的大眼珠。桃麗絲笑了。

「不，不，別擔心我。」她搖搖頭，「畢竟我還有你們。還有每天來的女孩。好極了。」

「真的嗎？」珍妮不太相信。

「千真萬確！好了，我們聊聊你吧，你最近在忙什麼？書寫得怎麼樣了？」

「啊，不，現在別提那個。我沒時間寫作，孩子們一秒鐘都離不開我，我沒法寫。」

「但你想寫啊，你一直想寫的。你糊弄不了我。想辦法找時間寫。」

「是啊，總有一天我要找時間寫，或許吧。可現在孩子們是最重要的。來，我給你看點東西。昨天蒂拉學會走路了，看她多可愛。」

珍妮把鏡頭轉向小女兒，小傢伙正在地板上啃一本雜誌的書角。珍妮把她扶起來，她哼哼唧唧，不願意自己站，腳一觸地就又一屁股賴在地上。

「來，蒂拉，走兩步好不好？給桃麗絲姨奶奶看看。」她又試了一次，這次是用瑞典語。

「站起來，走給姨奶奶看。」

「隨她玩吧。要是你才一歲，你也會覺得雜誌比地球另一端的老太太要好玩得多。」桃麗絲笑了。

珍妮嘆了口氣，抱起電腦來到廚房。

「你重新裝修了嗎？」

「是的，我沒告訴你嗎？看上去不錯吧？」她把電腦轉了一圈，傢俱都模糊成了一條線。桃麗絲跟著看了一圈。

「很好。你的裝潢品味不錯，你一向很擅長這個。」

「哦，我不知道。威利覺得太綠了。」

「你覺得呢？」

「我很喜歡。我喜歡淺綠色。這是媽媽家廚房裡的顏色，你還記得嗎？在紐約的那個小公寓裡。」

「不是在紐約吧？」

「是，那棟磚樓，想起來了嗎？小花園裡有梅子樹的那棟。」

「你是說在布魯克林嗎？是的，我想起來了。有一張大得不協調的餐桌。」

「對！就是那個！我都忘了那張餐桌了。媽媽和那位律師離婚時不肯放棄那張餐桌，於是他們只好把它鋸成兩半，才搬進了屋。那張桌子離牆太近了，我坐在那一側時都得縮著肚子。」

「是的，唉，那棟房子裡發生了很多瘋狂的事。」桃麗絲笑著回憶。

「我希望你聖誕能來。」

「我也想。很久沒去了。但我的後背不行了。心臟也有問題。我恐怕再也不能旅行了。」

「我還是希望。我想你。」

珍妮把電腦轉向爐台，站起身來，背對著桃麗絲。

「對不起，但我得做點小點心，很快的。」她拿出麵包和奶油，把哼哼唧唧的蒂拉抱上大腿。

桃麗絲耐心地看著珍妮在麵包上抹上奶油。

「你看起來很累。威利有幫你嗎？」等珍妮回到螢幕前，她問。蒂拉正坐在媽媽腿上，把三明治都貼到了臉上。奶油在她臉上融化了，她伸出舌頭去舔。珍妮一隻手抱著女兒，另一隻手端起水杯喝了一大口。

「他盡力了。他工作很忙，你知道嗎？他沒有時間。」

「你們倆呢？你們倆有與對方獨處的時間嗎？」

「幾乎沒有。不過情況有好轉。我們只需要熬過孩子小時候的幾年。他很好，他也很努力。養活整個家庭不是件容易的事。」

珍妮聳聳肩。

「向他求助。這樣你能有機會休息。」

珍妮點點頭。她吻了吻蒂拉的額頭，又聊回聖誕的話題。

「我真不希望你一個人過耶誕節。有人能陪你一起慶祝嗎？」她笑著問桃麗絲。

「別擔心，我已經一個人過了好多個耶誕節了。你要操心的事已經夠多了。讓孩子們過一個愉快的耶誕節，我就開心了。畢竟耶誕節是孩子們的節日。我看看，我已經跟大衛和蒂拉問過好了，傑克在哪兒呢？」

「傑克！」珍妮大聲喊道，沒人回答。她來回轉身，把蒂拉的三明治碰掉了。小女孩哭了起來。

「傑克！」珍妮的臉都紅了。她搖搖頭，把三明治從地板上撿起來，輕輕吹了吹，又遞給蒂拉。

「這傢伙沒救了。他在樓上，但他……我根本搞不懂他。傑克！！」

「他在成長。就像你自己十幾歲的時候。你還記得嗎？」

「我還記得嗎？我一點都不記得了。」珍妮大笑，用手捂住了眼睛。

「是啊，你那時候也很不安分。但是看看現在的你，多好。傑克也會好好的。」

「希望你說得對。為人父母有時真沒意思，這簡直不人道。」

「這是必然的，珍妮。本來就應該這樣。」

珍妮扯了扯她的白襯衫，發現沾到了一滴奶油，想把它擦掉。

「啊，我唯一一件乾淨的襯衫了。這下我穿什麼呢？」

「沒事，那個油點幾乎看不見。這件襯衫很適合你。你總是這麼漂亮！」

「現在我根本沒時間穿衣打扮。真不知道鄰居們是怎麼做到的。她們也有孩子，但她們每天都打扮得很漂亮。她們塗著口紅，頂著卷髮，穿著高跟鞋。如果我也打扮成那樣，估計到了晚上就跟廉價的妓女一樣狼狽了。

「珍妮！可別這麼說你自己。你在我眼裡可是個天生的美人胚子。你遺傳了你媽媽。她遺傳了我妹妹。」

「你當年才是真正的美人。」

「可能曾經是吧。所以我們都應該開心起來，對不對？」

「下次我過去，你再給我看看那些照片吧！你和奶奶年輕時的照片，我怎麼看都看不夠。」

「如果我能活到你下次來的時候。」

「不！別這麼說！你不會死的。親愛的桃麗絲，你得活著，你得……」

「你這個年紀應該能明白所有人都會死去，對吧，親愛的？我們都會死，這一點是毋庸置疑的。」

「呃，求你別說了。我得走了，傑克要上訓練課。你要是不掛斷的話，可以等他下樓來時跟他聊天。我們下週再聊。保重！」

珍妮把電腦放到門廳的板凳上，又大聲喊著傑克。這次，他立刻就下來了。他穿著足球服，肩膀已經跟門一樣寬了。他一步兩個台階跑下樓，眼睛盯著地板。

「跟桃麗絲姨奶奶問好。」珍妮的聲音很嚴肅。傑克抬起頭，對著小小的螢幕和桃麗絲好奇的臉點點頭。桃麗絲向他招手。

「嗨，傑克！你好嗎？」

「是的，我很好。」他的回答混雜著瑞典語和英語，「我得走了。拜拜，桃麗絲！」她把手伸到嘴邊，想給他一個飛吻。但珍妮已經掛斷了。

舊金山滿是閒聊、孩子、笑聲和叫聲的陽光明媚的午後消失了，取而代之的是黑暗和孤獨。還有寂靜。

桃麗絲關上電腦。她眯起眼睛看沙發上方的鐘，鐘擺滴答滴答，單調地來回擺動。她也跟著鐘擺的節奏在搖椅上前後搖動。她沒有力氣起身，便坐在那裡蓄積體力。她用兩隻手都扶著餐桌，想再試一次。這次，她的腿聽從了指令，向前走了幾步。這時，她聽到前門嘎吱一聲。

「啊，桃麗絲，你在鍛鍊身體嗎？真不錯。不過這兒好暗！」看護一邊說著，一邊快速走進公寓，打開所有的燈，把地上的東西撿起來。桃麗絲走進廚房，坐在最靠近窗戶的椅子上。慢慢整理她的東西。把鹽罐又放回電話後面。

N. 格斯塔・尼爾森

格斯塔是個充滿矛盾的人。在深夜和清晨，他很感性，充滿了淚水和疑慮。但接下來的晚上，他又渴望別人的注視。他以此為生。他需要成為對話的核心。他爬上桌子，放聲歌唱。他比其他任何人都笑得更大聲。遇到不同的政見，他會大喊大叫。他很喜歡談論失業問題和女性的痛苦。不過他談得最多的還是藝術。關於創作的神聖。這一點，假的藝術家永遠也不會懂。有一次，我問他為何能如此確信自己是真正的藝術家，他怎麼確定事實並非恰恰相反？他認真地把我拉到一邊，跟我講了一大堆關於立體派、未來主義和表現主義的理論。我聽得雲裡霧裡。我一臉茫然的表情讓他清脆地笑起來。

「小女孩，有一天你會懂的。形狀、線條、色彩。最棒的一點是，有了它們，你就能捕捉到所有生命背後的神聖原理。」

我覺得他很享受我不懂這一事實。我不像其他人那樣嚴肅地看待他，這反倒讓他感到輕鬆。這彷彿成了我們之間的秘密。我們會並排走在公寓裡，他有時會跑兩步跟上我。很快，他會悄聲說「這位年輕的女士有著我見過的最綠的眼睛和最平滑的臉龐」，而我總會臉紅。他總想讓我開心。在那個並不友善的環境裡，他成了我的安慰，他取代了我無比思念的母親和父親。他每次來，總會尋找我的眼睛，彷彿想確認我是否安好。他還會問我問題。很奇怪，有些人就是會互相吸引，就像格斯塔和我這樣。僅僅見過幾次之後，我和他彷彿就成了朋友，我總是期待他的來訪。他好像可以聽到我內心的聲音。

有時，他會帶著同伴來。他的同伴幾乎總是身材健碩、曬得黑黑的年輕男子，和那些經常參加夫人派對的時髦老練的文化菁英們大不相同。這些年輕人通常靜靜地坐在椅子上，等格斯塔喝完一杯又一杯紅酒。他們總是認真聽大家的談話，卻從不參與進來。

有一次我看到他們。夜很深了，夫人睡覺前，我去她的臥室幫她把枕頭拍蓬鬆。他和他的朋友站在格斯塔的兩幅畫前，就在夫人床的對面。他們彼此靠得很近，臉對著臉。他看到我進來，立刻放開手，好像觸電一樣。我們都沒說話，但格斯塔豎起一隻手指在嘴邊，直直地看著我的眼睛。我拍完枕頭便離開了臥室。格斯塔的朋友消失在走廊裡，跑出了大門。他再也沒有回來。

如今，人們都說瘋狂和創造力是好朋友，我們當中最有創造力的人最容易抑鬱、憂傷和患上強迫症。那時可沒人這麼想。那時，感到不高興被認為是醜陋的。大家不會談這些。大家都表現得高高興興的。夫人化著精緻的妝容，頭髮梳得一絲不苟，戴著閃閃發光的珠寶。但沒人聽到派對結束後、公寓安靜下來時，她沉溺於自己的思緒而痛苦地大哭。她開派對，就是為了暫時遠離那些思緒。

格斯塔參加派對也是為了這個。孤獨感讓他離開自己的公寓，那裡有好多賣不出去的畫堆在牆邊，時刻提醒他自己的貧窮。他清醒時總是有一種憂傷，就像我第一次見他時看到的那樣。每次，他都會坐在那兒，直到我要求他離開。他總想回到自己的巴黎。回到他鍾愛的美好生活。回到他的朋友、藝術和靈感身邊。但他始終沒有錢。他從夫人那裡不時地感受到一絲法國氣息，才得以生存。

一天晚上，他嘆氣道：「我不能畫畫了。」

我從來不知道該如何回應他的沮喪。

「為什麼這麼說？」

「我畫不出來。我再也看不見畫了。我看不見生命的顏色。不像以前了。」

「我一點兒都聽不懂。」我擠出一點笑容，用手輕輕摸摸他的肩。

我知道什麼呢？我只是個十三歲的女孩。我什麼都不知道。我對世界一無所知。我對藝術也一無所知。對我來說，好看的畫作應該真實地描繪現實，而不是通過扭曲的五顏六色的方格來組成同樣扭曲的形狀。我覺得他再也畫不出那些糟糕的畫說不定是一絲幸運。夫人還把那些畫買來堆在衣櫃裡，讓他能有飯吃。但是後來，我發現自己會駐足在他的畫作前，而忘了手裡還拿著雞毛撣子。色彩和筆觸的混亂有時會激發我的想像，天馬行空。我總能看到新的東西。隨著時間的推移，我喜歡上了那種感覺。

S. 多明尼克．塞拉芬

她總是閒不住。我聽其他女僕說過。派對讓她從凡事中抽身出來，讓她免於無聊。她的情緒起伏總是很突然，讓人無法捉摸。但總歸是有原因。她找到了一間更好、更大的公寓，離她喜歡的人也更近。

大概是我們初次見面的一年以後，她來到廚房。她的臀和肩靠在木製爐灶一側的爐牆上，一隻手擺弄著帽簷和繫在下巴上的帶子，還有脖子上的項鍊和戒指。她看起來有點緊張，彷彿她是僕人，而我們是主人，又彷彿她是個孩子，想讓大人允許她吃一塊餅乾。夫人平時都站得筆直，頭昂得很高。我們向她行禮，同時心裡恐怕都在想著自己是不是要失業了。貧困讓我們恐懼。和夫人在一起，我們不愁吃，儘管工作很辛苦，但生活得不錯。我們靜靜地站著，雙手緊握，垂在圍裙前，不時偷偷看她的表情。

她在遲疑。她來回看我們每一個人，彷彿正面臨一個艱難的決定。

「巴黎！」她終於說了出來，張開雙臂。她這一激動，壁爐架上的一個小陶瓷花瓶成了犧牲品，在我們腳邊碎了一地。我立刻彎腰去清理。

「桃麗絲，整理好你的東西，我們明早出發。其餘的人，你們可以回家了，我不需要你們了。」

她等著大家的反應。她看到其他人眼眶噙住的淚水，也看到了我眼中的渴望。大家都沒有說話，於是她轉過身去，頓了一下，便快步走開了。她在走廊裡喊了一句：

「我們搭七點的火車。在那之前你都是自由的！」

我很少感到這麼孤獨。上一次還是父親在世時，我的童年仍然安全有保障時，我邁向父親的夢，那是他曾在書裡教給我的。但那時，那個夢更像是噩夢。幾個小時後，我已經在南城的街上，絕望地想要盡快跑回母親家，同她擁抱，向她告別。她笑著，就像母親們總是表現的那樣，強忍住悲痛，緊緊地抱著我。我感到她的心跳得很強烈，很快。她的手心和額頭上都是汗。她的鼻子哽住了，我幾乎聽不出她的聲音。

「我祝願你有足夠的，」她在我的耳邊輕聲說，「足夠的陽光，照亮你的每一天；足夠的雨水，讓你更加感激陽光。足夠的快樂，強健你的靈魂；足夠的痛苦，讓你更加珍惜生活中的幸福瞬間。還有足夠的相遇，讓你能經常有機會道別。」

她好不容易說完，就再也忍不住淚水。最後，她鬆開我，進了屋。我聽到她還在咕噥著什麼，但不知道是在對我，還是在對她自己說。

「要堅強，要堅強，要堅強。」她重複了好幾遍。

「我也祝願你足夠的一切，媽媽！」我在她身後大聲喊。

艾格尼絲在外面的院子裡徘徊。我準備離開時，她死死地抱住了我。我讓她鬆開，她不肯。最後，我不得不把她胖乎乎的小手拿開，飛快地跑走了，生怕她追上我。我記得她的指甲縫裡還有泥土，她的灰色羊毛帽子上繡著紅色的小花。我走時她大聲地哭了，但很快就安靜了，可能是母親出來把她領回了家。即使現在，我仍然很後悔當時沒有回頭，後悔沒有再向她們揮手告別。

母親的話成了我人生的指明燈。只要一想起她的話，我就充滿了力量，充滿了克服困難的力量。困難常有。

於是，第二天早上，我坐上了去瑞士南部的搖搖晃晃的三等車廂。身邊全是陌生人，蜷在堅硬的木頭座椅上，那老舊的座椅讓我的後背很痛。車廂裡有一股發霉的味道，就像汗水和受了潮的厚重的羊毛混在一起，頻頻有人清喉嚨，擤鼻涕。每一站都有人下車，也有人上車。不時會有人帶了一籠雞或鴨，要從這個教區去那個教區。這些鳥兒的糞很難聞，粗厲的叫聲穿透整個車廂。

S. 多明尼克·塞拉芬

我還記得那晚的月亮，淡藍色夜空中的一抹銀色。還有夜空下的屋頂，陽台上晾著的衣服，上百個煙囪裡冒出的煤煙味。我還記得火車有節奏地軋過鐵軌的聲音，那聲音已經在漫長的旅途中成為我身體的一部分。過了好長時間，換了好幾次車，天色開始亮起來，我們終於快要到達巴黎北站了。我站起身，探出窗外，呼吸春天的氣息。我向街上光腳跑向鐵軌、伸手乞討的孩子們揮手。有人扔給他們一枚硬幣，他們就會停下來，圍著去爭搶那塊小小的財寶。

我緊緊按住自己的錢。我的錢放在一個小皮錢包裡，我用白色的帶子把它繫在裙子的腰上，每隔一會兒就會伸手摸摸，看看是不是還在。錢包的邊緣軟軟的，隔著皮面我就能摸出來。那些錢是我離家前，母親悄悄塞給我的，那是她全部的積蓄，從不輕易動用。也許她還是愛我的？我曾經很生她的氣，我常以為自己再也不想見到她。但同時，我對她的思念又無比強烈。我沒有一天不在想著她和艾格尼絲。

那個錢包成了我奔向新生活的一大安慰。錢包抵著我的肚子，讓我安心。車輪和煞車片的摩擦發出尖銳的聲音，我用手捂住耳朵，對面的男人笑了。我沒有回應他的笑，匆忙下了車。

一個搬運工把夫人的行李搬到黑色的鐵製推車上。車上的行李越堆越高，我把自己的包包放在兩隻腳中間。年輕的搬運工跑來跑去，臉因為冒汗而閃著光。他用袖子擦了擦額頭，額頭便成了泥土的棕色。包包、箱子、圓形的帽盒、椅子還有畫，一件接著一件被堆上了推車，很快就裝不下了。

人們推推搡搡地從我們身邊經過。最窮的乘客穿著髒兮兮的長裙，從上等車廂男士鋥亮的皮鞋和熨得筆挺的西褲旁邊蹭過去。但優雅的女士們都耐心地等著。一直等到月台終於空了，二等和三等車廂的乘客都走光了，她們才踩著高跟鞋慢慢地走下車廂的三級鐵樓梯。

夫人看到我站在那兒等著她，忍不住笑了。不過，她跟我說的第一句話並不是問候。她嘆了口氣，說起漫長的旅途和無聊的旅伴，還有她疼痛的後背和不舒服的座椅。她的話裡摻雜著瑞典語和法語，我很快就聽不懂了，不過她似乎並不在意我沒能回答她。她踩著高跟鞋，向車站大樓走去。我和搬運工跟著她。搬運工埋頭推車，我在前面抓住金屬杆幫他，另一隻手還拎著自己的小箱子。我的裙子已經汗濕了，每走一步我都能聞到強烈的濕乎乎的汗味。

到達大廳有著優雅的青銅柱和石塊鋪的地面，裡面擠滿了人。我的耳邊充斥著人們腳步聲的回聲。一個穿著淺藍色襯衫和黑色短褲的小男孩開始跟著我們，手裡搖著一朵粉色的玫瑰花。細長的瀏海垂在他明亮的藍眼睛上，用乞求的眼神看著我。我搖搖頭，他仍然固執地搖著那朵花，向我點頭，伸手過來討錢。他身後跟著一個小女孩，梳著兩條粗粗的棕色髮辮，穿著一件明顯太大的棕色裙子。她在賣麵包，她的裙子上星星點點黏著麵粉。她向我遞過來一塊麵包，來回晃動，讓我聞到了麵包的香味。我還是搖搖頭，加快了腳步，但兩個孩子也跟得更緊了。一個穿西裝的男人在我前面吐了一大口煙，使得我大聲咳嗽，夫人笑了起來。

「你被嚇著了嗎，親愛的？」

她停下了腳步。

「這裡跟斯德哥爾摩太不一樣了。哦，巴黎，我太想念你了！」接著，她便露出大大的笑容，然後迸出一段長長的法語。她轉身對那兩個孩子用堅定的語氣說了些什麼。他們看著她，行禮鞠躬，然後便吧嗒吧嗒跑開了。

車站大樓外面，一位司機已經在等我們了。他站在一輛高高的黑色汽車旁邊，一見到我們便伸手拉開後座的車門。這是我第一次坐汽車。座椅用的是最柔軟的皮料，我一坐下，皮料的氣味便升起來，我深深地吸了一口氣。這種味道讓我想起了父親。

車裡墊著小塊的波斯地毯，有紅色的、黑色的，還有白色的。我小心翼翼地把腳放在旁邊，怕把它們弄髒。格斯塔跟我講過巴黎的街道、音樂和氣味，還有蒙馬特山丘那些年久失修的房子。我漫無目的地看著窗外，一棟棟裝飾得很漂亮的白色建築飛馳而過。夫人應該適合那些高級社區。她會和其他那些優雅的太太們一樣，穿著漂亮的衣裙，戴著昂貴的首飾。但我們並沒有在那裡停車。她不想住在這裡。她想和周圍的人不一樣，讓大家都關注她。對她來說，不尋常才是常態。這也是她喜歡和藝術家、作家、哲學家待在一起的原因。

夫人果然帶我去了蒙馬特山丘。我們的車小心翼翼地爬上陡坡，最後在一座小房子前停了下來，這座房子的灰泥已經剝落，有一扇紅色的木門。夫人很激動，車廂裡滿是她的笑聲。她彷彿容光煥發，熱情地招呼我進去，進到散發著霉味的屋子裡。裡面沒多少傢俱，都用布單蓋著，夫人逐一走過房間，把布單都扯下來，讓鮮豔的織物和深色的木頭傢俱重見天日。這座房子的風格讓我想起她在南城的公寓。這裡同樣也有很多很多的畫，在牆上掛成兩排，不分主題，有各種風格，現代的、古典的，都傲驕地混在一起。到處都是書。僅僅在起居室裡就有三個高高的壁櫥式書架，上面擺著一排又一排皮面精裝的書。其中一個書架旁邊放著一架梯子，爬上去就可以搆到最頂層的書。

夫人一離開房間，我便站在書架前，看著書脊上這些著名作家的名字：喬納森．斯威夫特、羅素、歌德、伏爾泰、杜斯妥也夫斯基、亞瑟．柯南．道爾。這些名字我以前只聽別人說過，現在都在這兒，書裡都是我聽過但並不理解的思想。我取下一本書來，卻發現是法語的。這些書都是法語版。我筋疲力盡，癱倒在扶手椅裡，咕噥著我會的僅有的幾個法語單詞：你好，再見，對不起，是。漫長的旅途和看到的一切讓我很疲憊，我的眼睛睜不開了。

等我醒來時，發現夫人在我身上蓋了一條針織毛毯。我把它裹緊。風從其中一扇窗戶吹進來，我起身去把它關上。然後我便坐下給格斯塔寫信，我曾對自己發誓一到巴黎就給他寫信。我用十三歲孩子所掌握的貧乏的詞彙，把自己全部的第一印象匆匆寫了下來：我走過月台時腳下地面的聲音，我身邊的各種氣味，賣麵包和賣花的兩個孩子，坐車路上看到的街頭音樂家，還有蒙馬特山丘，我全都寫下來了。

我知道，這一切他都想知道。

4

「下週會有另一個女孩來照顧你，臨時代替我。」烏爾莉卡把每個字都說得很清楚，很大聲。「我要去迦納利群島度假了。」

桃麗絲想往後退，但烏爾莉卡跟著她，又抬高了音量。

「能夠走開一段時間放鬆一下真是太棒了。那兒有孩子們的運動俱樂部，所以我們自己可以在躺椅上舒舒服服地待著。想像一下，桃麗絲，那裡滿是陽光和溫暖。從這兒一路去到迦納利群島。你沒去過吧？」

桃麗絲看著她。烏爾莉卡正在摺洗好的衣服，摺得很馬虎很凌亂，把她的上衣袖子弄得皺巴巴的。她把衣服都堆成一堆。一邊說話，一邊往上堆。

「那裡叫馬斯帕洛馬斯。可能遊客會很多，但飯店很不錯，而且也不貴，只比另一個差很多的酒店貴了一千克朗。孩子們可以整天在游泳池裡玩，在沙灘上玩。那兒的沙灘很棒，很長，上面有高高的沙丘。沙子是被風一路從非洲吹過來的。」

桃麗絲轉過身去，看著窗外。她拿起放大鏡，想找那隻松鼠。

「你們老年人覺得我們瘋了，總是到處跑。我奶奶總不理解為什麼在家裡好好的非要出去。但出去很有意思，而且對孩子們也有好處，讓他們看看世界。不管怎樣，好了，桃麗絲，衣服都摺好了。該給你洗澡了。你準備好了嗎？」

她向烏爾莉卡擠出一點笑容，把放大鏡放到桌子上，放回原位，又把它稍稍移了一點角度。松鼠沒出現。她思索著牠會去哪兒了。會不會被車撞到了？牠總是在路上跑來跑去。當她感到烏爾莉卡的手指伸進她的腋窩，才回過神來。

「一，二，三——」

烏爾莉卡迅速幫她站起身，扶著她的手站了幾秒鐘，等眩暈的感覺過去。

「你準備好了就告訴我，我們就慢慢走過去享受你的水療。」

桃麗絲虛弱地點點頭。

「想像一下，如果你真的可以在家做水療。有按摩浴缸，還有人給你做按摩和美容。那一定棒極了，是吧？」烏爾莉卡被自己幻想的畫面逗笑了，「我去度假時會給你買一組面膜，等我回來就可以給你做點特別護理了。一定很有意思。」

桃麗絲聽著烏爾莉卡嘰嘰喳喳說個不停，只是點點頭，笑了笑，並不想回應她的示好。進了浴室，她伸開雙臂，由烏爾莉卡幫她把上衣和褲子都脫掉，赤裸著身子。她邁著小心的步子走進淋浴間。她坐在表面打了孔的白色高凳一端，這個凳子是看護公司給她的。她用噴頭貼著身體，讓熱水流到身上，閉上眼睛，享受著這溫暖的感覺。烏爾莉卡走開去了廚房。她把溫度又調高了一些，聳起肩膀。水流的聲音總能讓她感到平靜。

S. 多明尼克．塞拉芬 已逝

我找到一個特別的地方，是離夫人家有點距離的一個露天廣場，艾米麗．古多廣場。廣場上有一張長椅，還有漂亮的噴泉：是四名女子的雕像，她們一齊將一個圓頂高舉過頭頂。噴泉噴射出力量，我喜歡聽水從她們長及腳踝的裙邊滴落的聲音。這聲音讓我想起斯德哥爾摩，想到南城，那兒離水很近。巴黎只有塞納河，而且離蒙馬特有點遠，我在夫人家白天工時很長，很難有機會去塞納河邊。於是，這個小廣場上的噴泉成了我的慰藉。

夫人午睡時，有時我就會去廣場那兒，在那裡給格斯塔寫信。我們經常給對方寫信。我把他想念的一切的剪影寫給他。這裡的人，這裡的食物，這裡的文化，這裡的各個地方，這裡的風景，還有他的藝術家朋友們。作為回報，他把斯德哥爾摩的剪影寫給我，那是我想念的東西。

親愛的桃麗絲，

你寄來的故事成了我人生的靈丹。他們給了我創作的勇氣和力量。我現在比以往任何時候都更有靈感。你流暢的文筆所描繪的圖像也讓我看到自己身邊的美。水，建築，碼頭上的水手。都是我以前不曾注意到的。

你寫得真好，我的朋友。或許有一天你會成為作家。繼續寫作吧。哪怕你只感到最微弱的念頭，也不要放棄。我們為藝術而生。能進行藝術創作是我們被賦予的榮幸。我相信你，桃麗絲。我相信你有創作的力量。

今天下著很大的雨，把鵝卵石擊打得很響，我在三樓都能聽到。天空灰濛濛的，我都擔心如果出去，天會罩住我的頭。於是我就待在家裡，畫畫，思考，閱讀。有時我會見一個朋友，他得來我這兒。我可不想冒險走進瑞典深秋常有的無邊的憂鬱裡。黑暗從未像現在這樣強烈地影響我。我只能腦補巴黎美麗的秋天、風和日麗的日子，還有明亮的色彩。

要明智地利用你的時間。我知道你想家。雖然你從未提起，但我能感受到你的焦慮。享受當下吧。你的母親和妹妹都很好，不用擔心。我會盡快去看看她們。

謝謝你的來信給我的力量。謝謝你，親愛的桃麗絲。

常來信。

我仍然保存著他的這些信，都放在床下的一個鐵盒裡，一直帶在身邊。有時我會拿出來讀，回想它們是如何伴我度過初到巴黎的那幾個月，回想他是如何給我勇氣，讓我積極地看待這個跟家鄉截然不同的城市，回想他是如何鼓勵我記錄下身邊發生的一切。

我不知道他怎麼處理我的信，或許他投進壁爐裡燒掉了，他經常坐在壁爐旁邊。但我記得自己寫了什麼。我清晰地記得自己為他描述的場景：巴黎街道上的落葉；從窗縫裡鑽進來的冷空氣，夜裡把我凍醒；夫人和她的派對，有萊熱、阿爾西品科、勞森伯格等知名藝術家來參加；還有香榭聖母院街86號蒙帕納斯的房子，格斯塔曾經住在那裡。我偷偷溜了進去，看樓梯井的樣子，為他描述每一處細節，還有每一扇門上的名字。他很喜歡。樓裡住著的很多人他還認識，他很想念他們。我也寫夫人，她晚上不像在斯德哥爾摩那樣整天開派對了，而是喜歡在巴黎漫步，尋找能勾引的新的藝術家和作家。她早上起床也越來越晚了，於是我便有了時間來讀書。

夫人書架裡的字典和書幫我學會了法語。我從最薄的小說看起，一本接著一本。這些佳作教給我很多關於人生和世界的真諦。一切都在那排木頭書架裡，歐洲、非洲、亞洲、美洲，不同的國家、味道、環境、文化，還有人，人們住在截然不同的世界裡，卻又如此相像，都充滿了焦慮、懷疑、恨和愛。我們所有人都是，格斯塔也是，我也是。

我本可以永遠在那兒待下去。在書裡，我感到安全。但可惜的是，那樣的生活並沒有持續很長時間。

一天，我從肉店拎著滿滿一籃子熟食往回走，路上有人把我攔住了。原因只有一個。如今縮首弓身、滿臉皺紋的我，難掩自豪地承認：當年，我很美。

一輛車在擁擠的車流中停下，一個穿著黑色西裝的男人跑出來。他用手捧起我的臉，直直地盯著我的眼睛。我的法語還不太好，他的語速很快，我都沒聽懂他在說什麼，好像是他很想要我什麼。我很害怕，便掙脫他，飛快地跑走了，但他卻開車跟著我。車開得不快，就跟在我身後。等我跑回夫人家，便衝進去，猛地把門關上，把每一道鎖都鎖上了。

那個人大聲地拍門，一直拍一直拍，直到夫人親自來開門。她用法語罵了我一句。夫人剛一打開門，語氣就變了，立刻請他進來。她瞪了我一眼，示意我走開。她筆直地站在他旁邊，好像他是皇室一樣。我完全搞不明白。他們進了客廳，但幾分鐘後夫人又衝出來把我拉進了廚房。

「快去洗臉，站直！把圍裙摘下來。我的天哪，先生想見你。」

她用拇指和食指用力掐我的臉頰，掐了好幾次，讓我的面色看起來紅潤。

「好了。笑，我的女孩。笑！」她小聲說，推著我走在她前面。我強迫自己對坐在扶手椅上的那個男人笑了一下，他立刻站起身來，把我從頭到腳打量了一遍。他看我的眼睛，用手指摸我的皮膚，捏我纖細的腰。他還對著我的耳垂嘆了口氣，用手指彈它們。他不作聲地研究我。然後他又坐了回去。我不知道自己該做什麼，於是就站在那裡，兩眼盯著地板。

「好！」他終於說，舉起了雙手，然後又站起身，讓我轉個圈。

「好！」等我轉回身來，他又說。

夫人高興地笑了。然後，奇怪的事發生了，她讓我也坐下，坐在客廳的沙發上，和他們坐在一起。我驚得瞪大了眼睛，她還對著我笑，堅定地向我招手，彷彿要表示她是認真的。我在沙發的最旁邊坐下，膝蓋併攏，後背挺直。我把黑色的女僕裙撫平，繫圍裙的地方皺巴巴的。我仔細聽他們的對話。他們說的是法語，而且語速很快，我只能聽懂幾個單詞，完全不明白他們在說什麼。我仍然不知道對面扶手椅裡坐的是什麼人，他為什麼這麼重要。

「這是隆．龐薩德，女孩。」夫人突然用她那帶著法語口音的瑞典語跟我說，彷彿我應該知道龐薩德是誰。「他是著名的時裝設計師，非常有名。他想讓你當他的服裝模特兒。」

我驚訝地抬起了眉毛。模特兒？我？我幾乎連模特兒是什麼意思都不知道。夫人碧綠的眼睛熱切期盼地盯著我。她的嘴唇微微張開，彷彿想替我回答。

「你還不明白嗎？你會出名的。這是每個女孩的夢想。笑啊！」她顯然對我的沉默感到厭煩，讓我不禁發抖。她搖搖頭，哼了一聲，然後就讓我收拾自己的東西。

半小時後，我已經坐在了龐薩德先生的車後座上。腳邊的包包裡是我的衣服，沒有書。書仍然留在夫人家裡。

那是我最後一次見到她。過了很久，我聽說她因為酗酒死了。人們在浴缸裡發現了她，已經淹死了。

5

「她是個快樂的好女孩，我們都這麼說……」桃麗絲越唱聲音越小，唱到一半停了下來，接著又開始唱，「應該這麼唱：我一直這麼說！生日快樂，親愛的珍妮！」她繼續唱著，眼睛看著螢幕和面前微笑的女人。等她唱完，珍妮的孩子鼓起掌來。

「太棒了，謝謝你，桃麗絲！我真不敢相信你一直記得我的生日。」

「我怎麼可能忘呢？」

「我猜猜，你怎麼可能忘呢？讓我想想……自從我進入你的生活，一切都不一樣了，是吧？」

「確實不一樣了，親愛的，我的人生更加豐富了。你小時候好可愛！而且很乖，在自己的護欄裡玩得很開心。」

「你肯定記錯了，桃麗絲。我小時候可不乖。小孩子都很難搞，我也一樣。」

「你不一樣。你出生時就像個小天使。你腦門上就寫著『乖』字，我記得沒錯。」她把手抬到唇邊，給珍妮一個飛吻，珍妮假裝接住，大笑起來。

「可能你一來我就表現得很好，因為我需要你。」

「有可能。我也需要你。我確信我們都需要對方。」

「沒錯。你不能坐飛機過來嗎？」

「唔，傻孩子，當然不行了。你吃蛋糕了嗎？」

「還沒，今晚，等孩子們都回家以後，上床睡覺前半小時再吃。」珍妮得意地笑。

「你應該吃點，你看上去很瘦。你吃飯正常嗎？」

「桃麗絲，我真覺得你的眼睛可能有問題。你沒看到我的小肚腩嗎？」

她拍拍肚子，捏了捏肚子上的肥肉。

「我只看到一個苗條漂亮的有三個孩子的母親。不管怎樣，不要節食，你已經很完美了。偶爾吃點蛋糕沒什麼壞處。」

「你總是這樣騙我。你還記得那次我要去參加學校的舞會，但是裙子太小嗎？緊到線都撐開了。但你把你那條漂亮的絲巾圍在我腰上，立刻就幫我解了圍。」

桃麗絲的眼睛在鏡頭裡閃著光。「是的，我記得很清楚。你那時候是有點嬰兒肥。你那時的男朋友是那個又黑又帥的……叫什麼來著？摩根？邁克爾？」

「馬庫斯。馬庫斯是我的初戀。」

「對。他跟你分手時，你傷心極了。你早餐就吃巧克力餅乾。」

「早餐？我不停地吃，一整天都在吃巧克力餅乾。我屋子裡到處都藏著巧克力餅乾。就像酗酒的人一樣，我是酗巧克力。天哪，我那時候太傷心了。而且我吃得好胖！」

「幸運的是你後來遇到了威利。他讓你重新走上正軌。」

「我不知道什麼是正軌。」她指指廚房的桌子，上面亂糟糟堆著一堆報紙，還有髒盤子和玩具。

「至少你不胖了。」桃麗絲笑了。

「好吧，我知道你想說什麼了。」珍妮笑起來，「我不胖。」

「千真萬確，你不胖。蒂拉呢？她在睡覺嗎？」

「睡覺？不，那傢伙根本不睡覺，她在這兒呢。」珍妮把螢幕轉了一個角度，讓桃麗絲能看到她，小傢伙正全神貫注地在玩一個色彩鮮豔的罐子。

「你好，蒂拉。」桃麗絲笑著打招呼，「你在幹什麼呢？你在玩嗎？你那個罐子好漂亮啊！」

小女孩笑了，使勁搖那個罐子，裡面的東西發出很大的響聲。

「她能聽懂一點瑞典語？」

「當然。我對她只講瑞典語，基本是這樣。她還在網上看瑞典的兒童節目。」

「很好。其他孩子呢？」

「一般。我跟他們說瑞典語，他們會用英語回答。我也不知道他們到底會多少瑞典語。我自己有些單字都開始忘了。不容易。」

「你已經盡力了，親愛的。你收到我的信了嗎？」

「收到了！謝謝！信按時到了，錢也收到了。我會買點好東西。」

「給你自己買。」

「嗯，或者是給我們。」

「不，你知道規矩，必須是你自己想要的東西，而不是孩子們或者威利想要的。你理應不時地享受一下。一件漂亮的上衣，或者化妝品，或者去一趟水療，現在人們不是經常去做水療嗎？

或者，哦，我也不知道，和朋友出去吃個飯，開心地度過一個夜晚。」

「好，好，看情況吧。我想帶你出去吃飯，好好地回憶往事，哈哈大笑。我保證我們明年夏天去看你。全家都去。你得……」

桃麗絲皺起眉頭：「我得什麼？我得活到那時候？」

「不，我不是那個意思。或許是的，你得活到那個時候。你得一直活著！」

「天哪，我是個老太太了，珍妮。很快我就不能自己起床了。還是乾脆死掉比較好，不是嗎？」她認真地看著珍妮，隨後語氣又輕鬆起來。「但我還沒打算死，我得先捏捏這個小傢伙的小臉蛋！對嗎，蒂拉？我們得見上一面，對吧？」

蒂拉舉起一隻手，向她招手，珍妮則雙手向她飛吻告別，然後關掉了鏡頭。電腦視窗剛才還充滿了生機和愛，現在又漆黑一片了。寂靜怎能如此讓人窒息？

P. 隆・龐薩德

我感覺自己像是被賣了一樣。好像我也沒有別的選擇，只能鑽進汽車的後座，任由它載我駛向未知的世界。我向夫人的小紅門告別，也向安定的生活告別。只有她能聽懂我說的瑞典語，只有她走過我家鄉的街道。

儘管我們並排坐在車後座，龐薩德先生並沒有跟我說話。整個途中，他都沒有說話，只是看著窗外。下山時，車輪一路顛簸軋在卵石上，我用手指使勁抓住座椅底部才能坐穩。

他很英俊。我仔細看了他的頭髮，黑髮中有幾縷銀絲，很漂亮，梳得很服貼。他的西裝料子在陽光下亮閃閃的。他戴著薄薄的白色皮手套，上面沒有一絲灰塵，潔白無瑕。黑色的皮鞋也擦得鋥亮。我低頭看了看自己的衣服，黑色的布料在車窗射入的陽光下顯得髒兮兮的，我窘迫地搓了搓手，撣掉衣服上的一些灰，又用食指摳掉一小塊麵，那塊麵團可能現在還在夫人家醒著。

他沒問我一句關於我自己的事。我懷疑他都不知道我是哪國人。他並不關心我腦袋裡在想什麼，這可能是最沒面子的事了，人家不關心你的內在。他只關心外表。他很快就指出了我的缺點：我的頭髮太乾太捲；我的皮膚曬得太黑；我的頭髮束起來時耳朵會顯得很突出；我的腳太大，穿不了模特兒的鞋；我的臀部太窄或太寬，取決於我所試穿的衣服。

我的箱子成了我的衣櫥。我從沒想到自己會在他那裡待這麼久。我和另外四個模特兒同住在一間公寓裡，每天，我都要把箱子從床下拉出來再推進去。我們都一樣年輕，都感到同樣的迷茫。

看管我們的是一位女舍監，她的眼神總是很嚴厲，撇著嘴，臉上總是一副不滿的表情，使得她的皺紋都定了型，從嘴角一直向下延伸到下巴，看上去很凶悍。她的上嘴唇皺紋很深，輪廓鮮明，所以即使她在客廳的躺椅上睡著時，看上去仍然像在生氣。很明顯，她不喜歡我們這群漂亮女孩，但又不得不跟我們住在一起，於是便透過各種方式來表達對我們的反感，一方面表現在瘋狂地控制我們的飲食：晚上六點以後不能吃東西，如果誰回來晚了就沒有飯吃。她還不允許我們晚上七點以後出門，因為保證我們睡足美容覺是她的職責。

她從來不跟我們聊天。她一有空，就坐在廚房的椅子上織小孩子穿的毛衣。我一直很好奇是給哪個孩子織的，她有時間跟他／她待在一起嗎？是她自己的孩子嗎？

我們白天要工作很長時間，很辛苦。我們要穿著漂亮的衣服，在百貨商場或是偶爾在商店的櫥窗裡展示。我們的後背要挺得筆直。有些老太太會捏捏這兒捏捏那兒，摸衣服的材質，研究車線，在一些小細節上挑毛病，以此來壓低價格。有時，我們得站在鏡頭前一動不動，連著好幾個小時擺造型，極其細微地控制頭、手和腳的方向，抓準最佳角度，在攝影師按下快門時保持最完美的站姿。這就是模特兒的日常工作。

漸漸地，我知道了自己從各種角度的鏡頭看起來是什麼模樣。我知道了只要稍微瞇著眼睛，拍出來的效果就不一樣——不需要讓眼睛下方的皮膚皺起，只要一點點，就能讓眼神更強烈、更神秘。我只需稍稍調整一側臀部的角度就可以控制身體的造型。龐薩德先生很仔細地看著一切。如果我們看上去太蒼白，他會親自過來掐我們的臉頰，但同時眼睛卻看著別處，並不看我們。他用纖細、修剪得很整齊的手指用力地掐，直到我們的臉頰發紅，他才滿意地點點頭。而我們則忍住淚水。

6

「你哭了嗎？」

她正支著胳膊坐在桌前，手撐著頭。臨時看護走過來，她一驚，迅速擦了擦臉。

「沒有，沒有。」但是顫抖的聲音出賣了她。她把幾張黑白照片推到一旁，背面朝上。

「我能看看嗎？」

薩拉，這個新的看護，已經來過幾次了。桃麗絲搖搖頭。

「沒什麼特別的，就是些老照片。一些已經去世的老朋友。人總要離開這個世界。人們想長命百歲，但是你知道嗎？成為最老的那個一點兒意思也沒有。當你身邊的人都離去，生活就沒有意義了。」

「你願意給我看看嗎？讓我看看那些對你來說很重要的人？」

她用指尖摩挲著那堆照片。然後她停住了，手定在那裡。

「或許你可以給我看看你母親的照片？」薩拉試著說。

桃麗絲從那堆照片中抽出一張，仔細看了看。

「我也不是很瞭解她。我只和她在一起生活了十三年。」

「後來呢？她去世了？」

「沒有，說來話長，沒什麼意思。」

「你不想說就不用說了。說說別人吧。」

桃麗絲翻開一名年輕男子的照片。他雙腿交叉，背靠著一棵樹，一隻手插在口袋裡。他正笑著，白色的牙齒照亮了整個臉龐。她又迅速把照片翻過去。

「很帥。他是誰？是你的丈夫嗎？」

「不是，只是個朋友。」

「他還活著嗎？」

「我也不知道。應該不在了吧。我們上次見面已經是很久以前的事了。如果他還在就好了。」

桃麗絲狡黠地一笑，用食指輕撫著照片。

薩拉伸過一隻胳膊摟住桃麗絲的肩，沒有說話。她和烏爾莉卡很不一樣。她更溫和，也更熱情。

「烏爾莉卡回來之後你就不能來了嗎？你可以待久一點嗎？」

「很遺憾，不能。烏爾莉卡一回來，我們就得按以前的日程來。但直到她回來的那一天，我們倆一定會相處得很愉快。你餓嗎？」

桃麗絲點點頭。薩拉拿出用錫箔紙包著的餐盒，把飯菜倒在盤子裡。

她很仔細地把蔬菜、肉和馬鈴薯泥分開，並用勺子把馬鈴薯泥抹平。熱好之後，她又切了一個番茄，把切片擺成漂亮的半圓形。

「好了。看上去不錯吧？」她開心地說，一邊把盤子放下。

「謝謝，你能這樣擺盤，真好。」

薩拉疑惑地看著她：「什麼意思？」

「你這樣擺盤很漂亮，而不是都混在一起。」

「你以前吃的飯菜都是混在一起的嗎？那可不太好。」她皺了皺鼻子，「我們得改改。」

桃麗絲小心地笑了，吃了一口。今天的飯確實更好吃。

「照片很方便，」薩拉對桌上那堆照片點點頭，旁邊還有兩個空的鐵盒。「照片可以幫我們記住那些可能會忘記的事。」

「也會讓我們記住那些原本早該忘掉的事。」

「我剛到的時候，你是因為這個而傷心嗎？」

她點點頭。她的手放在餐桌上。她抬起手，十指交叉。她的手又乾又皺，手上的青筋彷彿爬在皮膚表面一樣。她拿出一張照片，上面是一個婦人和一個小孩。

「我母親和我妹妹，」她嘆口氣，又擦了一下眼淚。薩拉拿起照片，仔細看了看。

「你跟你母親很像，你們倆的眼睛一樣閃亮。從人們的眼睛裡，你可以看到生活，這是最美好的事了。」

桃麗絲點點頭。

「但她們已經都不在了。離我很遠了。很痛。」

「或許你應該把照片分成兩類？一類是讓你開心的，一類是讓你難過的。」

薩拉站起來，在廚房的抽屜裡找來找去。

「找到了！」她找到一大卷膠帶。

「我們把讓你難過的照片放在一個盒子裡，然後用膠帶纏起來，一張都不留。」

「你主意真多！」桃麗絲嗤嗤笑了。

「來吧！」薩拉也笑了。等桃麗絲吃完飯，她就拿起那堆照片，一張一張舉起來讓桃麗絲決定應該放在哪個盒子裡。薩拉並不問任何問題，儘管她很好奇這些過去的人和地。她只是靜靜地把照片放進去，反面向上，這樣桃麗絲不用再看到它們。很多比較老的黑白照片都進了難過的盒子。更新的照片，比如可愛的孩子的，則進了開心的盒子。桃麗絲思考時，薩拉就看著她的臉，輕輕地撫著她的背。

很快就分完了。薩拉把透明膠帶在盒子上纏了一圈又一圈。接著她又拉開抽屜，找到了更多的膠帶。她又用米色的膠帶繞了幾圈，最後用銀色的膠帶封好。等她把盒子放在桃麗絲面前時，滿意地咯咯笑起來。

「試試看還能不能進得去！」薩拉一邊開心地說，一邊故意用指關節敲那個盒子。

N. 格斯塔．尼爾森

我面前那張紙還是一片空白。我很累。不知道該寫什麼。我一點也不開心。我坐在床墊上，靠著牆蜷著身子，後背倚著一只靠墊。房間是綠色的，這個顏色讓我感到噁心。我想逃離壁紙上對稱的葉片和花朵圖案。那些花很大，開得正盛，比深綠色的背景稍亮一些，旁邊都是莖和葉。

從那以後，每當我看到類似的壁紙，都會想起住在那裡的夜晚。那種懶散，那種疲憊，跟女孩們之間那種表面上的彬彬有禮，還有身體的疼痛和靈魂的空虛。

我想給格斯塔寫信。我希望能跟他說點他想聽的。但是我寫不出來。我已經開始討厭這個城市，甚至連幾句好聽的話都寫不出來。最後一點陽光從窗戶照進來，讓壁紙看上去更令人生厭了。一道細細的光線在牆上移動，我回想最近發生的事。最後，我絕望地試著把最近的經歷轉化成積極的文字。

我的頭皮很疼，我理了一下頭髮，讓一條髮辮垂在臉上，讓疼痛減輕些。每天早上，我的頭髮上都得夾上又硬又尖的定型捲髮夾，它們會在頭皮上留下紅印，有時甚至戳出小洞。為了做出完美的髮型，髮型師會粗暴地又扯又拽。這一切都是為了讓拍攝或是展示盡可能完美無瑕。但第二天、第三天，我還得繼續保持美麗。我不能讓頭皮上留下任何洞，或是讓皮膚上有任何傷口，不能損壞一個年輕鮮活的女子形象。所有人都想變成那樣。

我的外表是我唯一的資本，我為此犧牲了一切。我開始節食，為了能穿進緊身的束身衣和腰帶。晚上，我要用牛奶和蜂蜜自製的面膜敷臉。為了促進血液循環，我還在腿上塗抹馬油。我從不滿足，總是在追求更美。

但其實這些根本沒有意義。

我確實很漂亮。我的眼睛很大，眼皮也沒有下垂。在被太陽曬黑之前，我臉頰的顏色很漂亮，皮膚很光滑。我脖子上的皮膚也很緊緻。但這些都不能改變我對自己的看法。人們總是等失去之後才會認識到自己曾經擁有。

我想，我可能是因為過於沉浸在自己的不快樂，所以沒法給格斯塔寫信。我現在所處的環境和格斯塔所認識的巴黎大不相同。我寫什麼好呢？寫我想回家，晚上哭著睡著嗎？寫我痛恨車流的噪音和廢氣、這裡的人、這裡的語言、這裡的擁擠喧囂嗎？這些都是格斯塔所愛的。他在巴黎時很自由，而我卻被囚禁在這裡。我好不容易在紙上寫了幾個字，是關於天氣的。至少我還可以描繪一下天氣。日復一日，每天，太陽都固執地出來，讓我感覺又濕又熱。但他關心這些嗎？我把紙撕掉，扔了。碎片和另外幾封從未寄出的信一起飄落進了垃圾桶。

百貨商店附近的建築都很漂亮，上面有著華麗的裝飾，但我只看到地面。我在那工作的每一天都漫長而辛苦，從未有機會去欣賞周圍的美好。最重要的是，我記得回家路上的氣味。直到現在，每當我走過垃圾間，都會想起在巴黎的生活。街道很髒，水溝裡到處都是垃圾。在餐廳廚房的門邊，經常可以看到成堆的魚內臟、肉還有腐爛的蔬菜。

而在百貨商店周圍，一切都很漂亮、很乾淨，跑腿的男孩戴著粗花呢的鴨舌帽，穿著白襯衫和馬甲，仔細地用掃帚掃地。擦得發亮的汽車停在商店外面，車頭對著人行道，司機都穿著黑西裝。我總被那些優雅的太太深深地吸引，她們風度翩翩地穿過馬路，走進商店的大門，成為我們的觀眾。她們從來不跟我們說話，一句都沒講過。她們只是仔細地看，從上到下、又從下到上地看我們。

晚上，為了不讓穿了一天高跟鞋的腳腫脹，我經常用一桶冰冷的水泡腳。模特兒的鞋對我來說總是太小。北歐女孩的腳大，但從來沒人注意這一點。大家都穿同樣的鞋，一般是37碼，如果運氣好，會碰到38碼，但我的腳是39碼。

一週週過去了，每天都重複著同樣的生活：長時間的工作，複雜的髮型，又疼又腫的腳，還有融進毛孔的化妝品，把我的皮膚灼得生疼。我用油和紙巾來擦，但油會糊進眼睛，讓我視線模糊，所以我幾乎每次讀格斯塔的來信時，眼睛裡都像進了沙子。他的信來得不太規律。

親愛的桃麗絲，

發生什麼了嗎？我很擔心。沒有你來信的日子，我每天都很失望。

請告訴我你一切安好。給我一個信號。

你的，

格斯塔

他的擔憂讓我感到踏實。我依賴這種感覺，彷彿我們倆是一對沒有未來的困惑的戀人。我甚至在床頭櫃上放了一張他的照片，是我從報紙上剪下來的，之前一直藏在日記本裡。我把照片放在從跳蚤市場買的一個金色小相框裡。相框是橢圓形的，很小，他的下巴都快被遮住了，我只好剪掉他的一部分頭髮，使得他的頭骨看上去幾乎是平的，很搞笑。每天晚上，我睡覺前看到他這個樣子，都忍不住想笑。但奇怪的是，他的眼睛直直地看著我。我想他，甚至比想念母親和妹妹還要多。

我甚至覺得自己有點愛上了他。儘管我知道他並不那樣看待我，因為他對女人沒有感覺。但我們之間有點特別的東西。我們的心靈相通，就像彩虹的光，來了又去，去了又來，但一直都在那裡。

7

她的手放在打印好的那堆紙上，慢慢摩挲著表面。她用手指量了量厚度，已經從食指的指尖到第二個關節了。那原本只是打算寫給珍妮的一封短信，現在已經頗具分量。

因為有太多的回憶。

她開始分揀，把這堆紙按名字分開。這些人已經不在了。她打開地址簿，這些曾經都是活生生的人，現在只剩下名字。在人們的記憶中，已故的人會變得不一樣。她努力在腦海中勾勒他們的臉龐，想回憶起他們以前的樣子。

一滴淚從她的眼角滑落，重重地滴在地址簿的右上角，就在她剛剛寫上「已逝」的地方，紙張吸收了水分，墨跡開始模糊，就像悲傷一圈圈散開。

冷清清的家裡安靜極了，即使最小的聲音也顯得很響。滴答，滴答，滴答，她聽白色的鬧鐘走著，看著紅色的秒針轉了一圈又一圈。鐘面上的數字跟硬幣一樣大，她把鬧鐘拿起來，在眼前晃了晃，想看得清楚一點。是兩點吧？不是一點？她把鬧鐘放在耳邊，聽秒針鍥而不捨地走著。她感到肚子咕嚕作響，早已過了她平常的午飯時間了。廚房的窗戶外面正下著大雪，一個人影也沒有，只有一輛孤零零的車在爬坡。等車從視線中消失，公寓又安靜下來。鬧鐘響過了兩點半，三點，三點半，四點。到了五點，桃麗絲開始在椅子上輕輕地前後搖起來。她早餐吃了塑料紙包裹的寡淡無味的乳酪三明治，是昨天的看護走時留在冰箱裡的，從那之後直到現在她什麼也沒吃。她得走到食品櫃那兒去，裡面有瑪莉亞離開前送她的一盒巧克力，那是一個很大、很漂亮的盒子，上面印著公主和她丈夫的照片，她當時就收了起來，因為太漂亮了，捨不得吃，但現在她已經太餓了，顧不上別的了。II型糖尿病讓她對低血糖很敏感。

她的眼睛盯著門。她遲疑地邁了幾步，就感到眼前直冒金星，彷彿天旋地轉，只好停了下來。她伸手去搆檯面，但撲了個空，摔了下去，她的後腦勺和肩膀重重地落在木地板上，而臀部則重重地撞上了廚房櫃子的一角，她躺在硬邦邦的地上大口地喘著氣，疼痛迅速席捲全身，眼前的天花板和牆壁越來越模糊，最後變成了漆黑一片。

等她再次醒來時，薩拉正蹲在她身邊，一隻手撫著她的臉頰，另一隻手拿著電話。

「她醒了，我該做什麼？」

桃麗絲掙扎著想睜開眼睛，但眼皮抬不起來，她的身體很沉，凹凸不平的地板壓迫著她的脊柱下方。

她的一條大腿扭向了一邊，好像被擰到了不正常的角度，她輕輕拍了拍那條腿，就疼得大叫起來。

「可憐的人兒，這條腿肯定摔斷了。我已經叫了救護車，應該很快就能到。」

薩拉努力隱藏自己的擔心，故作鎮靜地用手指輕撫桃麗絲的臉。

「發生什麼事了？你暈倒了嗎？都怪我。送餐的卡車出了事故，來晚了。我不知道該怎麼做，就一直等著，還有其他人需要照顧。我應該直接過來的，畢竟你有糖尿病，還有……我太蠢了！桃麗絲，真對不起！」

桃麗絲努力想給她一個微笑，但她幾乎連嘴唇都動不了，更別提抬手拍拍薩拉的臉了。

「巧克力。」她輕聲說。

薩拉往食品櫃看過去。

「巧克力。你是想吃巧克力嗎？」

薩拉跑過去，在瓶瓶罐罐和麵粉袋中翻找，在櫃子最裡面，她找到了那盒巧克力。她把外面的塑料薄膜撕開，打開蓋子，仔細挑了一塊軟的，拿到桃麗絲嘴邊，桃麗絲扭過頭去。

「你不想吃嗎？」

她嘆口氣，但說不出話。

「你當時是想拿巧克力嗎？你摔倒是因為這個嗎？」

桃麗絲想點頭，但來自脊柱的一陣疼痛使她閉上了眼睛。薩拉手裡還拿著那塊巧克力，天氣很冷，巧克力表面成了灰白色。她可能想留到某個特別的時候再吃吧，或許這就是那種漂亮到讓人捨不得打開的禮物。

她掰了一小塊，遞給桃麗絲。

「來，不管怎樣，吃一點吧，給自己一點能量。你一定餓壞了。」

桃麗絲把巧克力含在嘴裡，貼在上顎上，讓它慢慢融化。等救護車來時，巧克力還沒化完，救護人員冰涼的手觸到她的身體時，她閉上眼睛，專注地感受著甜甜的味道在口中擴散。他們解開她的襯衫，在她的胸口裝上電極，接上能夠測量心率和血壓的儀器，他們似乎在跟她講話，但她又聽不清他們在說什麼，也沒有力氣回答他們的問題，她只閉著眼睛，幻想自己正在某個安全的地方。救護人員給她打了一劑止痛針，讓她幾乎要跳起來，接著，他們試著把她的腿放直，她低聲呻吟著，握緊了拳頭，等他們終於把她抬上擔架，她疼得再也受不了了，大叫起來，還打了他們一下。她的眼淚湧出來，從太陽穴慢慢流下，在耳朵裡積了涼冰冰的一池。

8

病房裡白白的一片。白色的床單，白色的牆壁，白色的窗簾，白色的天花板。不是蛋殼色的米白，是刺眼的白。她盯著天花板上的燈，想保持清醒，但她的身體很累，只想睡覺，於是便瞇著眼睛。只有地面不是白色，黃白相間的磚看上去髒兮兮的，磚塊之間的縫隙也不整齊，這讓她意識到自己還沒死。暫時還沒。她抬頭看到的燈並不是天堂。

她肩膀下的枕頭裡疙疙瘩瘩，人造纖維結了塊，壓得她後背疼。她緩慢地翻身，但這個動作使她的骨盆一陣疼痛，忍不住翻眼睛。現在，她以一個扭曲的姿勢躺著，她能夠感到自己身體一側的壓力，但又不敢再翻回原來的姿勢，怕會疼得更厲害。她能自由移動的只有眼睛和手指。她用食指和中指輕輕敲著鼓點，靜靜地哼一首老歌：「落葉飄過我的窗前……」

「她在這兒。沒人來看她，她在瑞典沒有家人。她現在很痛苦。」

桃麗絲向門口張望。她看到一名護士，旁邊還有一個穿黑西裝的男人。他們的聲音很低，但她每一個字都聽得清清楚楚，彷彿就在她耳邊。他們說得好像她很快就要死了。那個男人點頭，轉向她。他的白色神父衣領和黑色西裝形成鮮明對比。她緊緊地閉上眼。她真希望自己不這麼孤單，真希望珍妮能在這裡，握住她的手。

如果真的有上帝，請讓神父離開吧，她心裡想。

「你好，桃麗絲，你感覺怎麼樣？」他拉過來一把椅子，在床邊坐下。他的聲音很大，咬字很清晰。她嘆了一口氣，他把自己的手放在她涼冰冰的手上。他的手很溫暖，很有力。她看了看，他的血管就像小蟲一樣爬在褶皺的皮膚上，跟她的手一樣。但他的手曬得很黑，上面還有雀斑，也更年輕。她想知道他去了哪兒，他在沙灘上是不是會脫下那件白色衣領的襯衫。她抬起頭，想看看他的脖子上有沒有白色的分界線，但是沒看到。

「修女告訴我你很痛苦。摔成這樣，你太可憐了。」

「是啊。」她的聲音很輕，但還是頗費了點力氣才說出來。她想清清嗓子，但是感受到了骨盆的振動，於是又開始呻吟。

「你會好起來的。我相信你一定很快就能站起來走路了。」

「我本來走路也不太行……」

「我們會確保你重新站起來，好嗎？你需要什麼幫助嗎？修女說沒人來看過你。」

「我的電腦。我需要我的電腦，在我的公寓裡。你能幫我拿來嗎？」

「電腦？好的，我可以安排，你把鑰匙給我就行。我聽說你在瑞典沒有親戚。還有別人嗎？我可以打電話通知誰嗎？」

她哼了一聲，盯著他。

「你看不出我有多老嗎？我的朋友們都已經去世很久了。等你到了我的年紀就知道了。他們一個接一個都走了。」

「很抱歉。」神父同情地點點頭，看著她的眼睛。

「很多年來，我參加的慶祝活動只有葬禮。現在連葬禮也沒有了。或許我該想想我自己的葬禮了。」

「我們都會死去。沒人能逃過這一劫。」

桃麗絲沒有吭聲。

「你對你的葬禮有什麼想法嗎？」

「想法？可能對音樂有點想法吧，還有參加的人，如果有人去的話。」

「你希望他們演奏什麼音樂？」

「爵士。我喜歡爵士樂。」她笑了，「最好是歡快的爵士樂，這樣大家就會知道那個老太婆正在天堂和老朋友們一起快活著呢。」

她笑得咳了起來，更疼了。

神父關切地看著她，再次抓住她的手。

「別擔心。」她一邊咳一邊說，「我不怕。如果你們神父總說的天堂真的存在，上去看看大家也挺好。」

「看看你想念的人？」

「還有其他人……」

「你最想見誰？」

「我為什麼非要選一個呢？」

「不用，當然不用。每個人都有他的重要性，都在我們心中有著自己的位置。我剛才那個問題很愚蠢。」

她努力想保持清醒，但神父越來越模糊，他的話也漸漸混成了一團。最後，她放棄了，頭輕輕地歪向一邊。他仍然坐在那兒，看著她纖瘦虛弱的身子。在病床上躺了這麼多天，她的白色卷髮已經變直了。頭髮中間露出青白色的頭皮，上面滿是皺紋。

9

醫院裡從來都不會變黑。總有光線會從門、窗戶、檯燈、走廊裡照進你的眼睛，尤其是在你最需要黑暗的時候。不管她怎樣閉緊眼睛，也無濟於事，她一緊張就睡不好。按鈴就在她的右手邊。她把拇指放在上面，但並沒有按下去。神父坐過的椅子已經空了。她又閉上了眼睛。她努力地想睡覺，但要麼光線太亮，要麼就是太吵。有病人按鈴的響聲，有病友的鼾聲，有遠處開門關門的聲音，還有在走廊上來來回回的腳步聲。有些聲音很有意思，讓她好奇，比如鋼鐵的撞擊聲，或是簡訊的聲音。有些聲音則讓她反胃，比如老人的叫喊聲、吐痰聲、放屁聲、嘔吐聲。她盼望著早晨，光線和病房裡的喧鬧似乎可以把最難聽的聲音吸收掉。她每天都忘了要耳塞，但又不想打擾夜班的工作人員。

失眠使她的痛感更明顯了，儘管有止痛藥。疼痛一直反射到她的雙腳。過幾天她就要做手術了。她需要一個新的臀關節，她自己的關節摔斷了。護士告訴她螺釘的尺寸時，她不禁顫抖了一下，那個螺釘得植入她的骨骼，幫她重新動起來。直到那一天，她都只能躺著，儘管醫院的物理治療師天天都來幫她復健，做各種輕微的動作，但除了給她帶來疼痛之外，似乎並沒什麼作用。如果神父能盡快把她的電腦帶來就好了。她不敢奢望，說不定神父早就忘了。等她終於睡著，這些想法也慢慢消失了。

等她醒來，窗外的天已經亮了。窗台上站著一隻小鳥，灰色的羽毛裡夾雜著一點黃色。可能是山雀？也或許只是普通的麻雀？她不太記得哪一種是黃色了。小鳥拍了拍羽毛，又使勁撓了撓肚子，想找出煩人的小蟲。她看著小鳥，想起了在家時總看見的那隻松鼠。

P. 艾莉奧諾拉·佩斯托娃

諾拉。我好久沒想起她了。她是我見過的最美的人，彷彿從童話裡走出來的一樣。她被所有人仰視，所有人都想像她那樣，連我都想。她很堅強。

我仍然很想家。當然，不只我一個人。晚上，普森街上的這座公寓裡經常能傳出星星點點的抽泣聲，第二天早上，我們起床後則會耐心地把冰櫃裡凍過的玻璃罐放在眼睛下方，來減輕浮腫。然後，會有人幫我們化上妝，再去百貨商店裡當模特兒，向富太太們假意微笑。我們笑得太久，有時到家後臉頰上的肌肉都會疼。

強烈期盼中的人們有時會有這樣的經歷：他們的眼睛會逐漸失去神采，他們會失去發現身邊美的能力。我只能回憶過去，把自己回不去的一切都美化了。

但我們忍著，我們很窮，機遇促使我們向前。我們閉緊嘴巴，忍受衣服後背的別針和髮型帶來的疼痛。但諾拉不一樣。她總是微笑著。所以她受歡迎也許就不奇怪了。大家都想跟她一起工作。當我們其他人還在百貨商店擺姿勢假笑時，她已經為香奈兒和《時尚》拍片了。

艾莉奧諾拉·佩斯托娃是捷克斯洛伐克人，連她的姓名都這麼美。她一頭棕色的短髮，有著明亮的藍眼睛，要是塗上紅色的唇膏，簡直就跟白雪公主一模一樣。她穿緊身蕾絲束身內衣的形象，直到二十世紀三〇年代仍是大家追捧的男性化裝扮的典範。那時，儘管更女性化的時裝款式逐漸開始問世，衣服普遍都沒什麼曲線，裙子也都很短。如今的報紙都說年輕人成了時尚的奴隸，其實他們真該看看那時候的時尚！

當我們其他人還得步行去參加活動，並且需要自己確保妝容和髮型保持完美時，諾拉已經有車接送了。我們的收入只能勉強維持生活，而她賺的則要多得多。她確實也買了漂亮的包包和衣服，但她似乎對奢侈品並不感興趣。晚上，她總是蜷在床上看書。我和她共用的床頭櫃上放著格斯塔的照片，還有她越堆越高的書。她和我在夫人家時一樣，用讀書來逃避現實。當她發現我們有著同樣的愛好後，便允許我借她的書來讀。讀完，我們便一起坐在法式的陽台上，一邊抽菸，一邊聊書裡的故事，夜復一夜。每天晚上我們至少要抽十根菸，作為減肥方案的一部分。胖姑娘是找不到工作的，菸——那時候也稱作減肥菸——就成了有魔力的良藥。尼古丁使我們暈乎乎的，即使不好笑的事也能讓我們傻笑。等菸失去作用後，我們便開始喝酒。為了不讓舍監發現，我們把酒裝在大茶杯裡。

多虧有了諾拉和那些開心的夜晚，巴黎在我心中終於慢慢有了生機。我重新開始給格斯塔寫信了。我不需要再說謊，我只描述我看到的身邊的一切。我還借用很多書裡的話，把作家們對巴黎的觀點寫進自己的信裡。到了休息日，我們會去探訪書裡寫過的地方。我們幻想著十九世紀，幻想那時女人們穿的及地長裙，那時的車水馬龍、音樂，還有愛情，幻想大蕭條前的世界。

是諾拉給了我第一次為《時尚》拍片的機會。她假裝生病，讓我去頂替她。當接她的車停在我們的公寓門口時，她笑著把我推了進去。

「站直了。微笑。他們不會發現的。他們就需要一個漂亮姑娘，他們確實會等到一個漂亮姑娘。」

車在市郊的一棟大工業樓前停下了。門上有一個小小的金屬牌。直到現在，我還記得攝影師那拗口的名字：克勞德·李維。跟諾拉說的一樣，他對我點點頭，指著一張椅子，讓我坐在那裡等候。

我看著助理們抱來各種各樣的衣服，給木頭模特兒穿上。克勞德不時過去，和《時尚》的編輯一起研究。他們選了四套，都是粉色系的。助理們又拿出一堆項鍊，長的、紅的，還有玻璃珠做成的。然後他們轉向我，把我從頭看到腳。

「她看上去不太一樣。」

「她不是深色膚色嗎？」

「她很漂亮，金髮姑娘更好。」編輯點點頭。然後他們又轉過去，彷彿房間裡不存在我這個活生生的人，彷彿我只是其中一個木頭模特兒。

我一直在那兒坐著，直到有一個人讓我挪到另一張椅子上。到了那兒，有人把我的指甲塗成了紅色，為我化上妝，幫我把頭髮捲好，噴上定型水。定型水讓頭髮變得又硬又重，我不得不伸直脖子，頭也不敢亂動。我不能把精心打造的髮型弄亂。

相機就在屋子中央的一個木質三腳架上，就像是一個小黑盒子裝上了可折疊的皮質鏡頭。克勞德轉來轉去，把相機前後左右地移動位置，尋找合適的角度。我躺在椅子上，一隻胳膊搭在靠背上。有人幫我整理服裝，有人幫我整理項鍊，還有人給我的鼻子補妝。

克勞德下指示了：「頭別動！把手向右轉一公分！裙子皺了！」等他終於準備拍照時，我得紋絲不動，直到快門按下。

故事到這裡本可以結束了。一個漂亮的封面上印著一位穿著粉色裙子的金髮美女。

但是並沒有結束。

等我們給雜誌拍完照，克勞德走過來。他讓我再擺一個姿勢，再拍一張。一張藝術照，他說。我還穿著那條裙子，化妝師已經收起了化妝品，髮型師收起了梳子和瓶瓶罐罐，服裝師收好了服裝，編輯也收好了自己的東西。最後，當他讓我躺在地上時，房間裡已經空了。他把我的頭髮像扇子一樣散開，用別針把小片的樺樹葉釘在頭髮裡。我自豪地躺在那裡，為自己得到他的邀請而感到驕傲。這是他對我的認可。他向我俯下身，擺好三腳架，雙手握住相機。他讓我把嘴唇分開。我照做了。他讓我用慾望的眼神看鏡頭。我照做了。他又讓我用舌尖舔上唇。我猶豫了。

這時，他移開了相機，抓住我的手腕，用力把它們按在我的頭頂上方。他的臉離我很近，他吻了我，還強行把舌頭伸到我的牙齒中間。我咬緊下巴，雙腿拚命掙扎，但我的頭髮被別針固定在地板上。我閉上眼睛，做好會很疼的準備，使勁掙脫了。我的頭猛地撞上了他的頭，他按住自己的前額，狠狠地罵了一句。我抓住機會，拔腿就跑，一直跑出大門。我光著腳，沒來得及拿自己的東西和衣服，還穿著拍照的裙子。他在我身後罵：「蕩婦！」他的話在樓梯間迴響：「妓女！」

我跑啊跑，穿過了那片工業區。我的腳被玻璃碴和石子劃傷了，腳底在流血，但我沒有停。腎上腺素讓我一直跑下去，直到感覺安全為止。

但我完全迷路了。我坐在一座石牆上。粉色的裙子已經被汗水浸濕，面料貼在皮膚上，涼冰冰的。衣著光鮮的巴黎人從我身邊走過，我把流血的雙腳貼在牆面上，怕被他們看到。沒人停下來。沒人問我是否需要幫助。

天黑了，我還在那裡。

天又亮了，我仍然在那裡。

我終於緩慢而又艱難地走進一個院子，偷了一輛自行車，這時我的腳已經不再流血了。那是一輛沒有上鎖的、生了鏽的男式自行車。從在斯德哥爾摩的童年到現在，我已經很久沒有騎過車了。即使在小時候我也很少騎，只有在郵差送完信時，他會讓我們這些孩子騎一會兒。我晃晃悠悠地騎過一條條街道，看到紅色的太陽升起，人們醒來。我聞到烤麵包爐和木頭爐灶點火的香氣，我嚐到自己的鼻涕和汗水的鹹味。街道越來越熟悉了，我終於看到諾拉從歐特伊街地鐵站的長椅跳起來，朝我跑過來。她看到我便哭出聲來。我已經累得渾身發抖。我們在人行道上坐下，像平時那樣靠在一起。她從口袋裡掏出一支菸，一邊抽，一邊耐心地聽我跟她講發生了什麼事。

「我保證，我們再也不為克勞德工作了。」她一邊說，一邊頭靠著我的頭。

「我們再也不為他工作了。」我吸著鼻子。

「是不是《時尚》都無所謂。」

「對，是不是《時尚》都無所謂。」

但是有所謂。那不是諾拉最後一次為克勞德工作，也不是我的最後一次。那就是模特兒的生活。我們沒法質疑這一點。一份好工作就是生活的保障，我們沒有說「不」的選擇。但我確保自己再也不單獨和他在一起了。

N. 尼爾森．格斯塔

我在床上躺了好幾週，腳上纏了厚厚的繃帶。房間裡滿是濃水和病懨的臭氣。龐薩德先生氣壞了，因為我在百貨公司的工作沒人頂替。他每天都來看我，如果發現我沒什麼好轉，就自言自語地抱怨。我一直沒敢告訴他是怎麼回事。那時候根本不敢。

有一天，我收到了格斯塔的信。只有一行，用歪歪扭扭的大寫字母寫在信紙中央：

我很快就要來了！

很快？很快是什麼時候？可能要見到他的想法讓我充滿了期待，我真希望自己能和他一起在這個我開始稱為家的城市裡漫步，看看他的巴黎，再帶他看看我的巴黎。我每天都等著他，但他一直沒來。我也沒有收到別的信來解釋或是告訴我抵達的時間。

我的腳很快就好了，我又能走路了。但格斯塔杳無音信。我每天到家時都會期盼地問舍監有沒有訪客，有沒有電話或是來信。但回答總是沒有。我還記得她每次回答時歪著嘴的嘲笑。諾拉和我都討厭舍監，就和她討厭我們一樣。當我回想這一切時，我甚至都想不起她的名字。我都懷疑自己知不知道她的名字。對我們來說，她就是個女管家。或者，當她聽不到時，我們稱她為「醋」。

幾個月過去了，我終於收到了格斯塔的信：

親愛的桃麗絲，

斯德哥爾摩的形勢很不好。或許我摯愛的巴黎也一樣？失業率很高，人們開始省錢，不再買藝術品了。我賣的三幅畫都沒有收回錢。我連買牛奶的錢都沒有了。我沒辦法，只能用畫來換食物。所以現在去巴黎成了奢望。親愛的桃麗絲，我又不能去看你了。我只能待在這兒，巴斯圖街25號。我懷疑自己還有沒有機會離開這兒。我繼續夢想著見到你的那一天。

好好生活！讓世界驚豔！我為你感到驕傲。

你的朋友，

格斯塔

這封信現在就在我手裡，我一直留著它。珍妮，請不要扔掉我的信。如果你不想要這個鐵盒，就把它和我埋在一起。

我對格斯塔的思念越來越強烈。我一閉上眼睛就會看到他的臉，聽到他的聲音。我想念在夫人家打掃房間的夜晚裡跟我說話的那個人，那個對我的頭腦感興趣，問我很多問題的人。

那個傑出的男人和他奇怪的畫，還有他試圖隱藏的男朋友們，成了一個幻想，成了我回憶過去的連結。他讓我感到，不管怎樣，還有人牽掛著我。

但他的信越來越少了。我給他寫信也少了。孤單的夜晚，諾拉和我不再讀書，而是開始參加奢華的派對，和那些願意為我們做任何事的有錢的年輕男人在一起。

P. 艾莉奧諾拉·佩斯托娃

每天，我們都目睹自己的臉被化上妝，頭髮被捲好，穿上漂亮的衣服，面貌一新。那時的妝容和現在完全不同：厚厚的一層又一層塗或撲在臉上，眼線又粗又黑。原本的皺紋和輪廓被掩蓋，連臉型都變了，眼睛也變得又大又閃。

美貌是最有用的工具，我們很快就學會了如何利用這一點。我們化著妝，穿著漂亮的衣服，站得筆直，享受著美貌的力量。人們願意聽漂亮的人說話，羨慕漂亮的人。後來，當我的皮膚突然失去彈性，頭髮開始花白時，這一切變得如此真切。當我走過一個房間，不再有人看我。對每個人來說，那一天都會到來。

在巴黎時，美貌支撐著我的生活。我們逐漸成熟，找到更好的工作，獲得更高的收入，也更加善於利用美貌帶來的力量。我們更加自信了。我們是獨立的女人了，可以自食其力，甚至可以買一點奢侈品了。晚上，我們喜歡從公寓出來，去那些文人和有錢人聽爵士樂放鬆的地方。我們也自娛自樂。

我們到哪都很受歡迎。但吸引諾拉的並不是派對，而是香檳。我們從來都不會孤單，手裡總是舉著香檳。我們一起到那兒，但常常很快就會分開。諾拉會留在吧檯，而我則去跳舞。她更喜歡和為她買酒的男人聊天。她讀了很多書，能夠談論藝術、書，還有政治。如果男人們不再為她買酒，她就不再說話。然後她就會來找我，悄悄拉我的衣角，我們就高高地昂著頭離開，侍者都來不及發現沒人付昂貴的酒錢。

舍監早就消失了。我們已經是成年人，可以自己照顧自己了。我們本應照顧好自己。我們夜裡很晚才回家，有時還帶回一兩個傾慕者，這時，鄰居們總是投來鄙夷的目光。我們年輕，我們自由，但我們想找真正的男人。那時人們就是這樣。用諾拉的話說，要找善良、英俊又有錢的男人，能把我們從周遭的虛假和膚淺中帶走的人，能給我們安全的人。我們的選擇很多。那些男人手裡拿著帽子，把花藏在身後，來我們的公寓看我們，請我們去巴黎的某家咖啡館喝咖啡，有的甚至單膝跪下向我們求婚。但我們總是拒絕。總有什麼感覺不對勁。可能是他們的談吐，也可能衣著，還可能是笑容或是體味。諾拉要找的是完美而不是愛情。她始終堅持這一點。她不想回到捷克斯洛伐克的貧窮生活。但我意識到，其實她有兒時的心上人。當她把新收到的來信和衣櫥裡那堆沒有拆封的信放在一起時，我看到她眼中的悲傷。事實證明，即使是她，在愛情面前也會失去理智。

每次門鈴響，諾拉總是讓別人去開門，這樣如果來人找的是她，她就可以從遠處決定見不見。如果她不出來，我們就會說她不在。一天晚上，我去開門。面前的這個男人有著善良的棕色眼睛，短短的黑鬍子，穿著一身鬆鬆垮垮的西裝。他摘下帽子，摸著自己粗糙的平頭，疲憊地向我點頭。他看上去就像意外闖進了城市的農民。他手裡拿著一朵芍藥。他說了她的名字。我搖搖頭：「她不在家。」

但他並沒有說話。他的眼睛盯著我的身後。我轉過身去。艾莉奧諾拉就站在那兒。他們之間的能量彷彿建成了一座橋。他們開始用我聽不懂的語言講話。最後，她撲進他的懷裡，哭了。

第二天，他們就走了。

P. 艾莉奧諾拉·佩斯托娃 已逝

諾拉一走，生活就變得空蕩蕩的。沒人跟我一起開懷大笑，也沒人拉著我走進巴黎的夜晚了。我重新開始與書為伴，不過現在我自己也買得起書了。休息的時候，我就帶著書去公園，在陽光下看書。我讀現代作家的書：格特魯德·斯泰因、歐尼斯特·海明威、艾茲拉·龐德，還有史考特·費茲傑羅。他們將我帶離了曾經和諾拉一起度過的光鮮亮麗的日子。在樹和鳥兒之間，我更開心，也更平靜。有時，我會帶一小包麵包屑，把它們撒在長椅上，小鳥就會過來陪伴我。有些鳥不怕人，會直接吃我手裡的麵包屑。

他們離開時，她給我留下了地址。一開始，我給她寫很長的信，我想念與她作伴的日子。但我從沒收到過回信。我幻想著她在做什麼，她的每一天，還有她和那個棕色眼睛的男人在一起的生活。我不知道她對他的愛是否足夠彌補她所放棄的富有、奢華，還有眾多的追求者。

一天夜裡，有人敲門。我開門時幾乎認不出她。她的臉曬黑了，頭髮也髒兮兮的。她看到我驚恐的表情，搖搖頭，把我推開。我還沒有發問，她已經輕聲回答：

「我不想說。」

我擁抱了她。我想知道的太多了。諾拉的漂亮臉蛋已經浮腫，圍在身上的披肩也遮不住她的肚子。我感到她的肚子凸出來，頂著我。

「你懷孕了！」我退後一步，用手去摸她的肚子。

她顫抖了一下，把我的手推開，又搖搖頭，把披肩裹得更緊了。

「我得重新開始工作了。我們需要錢。今年的收成不好，我用最後僅剩的一點錢買了火車票。」

「可是你這樣沒法工作啊。龐薩德先生看到一定會生氣的。」我驚訝地說。

「求求你，別告訴他。」她小聲說。

「親愛的，不需要我說。這太明顯了，根本瞞不住。」

「我真不應該跟他走！」她哭了起來。

「你愛他嗎？」

她頓了一下，但又點點頭。

「我保證，我會幫你。你可以在這兒住幾天，然後我幫你回家。」我說，「回到他身邊。」

「那兒的生活太艱苦了。」她抽泣著。

「你生下孩子後還可以回來。一切都還在這裡！你仍然會擁有你的美貌，你還可以繼續工作。」

「我必須得重新工作。」她輕聲說。

那晚，她在我的床上睡著了。我們緊緊地躺在一起，我能從她的呼吸中聞到輕微的酒味。我悄悄爬下床，厚著臉皮翻了她的包包。我在包包底找到一只酒瓶，擰開聞了一下。諾拉已經不喝香檳了，而是換成了便宜的白酒。雖然派對已經結束，她還在喝酒。

她躲著龐薩德先生。我們在一起度過了最後的時光。我們親密地聊天，在巴黎漫步。一週以後，她回去了。我輕撫著她圓圓的肚子，在月台跟她告別。短短幾個月，堅強美麗的諾拉已經變成了過去的影子。列車開動前，她探出車窗，把一個小小的金色陶瓷天使放在我手裡。她沒有說話，只是慢慢地揮手。我追著火車跑，但車速越來越快，我追不上了。我大聲喊，要她給我寫信，告訴我關於孩子的一切。她聽到了，我不時會收到她的來信。她跟我講女兒瑪格麗特的事，還有農場的艱苦勞動，還有她對巴黎和往昔生活的思念。但是，幾年以後，信越來越少了，最後我收到一個陌生人的來信，是用蹩腳的法語寫的：「艾莉奧諾拉死了。」

至於她為什麼死，我從未收到任何解釋。或許是因為酗酒。或許是第二個孩子。或許她只是再也堅持不下去了。

但是，從那天起，每當我看到天使，我都會想起她。所有的天使都讓我想起她放進我手心的那個小小的、金色的天使。我緩慢地把地址簿裡她的名字劃掉，用金色的墨水寫下「已逝」兩個字。那兩個字就像太陽，就像金子一樣。

S. 艾倫．史密斯

你還記得我項鍊盒裡的那個男人嗎，珍妮？你上次來時在抽屜裡發現的那個？

一天，他出現在公園裡。我正坐在菩提樹下的長椅上，明亮的陽光從樹葉和樹枝間照下來，照在書的白色頁面上。突然，來了一個影子，我抬起頭，發現自己直視著一雙眼睛。那雙眼睛閃閃發亮，彷彿在笑。直到現在，我仍然記得他當時穿的衣服：皺巴巴的白襯衫，紅色的毛衣，米色的褲子。沒有西裝，沒有硬邦邦的領子，也沒有帶著金扣的腰帶。沒有顯示財富的外在標誌。但他有著光滑的皮膚，他的嘴唇漂亮極了，讓我忍不住想上前吻他。那種感覺很奇怪。他試探地看看我身邊的空座，我點點頭，他便坐下了。我努力想繼續看書，但心思完全在我們倆之間所跳動的能量上。還有他的味道，他聞起來好清新。那味道彷彿鑽進了我的靈魂。

「我本想去走走。」他把雙腳抬起來，給我看他已經磨破的帆布鞋，似乎是想解釋。我對著書笑了。我們聽著樹梢在微風中的沙沙聲，還有鳥兒嘰嘰喳喳的叫聲。他轉過頭來看我，我能感覺到他的目光。

「這位女士願不願意陪我走一會兒呢？」

只猶豫了片刻，我便答應了。於是，那天下午我們一直散步到太陽下山。世界都靜止了，一切都不重要了，只有我和他。從我們並肩邁開第一步開始，就很明瞭了。他在我的門口跟我吻別。他用手捧著我的頭，我們靠得很近，彷彿已經融為一體。他的嘴唇很軟，很溫暖。他的鼻子貼著我的臉頰，深吸了一口氣。他緊緊抱著我，抱了很久，還輕輕在我耳邊說：「明天，老時間，老地方見。」然後他快速後退了幾步，把我上下看了一遍，飛了個吻，便消失在溫暖的夜色裡。

他叫艾倫．史密斯，是美國人，但他有親戚在巴黎，所以過來探親。他滿腔熱情，雄心勃勃，他正在上學，想成為建築師，夢想著能夠改變世界，重建城市的輪廓。

「巴黎正在變成一個巨大的博物館。我們需要加入一些現代元素，一些小而實用的東西。」

我崇拜地聽著，發現自己被帶進了一個完全未知的世界。他談論建築，談論激動人心的新材料以及如何能將它們投入使用，他也談論我們人類的生活方式，還有未來我們可能會怎樣生活：男女都可以上班，家裡不再需要女僕。他對自己所說的一切充滿了激情，當他想表達某個觀點時，就會跳到公園的長椅上，做著誇張的手勢。我心裡想，他一定是瘋了，但同時，我又欽慕他的活力。接著，他便雙手捧起我的臉，把柔軟的唇貼在我的唇上。他有陽光的味道。他嘴唇的溫度傳給了我，一直蔓延我的全身。他讓我感到異常平靜，我跟他在一起時，感覺自己的呼吸更平和，身體也更輕盈了。我真想永遠留在他的臂彎裡。

此時此刻，我和那個穿著破舊運動鞋的男人一起漫步在溫暖春日的法國公園裡，金錢、地位，還有未來，對我來說都毫無意義了。

10

「看你這樣躺著，我真難過！你還疼嗎？要我飛過去陪你嗎？」

「不用，珍妮，你來陪一個老太太有什麼好處呢？你還年輕，你應該出去尋找快樂，而不是照顧一個癱在床上的人。」

神父確實幫她把電腦拿來了。她把電腦轉過去，向對面幫她整理床鋪的護士示意：

「修女，來跟我的珍妮打個招呼吧。」

護士走過來，好奇地看著螢幕上桃麗絲唯一的訪客。

「是網路電話嗎？看來你並不害怕科技？」

「不，桃麗絲不會，她總是第一個追隨潮流。你很難找到比她更厲害的女孩。」珍妮笑著說，「你們在照顧她嗎？她的腿會好嗎？」

「當然，我們在照顧她，我們給她最好的護理，但她的恢復情況我回答不了。你想跟桃麗絲的醫生聊聊嗎？如果願意的話我可以幫你約個時間通電話。」

「當然。桃麗絲，你看可以嗎？」

「可以，你總是不相信我跟你說的。」桃麗絲笑了，「但如果他跟你說我快要死了，你得跟他說我已經知道了。」

「別這麼說！你不會死的。我們說好了的。」

「親愛的珍妮，你總是這麼天真。你能看到我現在的樣子吧？死亡在每一條皺紋裡等著，它已經抓住了我的身體，很快就會讓我垮下。生命就是這樣。你知道嗎？其實挺好。」

珍妮和護士面面相覷，一個瞪大了眼睛，一個鼓起臉頰，彷彿在輕輕地嘆氣。護士至少還有事可做，她整理了一下桃麗絲的枕頭，便從門縫離開了。

「你別再說死亡的事了，桃麗絲，這簡直太傻了，我不想聽。」突然，她用英語說：「傑克！過來跟姨奶奶問好，她傷得很重，在醫院裡。」

又高又瘦的少年拖著腳步來到電腦前。他揮手微笑，露出一絲銀色的牙套。他立刻就反應過來，閉上了嘴巴。

「看，」他先用瑞典語，然後又換成了英語，「看看這個。」他把電腦轉向門廳的地板，接著跳上滑板，雙腳遠遠地分開，一隻腳向後抬，將滑板踢起來，讓它在地上轉了個圈，然後停住。桃麗絲鼓掌叫好。

「不許在家裡玩滑板，我跟你說過！」珍妮噓他。

她又轉向桃麗絲。

「他現在簡直走火入魔。他這是怎麼了？一塊帶著輪子的木板就能讓他忙碌一整天。不是輪子需要拴緊或者更換，就是要練習技巧。你應該看看他的膝蓋，上面的疤痕一輩子都消不掉了。」

「隨他吧，珍妮。你不能給他買個護膝嗎？」

「護膝？給一個青春期的少年？沒用，我要給他買，但是他不同意。我也不能強迫他穿上。

他覺得穿上就不酷了。」她眼睛一翻，嘆了口氣。

「他還年輕，讓他去吧。有點疤沒關係。情願讓疤痕留在表面而不是內在——心裡。不管怎樣，他看上去很開心。」

「是的，他總是很開心。我想我還是幸運的，他們都是好孩子。」

「你的孩子都很棒。我真想飛過去抱抱這群小傢伙。能這樣見到你真開心。過去，想保持聯繫太難了。我跟你說過我最後一次見我母親是什麼時候嗎？」

「說過。我知道一定很不容易。但至少你最後如願回到了瑞典。」

「是的，我回來了。有時我懷疑如果當時我留下來，跟你和你的母親在一起，是不是會更好。」

「不，別說這些。別後悔，你可以想想別的。如果你懷念過去，就想想過去美好的事。」珍妮笑著說，「你想來我這兒嗎？要不要我在舊金山給你找一家養老院？」

「你真貼心。有你真好，珍妮。不過不用了，謝謝，我還是按原計畫留在這兒。我沒有精力再做別的了……說到精力，我得休息一會兒了。抱抱你，我的寶貝。代我向威利問好，下次再聊？」

「我也抱抱你，桃麗絲！好的，下週同一時間？但那時你剛做完手術……」

「是的，」桃麗絲嘆口氣，「是的。」

「別擔心，會很順利的。很快你就能重新站起來了，看著吧。」珍妮睜著大大的眼睛對她點頭。

「下週老時間見。」桃麗絲喃喃地說，照例送出飛吻。她匆忙掛斷了電話和珍妮的熱情，寂靜像一張沉重而又潮濕的毛毯一樣籠罩著她。她盯著黑洞洞的螢幕。她本想再寫點東西，但已經沒有力氣打字了。她的呼吸變得急促，又一個嗝湧上來，她嚐到嘴裡一股膽汁的味道。他們給她吃的止痛藥有點反胃，又脹又疼。她把電腦貼在肚子上，閉上眼睛，讓餘溫暖一暖胃。

一個護士走了進來。她把電腦放在床頭櫃下面的架子上，然後幫睡著的桃麗絲蓋好毛毯，關了燈。

S. 艾倫．史密斯

就像血管裡的二氧化碳一樣。我晚上幾乎睡不著覺，第二天白天就像踩在雲朵上。等工作結束，我從庫房跑出來，一步三個台階跑下樓梯。等我到達公園時，他已經坐在長椅上等我，手裡拿著素描簿。他正用鉛筆畫著一個裸體的女人，頭髮散落在身上，半遮住胸部。我有點尷尬。他發現我臉紅了，便把畫板放到一邊，羞澀地笑了。

「我只是在試著捕捉你的美麗，憑記憶。」他喃喃地說。

我在他身邊坐下，他翻開素描簿，給我看其他的畫，大部分都是建築物和花園。他畫得很好，用流暢的線條描繪各種細節和角度。其中一頁，他畫了一株木蘭，厚厚的枝葉上長滿了優雅嬌豔的花。

「你最喜歡什麼花？」他一邊畫，一邊漫不經心地問我。

這讓我想起了瑞典家中的花，我好想念那些花。終於，我告訴他我最喜歡玫瑰，跟他講父親工作室外面的白色玫瑰花。他把我攬進懷裡，我把頭靠在他的胸口。他輕輕撫我的頭髮。那一刻，我再也不覺得孤單了。

夜幕降臨了，我們仍然坐在長椅上。我記得空氣中有茉莉的甜香，鳥兒們安靜了，路燈亮了起來，在碎石路面灑上微弱的光。

「你能感覺到嗎？」他突然問，解開襯衫最上面的兩顆鈕釦。「你覺得熱嗎？」

我點點頭，他抓住我的手，放在他的額頭。他頭髮裡的汗滴閃著光，他被汗濕透了。

「我親愛的，你的手好涼。」他雙手握住我的手親吻，「這麼熱，你的手怎麼這麼冰？」他眼睛一亮。每當他有什麼主意，眼睛就會發亮，好像為自己的想像力而高興。他把我從長椅上拉起來，繞了個圈，正好攬進他懷裡。

「來，我帶你去看一個秘密的地方。」他的臉貼著我的臉，輕聲耳語。

我們在夜色中漫步，走得很慢，彷彿時間就是我們所擁有的一切。跟艾倫聊天很輕鬆。我可以跟他分享我的想法，告訴他我的渴望，我的悲傷。他會聆聽。他懂。

終於，我們看到了奧德耶高架橋。這座雙層大橋可以讓火車開過寬闊的塞納河。他帶我走下幾級台階，向遊船夜泊的河灘走去。

「你要帶我去哪兒？我們要去什麼秘密的地方？」我有點猶豫，停下了腳步。艾倫跑回來，熱切地拉我。

「來吧，沒在塞納河裡遊過泳，就不能算是巴黎人。」我瞪著他。游泳？他怎麼能提出這樣的想法？

「你瘋了嗎？我才不會在你面前脫衣服。你不會以為我會吧？」

我推開他，但他仍然拉著我的手。他讓人無法拒絕。很快，我又回到他懷裡。

「我會閉著眼睛的。」他輕輕說，「我不看，我保證。」

我們爬過小船，有三艘船停成一排。最遠的一艘船尾有個梯子。艾倫拖下襯衫和褲子，漂亮地跳進水中。四周突然一片寂靜，水面的波紋也消失了。我大聲呼喊他的名字。突然，他重新出現在小船邊，大笑著浮出水面，手臂撐在船舷。河水從他深色的頭髮上流下。他雪白的牙齒在夜色中閃著光。

「我有意躲開，好讓女士跳下來不被人看到。來吧，快點。」他大笑著，又消失了。

我會游泳，我在斯德哥爾摩學過。但天太黑了，我記得我在猶豫，我的心在和恐懼賽跑。最終，我踢掉鞋子，脫下了衣服。我裡面穿著束身衣，那時候普遍這麼穿，是用厚厚的絲綢製成，膚色，有著僵硬的罩杯。我沒有脫。當我的腳觸到水面，艾倫一把抓住了它。我大叫一聲，掉進他的懷裡。他的笑聲在橋洞下迴盪。

S. 艾倫．史密斯

艾倫讓我開懷大笑。他顛覆了我的整個世界觀，儘管我常常覺得他有點瘋狂。直到現在，回望過去，我才認識到他的想法是基於對人類以及世界發展方向的真正瞭解。當我看到現代的年輕家庭，我看到了當年他所談論的人。

「你的家就是你自己的小世界，」他常常說，「是你自己的領地。所以家應該適合你的生活方式。廚房應該根據家裡常用的食材和常住的人來設計。誰知道呢？說不定將來我們的家裡都不需要廚房了。外面的餐廳可以提供更好的食物，我們為什麼還要廚房呢？」

那時，第一台電冰箱剛剛問世，白色家電開始走進人們的生活。所有人都在努力把廚房裡塞進更多的機器、更多現代化的生活設備。此時此刻，他卻談起家中沒有廚房，我覺得太好笑了。

「或許，將來我們的廚房會像餐廳裡那樣。」我笑了，「或許大家都會有自己的廚師和一兩個服務員？」

他不在乎我的諷刺，仍然一本正經。

「我的意思是，一切都可以改變。舊的建築被拆掉，蓋上新的。裝飾主義被實用主義所取代。最終，房屋會有新的含義。」

我搖搖頭，不確定他是在開玩笑還是認真的。我喜歡他想像鮮活的抽象畫面的能力，就像那時巴黎生產的一些藝術品一樣超現實。對艾倫來說，建築是所有人類關係的基礎，因此也就是解開所有生命奧秘的鑰匙。他的生活圍繞著材料、角度、外觀、牆壁、角落和縫隙。每次我們散步，他都可能會突然停下來，盯著一座建築物出神，直到我向他扔點東西，一條圍巾或是一隻手套。然後他會抱起我轉一圈，好像我是個小孩子。我喜歡他把我作為自己的私有物品一樣，喜歡他在巴黎嘈雜的街道上大膽地吻我。

有時，他會坐在我工作的地方外面等我。等我帶著濃妝出來時，他會自豪地摟著我，帶我去餐廳吃飯。很奇怪，我們倆有說不完的話，從來不會產生讓人尷尬的寧靜。我們在巴黎漫步，無視周遭的一切，全神貫注地愛著對方。

他自己並沒有多少錢。在昂貴的場所他也會手足無措。他甚至從來不去高檔的地方，因為他僅有的套裝又大又過時，穿上去就像是少年穿了父親的衣服。事實上，要不是我們第一次在公園長椅上見面時他所閃耀的魅力，我很可能壓根不會跟他說話。那次見面的記憶讓我始終不敢以貌取人。

有時，兩個人並不需要有同樣的興趣或同樣的風格，珍妮。能讓對方笑，就足夠了。

S. 艾倫．史密斯

我仍然努力地工作。對著鏡頭，按要求擺好姿勢，昂著頭，塗著鮮豔的紅唇，笑著取悅巴黎上流社會的太太們。但我的心中充滿了愛和渴望。我們不在一起時，我總是想他。我常常和他並排坐在公園的長椅上。他在畫板上畫畫，線條慢慢變成了建築物。他那本素描簿裡藏著一整座城市，我們常常幻想著自己會住在哪棟房子裡。

有時，我的工作需要離開巴黎。我們倆都痛恨這種時候。有一次，他開著借來的車，從我的公寓接上我——我到現在還記得車型，是一輛黑色的雪鐵龍。我要去普羅旺斯的城堡當服裝和珠寶模特兒，他說他要開車送我。他開得並不熟練，說不定那是他第一次開車。路途很顛簸，一開始，他總是熄火。我幾乎要笑傻了。

「如果你這麼跳來跳去我們永遠也到不了！」

「親愛的，如果需要的話，我願意開車送你到月亮上，然後自己騎車回來。我們當然能到。坐好，我要加速了！」

說完，他把油門踩到底，我們飛馳起來，身後留下一串黑煙。幾個小時後，我們總算開上了通向城堡的小路，我已經滿身都是灰塵和汗水。龐薩德先生突然拉開車門時，我們仍坐在車裡接吻。他瞪著艾倫。我們還沒結婚，這樣親吻是很大的醜聞，他要讓艾倫知道這一點。艾倫只得沿著石子路跑走了，免得被打。儘管事情很嚴重，我還是忍不住大笑。艾倫遠遠地轉身給了我一個飛吻。

活動一結束，我便溜了出來，看到艾倫躺在城堡的草坪上睡著了。我把他拉進車裡，在龐薩德先生發現之前逃走了。那晚，我們躺在溫暖的星空下，緊緊地依偎在一起。我們數天上的流星，想像著每一顆流星都代表我們將來的一個孩子。

「看，一個男孩。」艾倫指著第一顆。

「還有一個女孩。」第二顆出現了，我激動地說。

「又一個男孩。」艾倫笑了。

當第七顆流星劃過天際，他吻了我，說已經足夠多了。我輕撫他的脖子，手指伸進他的頭髮，聞著他的氣息，與他融為一體。

S. 艾倫．史密斯

我們相識四個多月時，他突然意外地消失了。就那麼走了。不再有人來敲我的門，下班後不再有人帶著吻和笑容來等我。我不知道他住在哪裡，不認識他的親戚，不知道怎樣能聯繫上他，搞清楚怎麼回事。我們最後一次見面時，我注意到他有點焦慮，不像往常那樣興高采烈，也穿得更嚴肅。我還以為他是因為我而買了新夾克和新皮鞋。或許是有別的原因？每一天，我都更擔心，更絕望。

我又來到公園，來到他常常坐著畫建築的那張長椅旁。除了一隻獨腳鴿子跳來跳去找麵包屑外，空無一人。我每天都去，在那裡一坐就是好幾個小時，但他再也沒有回來。我坐在那兒，幾乎可以感覺到他的存在，彷彿他就在我身邊。

日子一天天過去。我獨自走過我們常走的路，希望他會出現，希望這只是個噩夢。我對他的記憶越來越像是個遙遠的夢。我罵自己太天真，太沉醉於對他的迷戀，我問他的問題太少了，我對他的瞭解太少了。

他去哪兒了？他為什麼拋棄我？我們應該永遠在一起的。

A. 艾格尼絲．阿爾姆

艾倫突然消失以後，我像失了魂般。經歷了很多個失眠的夜晚，我有了黑眼圈和眼袋，鹹鹹的眼淚讓我的皮膚變得乾燥而蒼白。我吃不下東西，變得又瘦又弱。每一分鐘，有意或無意地，我都在想他。

分離是世界上最糟糕的事，珍妮。直到現在，我都不喜歡告別。和親愛的人分開，就像靈魂受了傷。

我很痛苦地承認，大部分人都會被慢慢淡忘。這並不意味著關於他們的記憶會消失，也並不是他們對我們失去意義。但最初那種讓人慌亂的焦慮逐漸變得麻木，最終被一種更溫和的東西所取代，一種你能夠承受的感覺。有時，你甚至不想重新開始一段舊情，而僅存的維繫更多源於義務而非熱情。他們成為要保持聯繫的人；寫信，讀信，思索，然後將對他們的記憶收起，重新塞回信封裡，等著被遺忘。

在巴黎待了幾年，我連關於母親的記憶都有點模糊了。我只記得她將我趕出了家門，把我扔進了一無所知的成人世界，卻讓妹妹留在她的身邊。對我來說，她成了在孩子中厚此薄彼的人。我仍然會想起她，但對她的思念逐漸消逝了。

關於艾倫的記憶並沒有消逝，一點兒都沒有。他幾乎一直在我的腦海裡。我不再那麼痛苦，但對他的愛絲毫不變。那種愛很強烈。

我每天、一開始甚至每小時都反省自己。我想知道自己犯了什麼錯，他為什麼拋棄我。最終，我開始將更多的精力轉移到修眉毛和大吃大喝上，而不是思考未來。我離開瑞典已經七年了。我有錢，我很獨立，那時很少有女性能如此幸運。我的生活就是漂亮衣服和化妝品，它們將我改造成了另一個人，一個被人羨慕的人，一個足夠好的人。我每天都在追求完美。

事實是，一天，我收到了一封不幸的電報，彼時我正一心想著買一雙跟我的新裙子一樣紅的平底皮鞋。我一家店一家店地逛，對比材質，讓店員把鞋擦得亮閃閃的，一秒鐘後又因為搭扣太醜而拒絕。我過著無憂無慮的生活。現在回頭看，我感到羞愧。不論那時還是現在，要想把年輕女性變成自私自利、自我沉醉的討人嫌的人，很容易。很多人都被耀眼的黃金所誘惑，而很少真正停下來思考。你知道嗎？那時的模特兒很多都來自富有的貴族家庭。因為她們，模特兒的地位提高了，我們開始被人仰視。

不管怎樣，繼續說那封電報。是我母親的鄰居發來的，它給我的自毀人生劃上了實實在在的句號。

親愛的桃麗絲，

我非常傷心地告訴你：你的母親因為長期疾病，去世了。我和她的朋友以及同事們一起攢錢為小艾格尼絲買了一張火車票。她會在四月二十三日13:00到達巴黎。我把她交給你了。你母親的遺物都存在閣樓上。

願你們倆好運。

愛你的，

安娜・克莉絲蒂娜

一個我已經不認識的死去的母親。一個小妹妹，就像誤投的包裹一樣闖進我的世界。我上次見她時，她還是七歲的小孩子。現在，她已經是又高又瘦的十四歲少女了，一臉茫然地走在月台上。她一手拎著一個破舊的箱子，用粗粗的皮帶捆著。看上去像是父親的舊皮帶，上面還沾著白色的油漆。她的眼睛在人群中掃視，尋找著我，她的姊姊。

她一看見我便僵住了，直直地盯著我，任由人群從她身邊擠來擠去。她的眼睛死死地看著我的眼睛。

「艾格尼絲？」這個問題是多餘的，因為她和當年的我簡直一模一樣，只是比我稍胖一些，髮色稍深一點。她迎著我的目光，嘴巴半張著，眼睛睜得圓圓的，好像我是鬼魂一樣。

「是我，你的姊姊。你沒認出我嗎？」

我伸出手去，她抓住了。她的身體立刻開始顫抖，手裡的包包啪的一聲掉在地上。她鬆開我的手，雙臂緊緊抱住自己，頭深深地埋下去，肩膀幾乎要碰到耳朵。

「好了，孩子。」我一隻手摟過她，感覺自己也在隨著她的小身軀一起發抖。我平靜地吸了口氣，聞到了她身上熟悉的氣息。

「你很害怕嗎？」我輕聲問，「很傷心？我能理解。她的去世一定讓你很痛苦。」

「你長得很像她，一模一樣。」她的臉靠在我肩上，吞吞吐吐地說。

「是嗎？太久了，我幾乎都不記得了。我連她的照片都沒有。你有嗎？」

我輕輕撫摸著她的背，她的呼吸慢慢平靜下來。她放開我，退後幾步，從衣服口袋裡拿出一張已經磨損得很舊的照片，遞給我。母親正穿著她的藍色長裙坐在鋼琴凳上。她總穿那條裙子去參加派對。

「這是什麼時候的照片？」

艾格尼絲沒有回答，或許她也不知道。母親的眼裡充滿了生機。直到那一刻，我才真正意識到，她真的走了，我再也見不到她了。憂慮籠罩了我的全身。她直到去世還以為我不關心她。我再也沒有機會彌補了。

「也許我們在天堂會再見到她。」我試著說，但這話讓艾格尼絲哭了起來。我把自己的眼淚咽了下去。我感到胸口很冷，渾身發抖。

「噓，別哭，艾格尼絲。」我把她拉到我身邊，這才發現她多麼疲憊。她的眼皮沒精打采，眼睛下方的皮膚發青。

「你知道全世界最好的熱巧克力就在巴黎嗎？」

艾格尼絲擦乾了眼淚。

「你知道巧克力是治療眼淚的最佳良藥嗎？最棒的一家咖啡館就在這附近，就在那個路口。」我指著那個方向，「我們走吧？」

我拉著她的手，兩個人慢慢走過車站大樓。那是七年前我和夫人走過的路。那時我一點也沒有哭。但我的妹妹現在在哭。我的小妹妹，和我一樣，都被迫踏進了這個寬廣的世界。我得照顧好她。這讓我有點惶恐。

艾格尼絲讓我的生活發生了天翻地覆的變化。我得像個家長。我立刻擔憂起來。她得上一所好學校，她得學法語。她永遠不需要做洗洗刷刷或是女僕的工作。我也永遠不會讓她當模特兒，在鏡頭前假笑。艾格尼絲將擁有我曾經夢想的一切——教育、機會，還有最重要的：比我更長久的童年。

第二天，我就退了我和另兩名模特兒合租的公寓。我看了自己預約的公寓。我有固定的工作，包括在百貨公司的工作，還有為浪凡和香奈兒拍照。曾經讓我焦慮和恐懼的工作已經成了我的日常生活。

追求者們仍然在跟我聯繫。我有機會就會跟他們見面，接受他們的禮物，聊一會兒天。但沒人能取代艾倫在我心中的位置。沒有人有他那樣的眼神，沒人像他那樣看到我的靈魂，沒人像他那樣讓我安心。

也沒人能取代艾格尼絲的位置。從她到來的第一天，我就把他們送我的禮物以最快的速度賣掉了，用賣來的錢為她買課本。我也不再把時間用來找一雙與裙子材質相配的鞋了。

11

「我希望你明白我的意思？」

她扭過頭去，看著窗外的雲。風在和雲朵嬉戲，讓這些小白球用不同的速度運動：最外層原地不動，但裡層迅速消失，很快就看不見了。

坐在她旁邊的男人清了清嗓子。有一坨口水從他嘴裡噴出來，落在他的小鬍子上。他叫了她的名字。她轉過身來，看著他，聽他說。

「你不能獨自生活，你現在連路都走不了。那怎麼行？要是沒人幫忙，你都沒法上廁所。桃麗絲，相信我。療養院是更好的選擇。並不是長期在那兒，而且你還可以帶一些自己的傢俱過去。」

這已經是醫院的社工第三次帶著表單來找她了。第三次，她不得不聽他講她多麼應該賣掉公寓，把不能帶進療養院的傢俱和記憶找地方存起來。第三次，她不得不克制住打他一拳的衝動。她永遠不會離開巴斯圖街。這將是他第三次空手而歸，她是不會簽字的。

但他仍然在那兒坐著。她聽到他用手指敲擊表單的聲音。她把頭扭向一邊，儘管這個動作也會給她帶來疼痛。

「除非我死了。」她生氣地說，「別再想讓我簽字了。我告訴過你，我堅持我的想法。」

他深深地嘆了口氣，重重地把表單摔在床頭櫃上，儘管區區一張紙並不能發出多大的聲音。

他準備最後再試一次：

「但你自己怎麼搞定呢，桃麗絲？告訴我。」

她盯著他。

「在這件事發生以前，我過得很好。之後，我還會跟從前一樣。只是臀部骨折而已，我又沒有殘廢！我又沒死。至少暫時還沒死。我死也不會死在這兒或是風鈴草療養院裡。順便說一句，你應該祝我早日康復，而不是在這兒浪費你我的時間。再過幾個星期，你會發現我又能走得好好的。或者，說不定你也應該試試把臀骨摔斷，裝上一個新的關節，然後我們看看幾週以後你有多麼驕傲！」

「風鈴草療養院算比較好的了。我頗費了一番口舌才讓那兒的經理答應接收你，他們通常不接受你這種情況的病人。抓住這次機會吧，桃麗絲。下次你可能就沒那麼走運了，你就只能選擇長期看護了。」

「威脅老太婆是沒用的，你們這些人天天從這兒進進出出，早該明白這一點。如果不是的話，那麼你今天應該明白了。你可以去騷擾其他人了。我想睡覺了。」

「你是這麼想的嗎？」他的眉毛帶著怒氣，嘴唇成了薄薄的一條線。「你覺得我在騷擾你？事實上，我只是想幫你。你得明白，這是為你好。沒人幫你，你沒法獨自生活。」

等他終於走出病房，淚水從桃麗絲的臉頰流了下來，流過她臉上的皺紋，流進她的嘴裡。她乾枯的嘴唇嚐到了一絲鹹味。她的心仍然生氣地怦怦跳。她抬起那隻已經被輸液管摧殘得發青的手，擦了擦臉。隨後她便盯著牆壁，固執地活動自己的腳，來回十次，就像物理治療師教她的那樣。接著，她掙扎著想把腳抬高一點。她盯著自己的大腿，想像著腳後跟抬了起來。僅僅堅持了一秒鐘，她又把腳放回枕頭上。這個動作已經耗費了她的全部力氣。她讓自己休息了一會兒，又開始第三組訓練。她將膝蓋按住，向床的方向按壓，來拉伸大腿的肌肉，然後放鬆，再重複。最後，她收緊背部，讓臀部上抬一點點。她感到手術的刀口一陣刺痛，但臀部現在可以承受一些微小的動作了，而且並不太疼。

「你好嗎，桃麗絲？你的腿感覺怎麼樣？」一名護士在她床邊坐下，握住她的手。

「我很好，不疼。」她撒謊道，「明天我想起來走走，或者至少試試看。我應該能走幾步。」

「精神可嘉。」護士拍拍她的臉頰。她躲開了。

「我會寫在表裡，告訴早班的人。」

現在又剩下了桃麗絲一個人。她對面的床今晚沒人。她很好奇明天誰會被收進來。明天是星期一。星期一，星期二，星期三。她數著手指。再過三天她就可以和珍妮通話了。

A. 艾格尼絲．阿爾姆

靠近中心區的一套公寓，有一間小廚房，院子裡有水和廁所。這不是最好的住宅區，但是是我們自己的公寓，我們可以隨心所欲。我和艾格尼絲。我們一起睡覺，睡在同一張小床上。如果其中一個人翻身，床就會嘎吱嘎吱地響。現在，如果我閉上眼睛，仍然能聽到那個聲音。即使動作再輕，也會讓生鏽的彈簧和變形的鐵架搖晃。有時，我甚至擔心整個床會垮掉。

艾格尼絲太可愛了。用這個詞來形容她再合適不過。她總是樂於幫忙，善解人意。有時她很安靜，有點憂鬱。她睡覺時會翻來覆去，在睡夢中嗚咽著流眼淚。她會緊緊地靠著我。如果我挪開，她就會跟過來，把我擠到只睡在很窄的一部分床墊上。

一天早上，我們蜷在床上喝茶。艾格尼絲開口了。她的話讓我明白，至少部分明白了她之前的境遇多麼糟糕，我原本也可能跟她處於同樣的境遇。她們很窮，窮得吃不飽飯。她上不了學。她們被趕出公寓，在安娜．克莉絲蒂娜家度過了最後幾個月。

「媽媽咳得很厲害。」她的聲音很低，幾乎聽不見。「她咳得出血，她的痰又紅又黏。當時，我們睡在廚房的沙發床上，我能感覺到她每咳一下，身體都疼得發抖。」

「她去世時你在場嗎？」我問。她點點頭。「她說了什麼？她說什麼了嗎？」

「我祝願你足夠的……」艾格尼絲說不下去了。我緊緊握住她的手，十指相扣。

「我們已經足夠倒楣了。你不覺得嗎？」

我們可以因此而大笑。那是只有姊妹間才有的那種親密，儘管我們還並不太瞭解對方。

我永遠忘不了和艾格尼絲一起度過的第一個夏天。如果你想真正瞭解一個人，珍妮，跟她一起睡覺。沒有什麼比夜晚蜷在一起更讓人感到親密了。那時，你就是你自己，不能逃避，沒有藉口。感謝那張生鏽的鐵架床讓我們重新變成了姊妹，分享一切的姊妹。

我不用工作時，我們便會在巴黎街頭散步，戴著帽子和手套來防曬。我們用法語對話。她每學一個單字，我們都在街上找和對應的東西：汽車、自行車、裙子、帽子、鋪路石、書、咖啡廳。這成了我們的遊戲。我會指著某樣東西，用法語說出來，她再跟著唸。我們到處找單字。她學得很快，開始期待上學，而我則得以重溫過早失去的童年。

然而，大家突然變得憂心忡忡。人們在咖啡館裡小聲議論的關於戰爭的傳言已經被證實，到了一九三九年九月，戰爭正式開始。可怕的第二次世界大戰。對於未來的恐懼和巴黎街道上的炎熱一樣沉重。法國暫時還沒有被捲入，巴黎的生活仍然跟往常一樣，但人們的笑容彷彿被偷走了。士兵和步槍成了我和艾格尼絲在街上找到的新詞。突然間，我發現自己的工作也變少了。時尚品牌在削減開支，這對我們來說便意味著經濟危機。百貨公司也不再雇用模特兒了。艾格尼絲仍然每天去上學，而我則等著電話響起，叫我去工作。最後，我開始到處找別的工作，但沒人敢錄用。肉店，麵包店，連貴族家裡也不徵人了。我還有一些積蓄，但餘額越來越少。

我們的公寓裡有一台舊收音機，深色的木頭，材質已經發黃，金色的旋鈕。我們每天晚上都忍不住收聽。廣播的內容越來越殘酷，死亡人數先是幾十人，然後變成了幾百人。戰爭距離我們如此之近，但似乎又如此遙遠，如此讓人無法理解。艾格尼絲會捂住耳朵，但我總是強迫她聽，為了讓她瞭解形勢。

「別聽了，關了吧，桃麗絲。我頭腦裡的畫面太恐怖了。」她說。

有一次，她直接跑出房間，跑出公寓。那次，新聞播報員宣布德國佔領了華沙，波蘭的抵抗被鎮壓。

我在後院裡找到了她。她蜷在一個柴火堆上，手臂緊緊抱著腿，眼睛直直地盯著前方。屋頂傳來鴿子咕咕的叫聲。到處都是鴿子，路上也落滿了牠們的糞便。

「對你來說，這些可能只是數字，」她生氣地說，「但這些是人，活生生的人，已經死了。你明白嗎？」

她對我喊出最後幾個字，好像我不懂死亡的意思一樣。我在她身邊躺下，緊靠著她。

「我不想死，」她抽泣著，頭靠在我肩上。「我不想死。我不想讓德國人過來。」

S. 艾倫．史密斯

一天，艾格尼絲回家時帶回了一個信封。我相信它原本應該是白色的，但收到時已經又黃又髒，上面滿是郵戳、郵票、膠水印和塗改得亂七八糟的地址。裡面有一封從美國寄來的信。他消失已經一年多了。現在，在關於戰爭的重重擔憂中，他終於來信了，彷彿聽說了自己走後我從未停息的悲傷。信封裡是一本關於去紐約的手冊，還有一疊美元。信中的幾行字已經永遠銘刻在我的記憶裡：

親愛的桃麗絲，我最美麗的玫瑰。我被迫匆忙離開了巴黎，沒能跟你告別。原諒我。我父親來接我了，因為我母親需要我回來。我沒辦法。來我這兒吧。我需要你。跨過大西洋，我就又能把你擁在懷裡了。我會永遠愛你。快點來吧。這裡有你旅行所需要的一切。你抵達後我會照顧你。

我們很快就能重逢了。我好想你。

信是艾倫寄來的，我的艾倫。

我把那封信讀了一遍又一遍。一開始，我很生氣，因為他過了這麼久才跟我聯繫，而且只有隻言片語。但我很快又高興起來。我感覺自己重獲新生了，彷彿悲傷帶來的麻木慢慢離我而去了。他還在那裡，我沒有做錯什麼，他愛我。

我把信讀給艾格尼絲聽。

「我們去吧！」她皺著眉頭大聲說，表情很嚴肅。「既然留在這裡等待我們的將是一場戰爭，我們還留下幹什麼呢？」

有傳聞德國人甚至把老百姓也抓去當俘虜，把他們趕出家門，把值錢的東西都搶走。我們不知道德國人之後會如何處置他們，但艾格尼絲很害怕。她在學校聽說了各種可怕的版本，一切都被扭曲了，情況越來越糟。

之後的晚上，我們便坐在廚房裡討論這次旅行。艾格尼絲很堅定。她想走。她再也無法忍受這種恐懼了。我們很快就做了決定。我們都想離開這兒。但對我來說，促使我下決心的不是恐懼，而是嚮往。我把大部分衣服、帽子、鞋子還有傢俱和畫都賣掉了。我們把剩下的一點東西還有信件、照片和首飾裝進了兩個大旅行箱。我把銀行存款都取了出來，把大面值的紙幣放進艾倫曾經給我的一個舊巧克力鐵盒，藏在手袋裡，從不離身。

我的人生再次被裝進了旅行箱，但這是我第一次作為成年人出發。我感到安全，充滿希望。我的家人和我在一起，艾倫和我要團聚了。

J. 伊蓮．詹寧

那是一九三九年十一月的一個陰雨天。我穿著我的紅色羊絨大衣，它在所有其他黑色、灰色還有棕色的大衣中脫穎而出。我在頭上繫了一條灰色的圍巾，走上舷梯，優雅地離開歐洲和我的事業。我仍然是模特兒桃麗絲。碼頭上擠滿了人，有些人有票，有些沒有。有人在雜誌照片裡看過我，認出我來，對我指指點點，小聲議論著。還有人完全沉浸在與愛人充滿淚水的告別中。走到舷梯中央，我像電影明星那樣轉身揮手。沒有人回應。艾格尼絲沒有回頭。對她來說，巴黎不過是一段將被迅速淡忘的小插曲，而對我來說，巴黎代表著將被永遠珍惜的一段時光。我是最後登船的一批，當船駛出熱那亞港，我透過船艙裡圓圓的窗戶，傷心地看著海岸線慢慢消失在視野裡。

「SS華盛頓」號是一艘很長、很漂亮的船。我們分到了一個很大的船艙，裡面有客廳和一張雙人床。那張床不會嘎吱作響，床墊也不會塌陷下去，這意味著我們不用再擠在一起了。第一天夜裡，我們倆都沒睡著。

「告訴我他很英俊，很有錢。把一切都告訴我！上帝啊，這太浪漫了……」艾格尼絲說。

我不知道該說什麼。我一閉上眼睛就能看到他的臉，我清晰地記得我們擁抱時他的氣息。但事實上，我對他幾乎一無所知。那是太久以前的事了。

「他是建築師，是個空想家。他有很多奇怪的想法。但你會喜歡他的，他經常哈哈大笑。」

「但是他帥嗎？」艾格尼絲咯咯笑起來，我用枕頭砸她。她總有問不完的問題。我把我記得的一切都告訴她：我們如何相遇，他的衝動、他的快樂、他的激情、他的綠色眼睛，還有他的笑容。

我想知道他最終為什麼寫信給我。為什麼是現在，而不是之前？是因為他終於聽到了關於戰爭的流言？雖然他的消失讓我哭了不知道多少次，但當我知道他仍然想著我時，我還是期盼地愛著他。我整個人都充滿了期待。

我們上船前，我寄了兩封信。一封是同格斯塔告別。這些年來，我們的聯繫越來越少了，但我想讓他知道我的去處。我給他寄去了最後一封關於巴黎的剪影。另一封信是給艾倫的。裡面有我們抵達的詳細資訊，還有一封短信，和他寄給我的那封一樣簡短。我們很快就能見面了。我可以想像出那個畫面，就像壯闊的電影裡一樣。當我們靠岸時，他會站在碼頭等著我們，穿著那身不合身的西裝，亂蓬蓬的頭髮被風吹著。而我則穿著優雅的紅色大衣。當他看到我時，他會笑著向我招手。我會跑過去，投進他的懷裡，吻他。在海上波瀾起伏的夜晚裡，我浮想聯翩。同時，我也很緊張。

熱情的船員為我們安排了豐富而細緻的活動：射陶鴿，保齡球，舞會，猜謎遊戲。我們認識了很多新朋友。我們出發前，我完全沒有考慮到英文；我衝動時做的決定完全基於愛，而不是語言。我只會幾個英文單字，艾格尼絲則一個也不認識。但是，我們幸運地遇到了伊蓮．詹寧，一位會說法語的美國老太太，她成了我們的守護天使。每天，她都在餐廳給我們上英語課。就像我和艾格尼絲在巴黎街頭的單字遊戲那樣，我們和伊蓮也做同樣的遊戲。我們指某個東西，她用英文說，我們重複。很快，我們就學會了船上所有物件的英文名。伊蓮很開心能教我們說她的母語，她仔細地發每一個音，讓我們能比較容易地跟讀。

伊蓮的丈夫不久前剛剛去世。他是一名業務，他們去過世界上很多地方，過去的十年在法國。她和我一樣，在法國過著優渥的生活。她的衣服都是訂製的，脖子上掛著好幾圈珍珠項鍊。有時，我幻想自己曾經在百貨公司裡見過她，她也是拉扯過我衣服的富太太們中的一員，她們希望自己穿上那些衣服也一樣優雅。她出汗時，臉上的白粉會在皺紋裡凝成一團，她便用帶有刺繡的手帕去擦，於是她的臉上總有一道一道的印子。她的銀白色頭髮總是很仔細地在頸後梳成圓圓的髮髻。由於頭髮很重，髮簪會不時地滑下來，她就伸手把簪子往裡推一推。我們很喜歡和她在一起。在我們駛向未知的海上航程中，她給了我們莫大的安慰。

船上的大部分人都是在逃離，而伊蓮是要回家，回到她已經闊別三十多年的生活。

S. 艾倫・史密斯

我和艾格尼絲撐著一把黑色的傘，站在甲板上，為直入雲霄的摩天大樓驚嘆。灰色的天空霧濛濛的，雨滴又小又密，被風吹進雨傘下面。我拉緊大衣的領子，把下巴包在圍巾裡。我把雨傘稍微傾斜了一點，好遮住我們，但艾格尼絲又堅定地把傘撐直。在靠岸的途中，我們不能錯過一個細節。當她看到自由女神像——那件來自法國的厚禮時，尖叫起來。自由女神高舉著火炬，看著我們，那一剎那，那個場景讓我確信我們在美國會過上很好的生活。儘管如此，我還是去了好幾趟廁所。當我第四次從廁所回來時，艾格尼絲笑了。

「你很緊張吧？」她笑著說，眼睛仍然盯著前方的陸地。

她的話並沒有讓我放鬆下來，我哼了一聲：「我當然緊張了，我這麼久沒見他了。如果我認不出他怎麼辦？」

「慢點走，微笑。就像你知道要去哪兒一樣。一切都會好的。」

「什麼叫慢點走，微笑？這話聽起來像是媽媽說的。她總是有各種奇怪的想法。」

艾格尼絲笑起來：「是的。她跟你說過『要堅強』嗎？她最喜歡說那句話。」

我點點頭，笑了，這句話確實很耳熟。當我們終於下了船，我按艾格尼絲的話做了。我們跟伊蓮道別，和她緊緊地擁抱。她在我手中塞了一張紙，上面是花體字寫的地址。

「如果需要幫忙，你們可以找到我。」她輕輕地說。

跟旅途中認識的其他乘客親吻告別後，我穿著紅色的大衣，緩緩走上了狹窄的舷梯。他應該立刻就能看到我。我微笑著，我知道有人在看著我。

通過移民檢查後，我們停了下來。大廳裡滿是等候的人。每一分鐘都讓人覺得無比漫長。身邊到處都是我們聽不懂的語言。一名行李員幫我們把箱子從船上搬了過來，我們就坐在行李箱上。冰冷的風吹進我只穿著絲襪的腿，吹進我的裙子。我凍得發抖。艾格尼絲盯著經過的每一個人。她的藍眼睛裡滿是期待，我的眼裡卻含著淚水。人群裡沒有艾倫。

過了將近一個小時，一個穿著深色西裝的男人走過來。他戴著鴨舌帽，他跟我們說話時將帽子摘了下來。

「阿爾姆小姐？桃麗絲．阿爾姆小姐？」他問。我從箱子上跳起來。

「是的，是的。」我急切地用英文回答。我拿出我唯一一張艾倫的照片，那張照片被我塞在古董項鍊盒裡。我經常把它戴在脖子上，但從未向任何人打開過。艾格尼絲好奇地擠過來看。

「你為什麼不告訴我你有照片？！但這個人不是艾倫。」她指了指來人，「他是誰？」

他用英文咕噥了幾句，從夾克的內袋裡掏出一只信封，塞給我。我迅速掃視了那幾行法語：

親愛的桃麗絲，

我驚愕地收到了你的信。已經過去一年多了，我不知道你為什麼要來。桃麗絲，我心愛的人，你為什麼現在才來？我白白等了你好幾個月。我不得不待在這裡，我媽媽病得很重，我不能拋棄她。

後來我不能再等了，我放棄了。我以為你忘記了我。我往前走了。我已經結婚，所以很不幸，我不能見你了。司機會帶你去一家飯店，我用你的名字訂了一個房間。你可以在那兒住兩個星期，房費我來付。我們不能見面。非常抱歉。艾倫。

我幾乎要暈過去。

艾格尼絲拍我的臉。

「桃麗絲，你得堅強起來！我們不需要他。我們之前也能搞得定，而且你這麼多年都過來了。忘掉你的夢吧，站起來。」

我無法呼吸，胸口像壓了一塊巨石。他對我來說就是一個夢嗎？艾格尼絲扶我站起來，攙著我上了車。沿途的一切我都不記得了，街道、行人、氣味、話語。他那封信寄出整整一年後我才收到。當我看到發黃的信封時，當我看到塗改過的地址時，我就應該想到這一點。試想如果那封信按時到了我手裡，嫁給他的就是我了。而現在，他身邊是另一個女人。想到這裡，我感到胃裡一陣翻滾。我想吐。

我和艾格尼絲蜷在酒店裡又大又軟的床上，躲避外面令人生畏的世界。在人生中，我們第二次置身於一個陌生的國家，連這裡的語言都不會說。我們沒有計畫，更沒什麼錢。但我們不能回去。我們剛從戰爭中的歐洲逃出來。

窗戶外面僅僅三十公分的距離，是隔壁樓的磚牆。我盯著它出神，直到視線開始模糊。第四天，我終於爬了起來。我洗臉，搽粉，塗上口紅，穿上最漂亮的衣服，然後走上充滿生機而又嘈雜的街道。我用磕磕巴巴的英文勉強找到了最近的幾家百貨公司。我一家接一家地去問，結果發現美國的模特兒工作和歐洲並不一樣。她們更像是女招待，要和顧客交談，給顧客做導購。而在巴黎，我們根本不需要開口說話。事實上，我們根本不被允許講話。但是在這裡，模特兒在展示服裝的同時還得負責兜售。

走過一條又一條街道，我終於在布魯明戴爾百貨公司得到了一個試用機會，需要試用至少一天。我的工作是在庫房裡。這位巴黎名模居然得用塗著紅色指甲油的嬌嫩的手拆包和熨衣服。但我下定決心要做好，保住這份工作。我們得先找到立足之地。

12

那個男人又來了，她和之前一樣，固執地扭過頭看著牆壁。

「你不可能一直待在這兒。你也沒法回家。所以我們需要把你轉移到療養院。你可以把這看作臨時性的，但事實是，你不可能一個人生活。護士告訴我你昨天試過了，還走不了路。如果那樣的話，你一個人在公寓裡怎麼辦呢？」

她仍然靜靜地看著牆壁。病房裡靜到只能聽到走廊裡微弱的鈴聲，還有護士輕柔的腳步聲。

「桃麗絲，我們最好能聊一聊。如果你願意試著去理解的話。我知道你習慣一個人搞定一切，但你的身體不行了。我理解，這很難。」

她慢慢轉過頭，瞪著他。

「你理解？你到底理解什麼？是躺在這張床上有多麼悲慘嗎？是我多麼絕望地想回家嗎？是我的臀部有多疼嗎？還是你理解我想要什麼、不想要什麼？我覺得如果你離開這兒，我會舒服很多。走吧！」她生氣地撇著嘴唇，能感覺到自己下巴上的皮膚都被拉緊了。她身上半蓋著醫院的毛毯，她想拉到腿上，但疼痛阻止了她。那個人站起身，靜靜地看著她。她能感覺到他在看她，她也知道他在想什麼。他一定在想，這個固執的老太太再也不可能自己搞定一切了。他可以這麼想。但他不能強迫她做任何事，這一點他們倆都明白。她希望他快點離開。他好像看出了她的心思，後退了兩步，轉身走了，什麼也沒說。她聽見他把表單撕成兩半，又一次憤怒地扔進了垃圾桶。她笑了。至少，她第四次勝利了。

S. 艾倫．史密斯

這是我們在紐約的第五天，我們得開始考慮未來了。但是，我們一籌莫展，不知道怎樣能在這個陌生的國度生存下來。我們都非常想家。我想念巴黎熟悉的街道，艾格尼絲想念斯德哥爾摩。我們思念自己拋下的一切。我給格斯塔寫信，好像我只能向他訴苦。我向他求助，儘管我知道他也幫不了我們。

我向布魯明戴爾出發了，準備開始第一天在庫房的工作。我做好了心理準備，知道迎接我的將是和巴黎截然不同的工作環境，我知道這次不是憑笑臉就能搞定的。我讓艾格尼絲待在飯店裡，並且留下了一堆指令：「不要離開房間，不要開門，不要跟任何人說話。」

到處都是噪音，還有我聽不懂的話。路人的叫聲，汽車的喇叭聲。街上的車比巴黎多多了。我走過幾個街區，暖氣從路面的井蓋冒上來，我繞過去，不敢在上面走。

迎接我的經理語速很快。他用手指指，做點手勢，點點頭，笑一笑，接著又開始說。等他終於意識到我並沒有聽懂時，他皺起了眉頭。他的發音和伊蓮的清晰吐字很不一樣。第一天，我便認識到，不能開口說話意味著我只能待在最底層。我低下頭，為自己的無知表示歉意。

剛開始，我還很堅強，還抱有希望，但隨著日子一天天過去，我的腳越來越沉重，肩膀也因為搬重物而越來越疼。我被允許再做幾天，但隨後經理搖搖頭，把我的薪水現金遞給我。因為有太多語言問題，我沒能按要求完成任務。我想爭取，但他只是搖搖頭，指指大門。這下我們怎麼辦呢？我們在飯店只剩下兩天時間了。往回走的路上，我越來越迷茫，越來越擔憂。在這個陌生的國家，我們住在哪兒？我們該怎麼活下去？

我老遠就認出了那頭亂蓬蓬的棕髮。我停住了，盯著他，任人們從我身邊走過。他也完全呆住了，他也看到了我。彷彿有一種磁力，把我吸引到他的身邊。當他從飯店門口的台階上站起來時，我跑了過去。我撲進他的懷裡，像一個被遺棄的孩子那樣大哭起來。他也抱著我，把我的眼淚吻乾。但強烈的喜悅很快就變成了憤怒，我抬起拳頭捶他的胸口。

「你去哪兒了？！你為什麼離開我？！你為什麼離開？！」

他堅定地抓住我的手腕。

「平靜，」他的法語在我聽來就像音樂一樣，「平靜，親愛的。就像我在信裡寫的，我媽媽生病了，」他對著我的頭髮輕聲說，「我必須待在她身邊。我一回來就給你寫了那封信。你為什麼這麼晚才來？」

他緊緊抱著我。

「很抱歉，哦，很抱歉，艾倫……親愛的……我最近才收到你的信。我立刻就來了。」

他撫摸著我的頭，讓我平靜下來。我把臉埋在他的夾克裡，聞著他的氣息。跟我記憶中的一樣。太多的記憶。太多的安慰。

他和我習慣中的穿得不一樣。他穿著合身的雙排釦細條紋西裝，一點都不像在巴黎時的樣子。我摩挲著他的夾克。

「帶我去你的房間。」他輕聲說。

「不行，我妹妹和我在一起。你走之後她來了巴黎，跟我一起生活。她現在就在上面。」

「那我們再開一個房間。走吧！」

他拉著我的手，走了進去。前台接待員認出了我們，對我們點頭，艾倫跟她說了什麼，她認真聽完，便遞給我們一把鑰匙。我們衝進電梯。門剛一關上，他就用溫暖的雙手捧起我的頭，吻我。曾經，就是那樣的吻，讓時光都停滯了。我一生中沒怎麼吻過。我們進了房間，他把我抱上床，慢慢俯身在我身上。他解開我襯衫的釦子，溫柔地愛撫我的肌膚，吻我。我們做愛，融為一體。

隨後，我們便靜靜地躺著，同步地呼吸。我們靠得很近。即使現在，每當我想起那一刻，想起那種感覺，想到我在他懷中睡著時的幸福，心跳仍會加速。

等我醒來，已經是夜裡了。他在我旁邊，醒著，他的手放在頭上。我靠過去，枕在他的胸口。

「我明天就要去歐洲了。」他輕輕地說，慢慢撫我的背，溫柔地吻我的額頭。

我打開床頭燈，看著他。

「對不起，你說什麼？你要去歐洲？你不能去，整個歐洲都在打仗。你不知道嗎？」

「正因如此我才要回去。我是法國公民，我有義務回去。我媽媽是法國人，我在法國出生，我的根在那裡。我不能背叛我的家庭，我的血緣。他們都指望我呢。」

他悲傷地盯著牆壁。我所習慣的熱烈眼神已經黯淡，只剩下了痛苦。我輕輕說：

「但是我愛你。」

他深深嘆了一口氣，坐在床邊，手肘撐在膝蓋上，用手托著額頭。我爬上他的後背，吻他的脖子，雙腿圍住他的臀部。

「你得適應沒有我的生活，桃麗絲。等我回來，我仍然是結了婚的人。」

我把臉靠在他背上，吻他溫暖的皮膚。「但是我愛你，你沒聽到嗎？我為了你才來到這兒。你的信到得太晚了，否則我會早點過來。我還以為你是因為戰爭才寫信給我。我和艾格尼絲已經用最快的速度趕來了。」

他掙脫了我的懷抱，起身開始穿衣服。我伸手去拉他，讓他回來。他彎下腰來吻我，我看到他眼裡噙著淚水。然後他放開我，繼續穿好衣服。

「你永遠在我心裡，我親愛的桃麗絲。我沒收到你的回信時，真應該再寫一封，可當時我以為你不想要我了。」

我從床上起來，努力想抱住他。我全裸著身子，我還記得他先是吻了我的一邊乳房，接著又吻了另一邊，然後突然轉過身去，從錢包裡拿出一卷鈔票。我搖搖頭，呆住了。

「你瘋了嗎？我不想要你的錢！我要的是你！」

「把錢拿著，你會需要的。」他的聲音很堅定，但我能聽出他正強忍住淚水。

「你什麼時候走？」

「現在。我現在就得走。保重，親愛的，我最美麗的玫瑰。永遠別讓生活或是境遇把你擊倒。你很堅強。驕傲地站直了。」

「我們還會見面吧？請告訴我我們很快又能見面。」

他沒有回答。這麼多年來，我一直在想，他當時在想什麼。他怎麼能如此冷酷。他怎麼能離開。他怎麼能關上門。

我被丟下了。我坐在亂糟糟的床上，那上面有汗水和愛的味道。

J. 伊蓮．詹寧

每個人在生命中都會經歷挫折。挫折會改變我們。有時我們會注意到這種改變，有時候不會。但是那種痛會一直留在那兒，高高地堆在我們心口，就像握緊的拳頭想要鬆開一樣。在我們的淚水和憤怒裡，或者，最糟糕的，在我們的冷酷和內省中。

即使現在，每當我看到關於二戰的電視節目或是聽別人談起，都會想像他是怎麼失去生命的。我想像過他被子彈擊中，鮮血四濺，他的臉絕望而恐懼地吶喊。我想像過他在田野上奔跑，躲避後面的坦克，而坦克最終從他身上開過，把他軋得支離破碎，頭被埋進泥土裡。我想像過他被拉上船，扔進水裡。我想像過他在戰壕底部被活活凍死，孤單而又恐懼。我想像過他在一條黑暗的小巷裡被納粹士兵發現，然後被刺殺。我知道這個習慣很奇怪，但那些畫面總是跑到我眼前，我無法控制。他的影子跟隨了我一生。

那一夜永遠銘刻在我的記憶中。

我的愛人……我們本應成為眷屬，但我們沒有。這個想法仍舊困擾著我。

艾倫走後，我背靠著床，在地板上坐了很久，他那卷舊舊的美鈔在我身邊散了一地。我站不起來，也哭不出來。我無法相信這就是他最後一次擁抱我。最終，陽光從窗簾縫裡照進來，將我從思緒中喚醒。我離開了艾倫和我們的氣息，離開了用燙金字寫著門牌號的225房間。當他乘船奔赴歐洲的戰爭時，我正在飯店房間裡絕望地埋葬關於他的記憶。

當我出現時，艾格尼絲朝我咆哮起來。她在異國的土地上擔心地一夜未眠，臉色蒼白，滿臉倦容。

「你去哪兒了？回答我！發生什麼了？」

我沒法回答，她一直在咆哮。我無法解釋連我自己都難以理解的事。我在行李中翻來翻去，想找到那一小片紙，我在上面寫下了伊蓮的姓，就是我們在船上遇到的那位女士。我把東西扔得到處都是，床上、地上，但儘管我把每個口袋都翻了個底朝天，還是沒有找到。

「你在找什麼？回答我！」艾格尼絲抬高了聲音，彷彿我的恐慌感染了她。最終，她抓住我的手臂，拉著我在床上坐下。

「發生什麼了？你去哪兒了？」她溫柔地問。

我搖搖頭，眼淚湧出來。她坐下來，溫柔地摟著我。

「告訴我吧，請告訴我發生了什麼。你讓我擔心死了。」

我扭頭看著她，但我只能擠出一個單字。他的名字。

「啊……艾倫……艾倫。」

「桃麗絲，你得放下他。」

「我剛才和他在一起。整晚，就在飯店。原諒我，我沒想到……我忘了……但他來了。」

艾格尼絲把我摟得更緊了。我的頭垂在她肩上，淚水湧出來。

「他現在在哪兒？」

她的毛衣靠近我臉頰的地方已經被眼淚浸濕了。

「他走了……他又離開了我。他要去歐洲，去參加戰爭。」

我無法抑制地哭泣。艾格尼絲緊緊抱著我，就這樣待了很久，我們都沒有說話。最後，我抬起頭，看到她的眼睛。它讓我平靜下來，我終於可以開口說話了。

「這是我們在飯店的最後一晚。」我虛弱地說，「我們還有錢可以再住幾天，但僅此而已。我們得找到住的地方。我有一張紙上寫了伊蓮的姓名和地址，但是找不到了。」

「我記得。她姓詹寧。」

我靜靜地坐了一會兒，試圖理清混亂的思緒。

「她說她住在哪兒了嗎？」

「沒有。但她兒子是漁民，住在海邊附近。我想是在一個半島上。她說他住在島的一端，正朝著大海。」

「天哪，那任何地方都有可能。美國很大，一定有上百個半島。那張紙在哪裡！」

艾格尼絲也瞪大眼睛盯著我。我們都沒有說話。我們在包包裡和口袋裡翻。突然，妹妹喊道：「等等！我們跟她告別時，她說她很盼望回家，她再過幾小時就能到家了……那就意味著她一定住在紐約附近？」

我沒有說話，憂心忡忡。但艾格尼絲沒有放棄。

她問我「魚」用英文怎麼說。

我回想伊蓮在船上教我們的各種食物的說法。

「Fish.」

艾格尼絲跑出房間。幾分鐘後，她拿著一張地圖回來了，急切地遞給我。上面圈著三個靠近大海的地方。

「看！可能是這裡！前台接待員圈出了幾個地方，但只有這個在半島上。她說過，就在半島的一端！也就是這裡，蒙托克。」

那一刻，我別無選擇，只能聽從我的小妹妹，讓她的熱情打消我的擔憂。我們收拾好行李，把包包放在門口，在飯店裡住了最後一晚。我仍然記得天花板上的裂縫，我從中尋找著灰棕色天空下的新路線。艾格尼絲後來告訴我，那天晚上她也沒有睡著。我們都笑起來，因為我們都沒有跟對方說話，都躺得紋絲不動，怕把對方吵醒。其實說說話可能會減輕我們的擔憂和孤獨。

第二天早上，我穿上裙子，發現腰部已經鬆了。我記得我把襯衫底部捲了兩道塞進去，想撐起來，但都無濟於事。裙子仍然滑到我的臀部。美國的生活已經讓我付出了代價。

我們一起拎行李。每人抓住最重的箱子的一只把手，同時輪換著拎另一只包包：先是我，然後換她。我們的手、胳膊還有肩膀都很疼，但我們別無選擇。我們總算走到了車站，靠著地圖和艾格尼絲的比劃買到了去蒙托克的車票。我們完全不知道如果伊蓮不在那兒，我們該怎麼辦——我們壓根不敢想。當車開出車站時，我們分別靠窗坐著，盯著窗外。我們為幾乎看不到頂的高樓所驚嘆，還有密密麻麻的路燈和電線，以及嘈雜的人群和車流。

13

電腦就在她的肚子上，她一呼吸，電腦就跟著動一下。整個上午，她都迷迷糊糊地，電腦就那麼穩穩地躺在那裡。止痛藥使她感到很疲憊，但她努力睜著眼睛。如果現在睡著，夜裡就會很難熬。螢幕的大部分是一個 word 文檔，右上角留著一個小小的網路電話視窗。她一邊等珍妮，一邊倒數著舊金山夜晚剩下的幾個小時。

她寫了一點，梳理了一些新的回憶，想著它們的排序是否正確，或者她是否已經在先前寫過了。她有好多事想記錄下來，有好多已經逝去的人曾經對她有著重要的意義。地址簿裡的那些名字，那些在她的生命中經過並且留下了印記的人，她讓他們重新鮮活起來。他們當中沒幾個人有她這樣的長壽。她打了個冷顫，在冷冰冰的房間裡感到前所未有的孤單。她的早餐還在床邊的小桌板上放著。她伸手去拿醫院供應的蘋果汁，還剩大半杯。她早上只吃了一口果汁旁邊餐盤上的乳酪三明治，三明治的麵包嚼起來像橡膠一樣。她還是不習慣吃瑞典的麵包：既不綿軟，也不鬆脆，不像麵包應有的味道。她感到舌頭很乾，她把舌頭在上顎上舔了好幾次，才把果汁拿到唇邊喝了一點。那股液體流下她的胸腔，緩解了她的乾渴。她貪婪地喝了一口又一口。她看了一眼時間，終於快到加州的早晨了，珍妮和孩子們很快就該起床了。他們會擠在淡綠色的廚房裡，狼吞虎嚥地吃完早餐，然後跑出去玩樂。桃麗絲知道珍妮總是等到家裡只剩下她和小寶寶時才登錄 Skype。再等幾分鐘就該到了。

「你該休息一會兒了，桃麗絲。你可以把電腦放下一會兒。」護士嚴肅地看了她一眼，把電腦合上了。桃麗絲沒聽她的，又把電腦打開。

「不行。你別管了，我在等人。」她用手指輕觸了一下插在USB介面的無線網卡，「這很重要。」

「不行，你該休息了。你總對著電腦是沒法休息的。而且你看上去確實很疲憊。如果你想盡快恢復，重新站起來，就應該讓身體盡量多休息，那樣你才能有力氣重新開始走路。」

當你又老又病時，確實很不容易，你不能決定自己是休息好了還是很累、還是介於二者之間，也不能決定自己該做什麼、不該做什麼。桃麗絲只好讓步，鬆開電腦，任由護士把它放到床頭櫃上。但她還是指著電腦說：

「讓它開著，別合上。這樣如果有人跟我聯繫，我就能看到。」

「好的。」護士把螢幕對著桃麗絲，然後拿出一小杯藥丸，「來，你睡著前先把藥吃了。」

桃麗絲順從地用最後一點蘋果汁把藥吃了下去。

「怎麼樣，高興了嗎？」桃麗絲笑著問護士。

「你很疼嗎？」護士溫柔地問。

「還好。」桃麗絲答道，擺了擺手。她瞇著眼睛，努力想抑制藥物帶來的睏倦感。

「睡吧。你需要睡眠。」

她點點頭，頭垂向一邊，下巴靠在瘦骨嶙峋的肩膀上。她的眼睛盯著電腦螢幕，但視線越來越模糊。她從鼻孔裡聞到自己身上是醫院的廉價消毒劑和汗水的味道，而不是自己的洗衣粉或是香水。她閉上眼睛。她最後看到的情景是橘黃色的窗簾在飄。

J. 伊蓮・詹寧

巴士車尾的圓形窗戶幾乎完全被一片厚厚的橘色窗簾遮住。窗簾不長，車在高低不平的路面上下顛簸，窗簾也跟著飄來飄去。我盯著窗外，看著我們身後的一切。曼哈頓的高樓大廈，車水馬龍，郊區的漂亮房子，還有呼嘯翻騰的大海。我打了個小盹。

幾個小時後，我們在一個小站下了車。這個小站只在鄉間小路邊有一個簡單的站牌，還有一張看上去歷經風吹日曬年久失修的長椅。空氣中有濃烈的海鹽和海草的味道。猛烈的海風夾雜著小小的沙粒，像又小又尖的大頭針一樣刺進我們的臉頰。我們弓著身子，沿著這條杳無人煙的小路緩慢前進。路的一側，海浪拍打著岸邊。風太大了，我們不得不使勁往右傾來保持平衡。

「這地方對嗎？」艾格尼絲小聲嘀咕，似乎不敢大聲說出來。我搖搖頭，聳聳肩，儘管我想喝斥她，但我沒有。我們的境遇並沒有改變，我努力對自己說，沒有變得更好，也沒有變得更糟——我們仍然迷失在一個陌生的國度，迫切地需要幫助。我們需要一個能歇腳的地方，還需要一點收入來源。我箱子裡的鐵盒已經空空如也，我們僅剩的一點錢被捲起來，塞在我的胸衣裡。那樣更安全。那裡面包括我們自己的一點錢，還有艾倫給我的錢。現金不少，那卷鈔票的重量一直頂著我的胸部。如果我們找不到伊蓮，就得另找一個地方住下來，我們還可以撐幾天。

話雖如此，我們從未如此迷茫過。當我們路過被封住的窗戶時，就意識到了這一點。路邊的木屋像空空的影子一樣，沒有人煙，沒有歡聲笑語，沒有生機。

「這裡沒人。這是個鬼城。」艾格尼絲小聲說著，停下了腳步。我也停下了，我們坐在箱子上，擠在一起。我從地上撿起一些碎石子，讓它們從指縫間落下。從巴黎蒸蒸日上的模特兒事業，衣櫃裡滿是高跟鞋和漂亮衣服的生活，到美國鄉間小路上濕乎乎的襯衫和水泡。僅僅相隔幾週時間。想到這些，我無法抑制地哭泣。淚水像決堤的洪水一樣，在我塗著粉的臉頰上傾瀉而下。

「我們回曼哈頓吧。你可以繼續找工作，我也可以工作。」艾格尼絲把臉靠在我肩上，深深地嘆了口氣。

「不，我們再走遠一點吧。」我感到自己的力量又回來了，用衣袖擦乾眼淚和鼻涕。「那邊有巴士，所以一定還有人家。如果伊蓮在這兒，我們就能找到她。」

我們繼續走，手裡的行李箱左右搖晃。每當我們失去平衡，箱子底部的尖角就會撞在我的小腿骨上，非常疼，但我們仍然繼續往前走。我能感到鞋裡的碎石子，那種疼痛彷彿在光腳走路一樣。終於，謝天謝地，路邊的房子變多了，碎石路也變成了瀝青路。我們看到有人在人行道上走，低著頭，穿著厚厚的羊毛大衣，戴著毛線帽。

我們來到一處看上去是小鎮中心的地方，我對艾格尼絲說：「待在這兒，看著包包。」有幾個男人坐在長椅上。我笑著走過去，他們說了一大段我聽不懂的話。說話的人有著濃密的白鬍子，眼睛看上去笑咪咪的，笑出了一堆皺紋。我用瑞典語回答，他搖搖頭。我這才反應過來，用結結巴巴的英語說：「認識伊蓮．詹寧嗎？」他盯著我。「找伊蓮．詹寧。」我又說。

「啊哈！你在找伊蓮．詹寧嗎？」他又說了一串我聽不懂的話。我尷尬地對他笑笑。他停下來，拉起我的手，指給我看。

「那兒，伊蓮．詹寧住在那兒。」他放慢語速，非常清楚地說，指著街道前面的一棟房子，是一棟白色的木頭房子，有一扇矢車菊藍色的門。房子很窄，一邊是一個圓圓的塔頂，讓我感覺更像是一條船。正面的油漆已經斑駁脫落了。窗戶上裝著白色的百葉窗來擋風。我點點頭，向他行了個禮表示感謝，便跑回艾格尼絲那兒。

「那兒！」我指著那棟房子朝她大喊，「她就住在那兒！伊蓮住在那兒！」

伊蓮開門看到是我們，說了一串法語，那種感覺就像得到了一個大大的、溫暖的擁抱。她趕忙讓我們進屋，給我們拿來毛毯和茶，讓我們平靜下來告訴她從碼頭分別後所經歷的一切。關於艾倫。關於那封遲到太久的信。關於我們在曼哈頓飯店裡的日子。她又是嘆氣又是躊躇，但沒有說話。

「我們可以在這兒住幾個星期嗎？再學一些英文？」

伊蓮站起身來，開始收拾茶杯。我等著她的回答。

「我們得在美國謀生，我不知道該怎麼辦。」過了片刻，我接著說。

她點點頭，把蕾絲桌布折起。

「我會試著幫你們，先學語言，然後找工作，再找住的地方。你們可以住在這裡，但你們得非常小心。我兒子有點難纏。」

「我們不想給你惹麻煩。」

「他不喜歡陌生人。你們要是住在這兒就得躲起來，否則就行不通。」

屋子裡一片安靜。我們得到了幫助，但恐怕不完全是我們期待的那樣。

突然，伊蓮站起來，從桌子上拿來一個長方形的盒子。

「先別想那些。我們玩《地產大亨》怎麼樣？」她說，「你們玩過嗎？難過傷心的時候玩這個遊戲最好了。我回來時，一個鄰居把這個送給我，作為洗塵的禮物。」

她小心翼翼地把圖板展開，把棋子擺好，抓了一個小小的水晶瓶，裡面裝著深紅色的液體。她拿出一個看上去像小狗一樣的棋子遞給艾格尼絲。

「這個適合你吧，艾格尼絲？我們稱它為狗。」

艾格尼絲重複著「狗」這個單字，把棋子接過來，仔細看了看這個青灰色的小雕像。伊蓮讚許地點點頭。

我猶豫了一下，自己選了一個棋子。

「靴子。」伊蓮說，但我沉浸在思緒中。

「跟我唸，靴子。」

我跳起來，「我不想玩遊戲，伊蓮！」我扔掉我的「靴子」，它嘎噠一聲掉在圖板上，然後又掉到了地上。「我想確認我們能待在這兒。你說『藏起來』是什麼意思？我們藏在哪兒呢？為什麼？」

「哎呀，咱們可能需要來點雪利酒。」她勉強對我們笑笑，站起身來。我們靜靜地坐著，看她在廚房裡忙活。

「閣樓上有個房間，你們可以住在那兒。但我兒子在家時你們不能下來，只有白天可以。他有點害羞，就這樣。」

她把我們帶到閣樓的房間。牆邊立著一張窄窄的床墊，她把床墊放平。接著，她又拿來毛毯和枕頭，我們站在一旁，看著灰塵在空中飛舞。我們互相幫著把箱子拎了上來。等一切都安頓好，她給了我們一個便盆，便鎖上了門。

「明早見。盡量保持安靜。」她關門前說。

那晚，我們從頭到腳縮在厚厚的羊毛毯下面。窗外的風在哀號，還有一陣陣冰冷的空氣從窗戶的縫隙中吹進來。我們把毛毯裹得更緊了，一直拉到耳根，蓋住下巴，最後直接蒙住了頭。

N. 格斯塔・尼爾森

在海邊的那座白色小房子裡，我們很快就建立了一套常規，每天都是一樣的模式。早上，當伊蓮的兒子出了門，她便立即上樓幫我們開門。我們把便盆倒在院子裡的廁所，然後就坐在餐桌前，伊蓮會給我們端上一杯熱茶，一片白麵包。接著，一天的英語課就開始了。我們幫伊蓮做一些家務，她則一邊指一邊用英文說。我們打掃，烘焙，縫紉，補襪子，晾地毯，伊蓮總是在一旁說話，我們則重複每一句話。到了第二個週末，她已經完全不再說法語了。我們仔細地學習她每句話的細微之處和每個單字的發音，用它們組成簡單的句子。她會讓我們去拿東西或是做某一件事。有時我們聽不懂，但她從不放棄。有時她會簡化，用更少的單詞或是手勢來比劃，直到我們笑起來。只有那時，她才會眨眨眼睛，解釋她的意思。伊蓮給我們上的英語課是對現實的一種愉快的逃離。

黃昏臨近時，她會催我們趕快回到閣樓上。我們聽到她用鑰匙鎖上門，然後快步走下樓梯。她總是走到門廊去迎接她的兒子羅伯特，不論颳風下雨。在閣樓的窗戶旁，我們可以從薄薄的蕾絲窗簾縫隙裡看到她。她總是站起身，溫暖地笑著，但羅伯特從不跟她說一句話，只是氣呼呼地走過去，眼睛盯著地面。日復一日，我們看到他用沉默懲罰著她；夜復一夜，我們看到她忽略著他的沉默。

最終，艾格尼絲忍不住了：「你們倆從來不講話嗎？」

伊蓮難過地搖搖頭。

「我丟下了他。我的第二任丈夫得到一份在歐洲的工作，我只能跟著他去那裡。為此，羅伯特始終沒有原諒我。我一有機會就立刻回來了，但已經過去了太多年。現在已經太晚了。他恨我。」

他經常對她發火。一有點什麼問題，我們就會聽到他對她大吼大叫。我們聽到她一直在忍讓，一次又一次道歉，發誓她對他的愛，乞求兒子的寬恕，儘管她已經永遠失去了他。她和我們的處境一模一樣：獨自一人來到一個她已經不再瞭解的國家，和一個不想與她有任何瓜葛的人住在一起。

我們在閣樓上時，時間總是過得很慢。我現在還記得自己在那陳腐的空氣裡想些什麼：憂傷，還有對艾倫的思念。他幾乎無時無刻不在我的腦海裡。我不能理解他為什麼又一次拋棄了我。他怎麼能這麼快就移情別戀，他怎麼能結婚。我想像過她的模樣，我不知道他們在一起時，是否也會感到時間的停滯。

在那個狹窄的空間裡很容易焦慮，我重新開始給格斯塔寫信，好讓自己不再胡思亂想。每天晚上，就著煤油燈微弱的光，我給格斯塔寫長長的信，跟他講我們這個新家的一切。我向他描繪我們從家裡就能看到的大海和沙灘，每次我去花園呼吸新鮮空氣時吹在我臉上的刺骨的風，還有英語和我耳朵的感受：當人們語速太快時，聽起來就像亂糟糟的噪音，美國人好像總是那樣說話。我初到巴黎時，法語給我的感覺也是這樣。我還跟他講伊蓮和她古怪的兒子。伊蓮每天都幫我寄信，我耐心地等他的回信。但他一直沒有回音，我越發擔心發生了什麼不好的事。我知道歐洲仍然籠罩在戰爭的陰雲之中，但也很難瞭解更多了。在美國，生活仍然依舊，彷彿什麼都沒發生過一樣，彷彿歐洲並沒有戰火紛飛。

然後，有一天，格斯塔終於回信了。信裡寫了幾行字，信封裡還有一片撕下來的報紙。那是一篇關於格斯塔和他的畫的文章，語調很批判，結尾還說這可能會是大家最後一次看到他的畫展。其實我從未看懂過格斯塔的畫，所以我對這篇負面評論倒不覺得奇怪。對我來說，那些畫總是抽象而又扭曲的各種色彩的爆發，幾何完美而又超現實。但那篇文章解釋了他一直保持沉默的原因，而他自己寫的幾行字則坦露了他的心境。我理解他為什麼只禮貌地問候了我們，為什麼只簡短地加了一句他很高興我們還活著。

我記得自己那時很為他感到難過。他執著地做著自己明顯缺少天賦的事，而這只會讓他不開心。我比之前更加想念他，想念我們的對話。我已經九年沒有見過他了。文章裡有一張他的照片，我把它撕下來，釘在床頭。他嚴肅地低頭看著我，眼神裡滿是憂傷。每天夜裡，當我把煤油燈吹滅時，我都會想自己還能不能再見到他，我還能不能再回到瑞典。

J. 伊蓮・詹寧 已逝

我們可能早就知道，藏在閣樓裡的事總有一天是要被發現的。這一天終於來了，艾格尼絲把她的毛衣落在了客廳的椅子上。這天早上，我們聽到他的咆哮：

「這是誰的毛衣？誰來過這兒？」

「一個朋友，她昨天下午順路來這裡喝茶。」伊蓮平靜地說。

「我跟你說過不可以讓別人進來！誰都別想跨進我的門檻！你明白嗎？」

艾格尼絲爬到我身邊，但她這麼一動，地板響了一下。樓下突然安靜了。接著，樓梯上傳來響亮的腳步聲，門一下子被踢開了。當他看到我們擠在床墊上時，他的眼神讓我們不寒而慄。我們立刻跳起來，在黑暗中摸索著穿衣服，還沒穿好就跑出去，跑到街上。他追出來，把我們的包包扔了出來。大行李箱的鉸鏈斷了，蓋子一直滾到了路的另一邊。他接著扔出我們的衣服。巴黎的漂亮衣服掉在泥裡，堆成了一堆。我們抓起衣服，塞進包包裡。但我印象最深的，不是別的，而是我的心當時在狂跳。我看到伊蓮從閣樓的蕾絲窗簾裡往外看，那個窗簾是艾格尼絲藏在閣樓時新縫的。伊蓮伸出了一隻手，但沒有揮手。她已經給了我們太多，不僅僅是教我們語言。那已經是最好的禮物了。我對她最後的印象就是她在蕾絲窗簾後驚恐的眼神。羅伯特雙手扠在臀部，站在台階上，看著我們撿起自己的東西，離開了他的家。直到巴士在街道遠處的月台停下，他才轉身進了屋。

我們上車時，巴士車身的鐵皮正反射著清晨的第一縷陽光，閃得刺眼。紅色和白色的座椅已經被太陽曬得熱呼呼的。車慢悠悠地開動了，我們坐在最後，從窗戶裡往外看。我們無從得知那座白色的小房子裡正發生著什麼。儘管如此，事實上，我們感到一種如釋重負。其他乘客說的話在我們聽來已經不再是天書；我們可以跟司機交談，告訴他我們要去哪裡了。我們要回曼哈頓。在蒙托克的生活讓我們更加堅強，可以迎接新的自由生活了。艾格尼絲甚至笑了起來。毫無徵兆地，無法克制地笑起來，我也忍不住跟著笑了。

「我們笑什麼呢？」我好不容易止住了笑。

艾格尼絲也嚴肅起來：「感覺我們剛剛從監獄裡逃了出來。」

「是啊，那個閣樓確實讓人感覺被關了起來。或許我們被發現也是好事，誰知道呢？」

已經是上午了。等我們到了曼哈頓就該是晚上了，我們無處可去。當巴士終於到站時，艾格尼絲還靠在我的肩上沉沉地睡著。我們拿好東西下了車，走向明亮的到達大廳。我們把東西在一個角落裡放下，艾格尼絲怯怯地問：

「我們去哪兒？我們睡在哪兒呢？」

「如果今晚我們找不到住的地方，就得保持清醒。你看著包包，我去找找看便宜的旅館。」

艾格尼絲坐下來，靠在牆上。

一個淺金色頭髮的男人突然站在我們面前。「打擾了，你們不會是瑞典人吧？」

我認出他也跟我們坐了同一輛巴士。他穿著一身樸素的黑色西裝，裡面是一件白襯衫。艾格尼絲用瑞典語回答了他，但他搖搖頭，用英語說「不，不」。他不是瑞典人，但他母親是。我們聊了幾句，他提出幫助我們，讓我們先住下，直到我們找到別的地方。

「我相信我母親一定會很高興能有機會說說家鄉話的。」他說。

我們猶豫地對視了一下。跟著這個陌生人回家顯然不是個好主意。但他看上去很熱心，也不像在說謊。最終，艾格尼絲點點頭，我向他表示了感謝。那個人拎起我們最重的箱子，我們跟著他走出了車站。

很長時間以後，我們回了一趟蒙托克，才知道我們走後伊蓮的事。那座房子已經被封起來了，我們只好問了一個鄰居。她說，我們離開後不久，伊蓮在一次和羅伯特的爭吵中突然心跳停止了。羅伯特也一蹶不振，終於第一次表達出失去母親的哀傷。鄰居說他那個星期就離家出海了，再也沒人看到過他。

14

簾子的另一側，昨晚收進來的那個女人在咳嗽。她的咳嗽聲在牆壁間迴盪。她得的是肺炎，其實不應該住在這裡，但她有褥瘡，又沒法住在傳染病房。她咳起來就彷彿胃裡的東西都要吐出來一樣。桃麗絲噁心得哆嗦，用手捂住了耳朵。

「能把我的電腦給我嗎？」

桃麗絲對著空蕩蕩的病房喊。她又用幾乎聽不見的聲音重複了一遍。她的喉嚨很乾，感覺在和上顎摩擦。冷冰冰的病房裡很安靜，沒有聽見護士來幫忙的腳步聲。

「按鈴。」當桃麗絲叫第三遍時，咳嗽的女人喘著氣對她說。

「謝謝，不過不是什麼要緊的事。」

「既然你躺在這兒喊，那麼這事顯然很重要。按鈴吧。」那個女人煩躁地說。

桃麗絲沒有回答。她不需要幫助時，護士們總會過來打擾她，可現在她真正需要她們時，她們又都不見了。要麼她自己試著拿電腦？她能看到電腦就在桌子上，早上護士把它放在那裡，電腦螢幕被蓋上了。她跟她們說了要把螢幕打開，她們為什麼不聽呢？她應該可以自己過去拿吧？一點都不遠。如果她還想回到家，她就得練習練習。她拿起床的遙控器，按了一個按鈕。床晃了一下，床尾開始往上升。她想讓床停下來，就把所有的按鈕都按了下去。結果床頭開始移動，膝蓋下的部分也開始往上升。她慌了，趕緊按下紅色的按鈴，同時又搖晃著遙控器，把能按的按鈕都按一遍。終於，床停住了。

「天哪，發生什麼了？」跑進來的護士笑了。

桃麗絲正直直地坐著，腿抬著，就像一把折疊刀。但她沒有笑，眨眨眼，忍住疼痛的淚水。

「電腦在那兒，我想去拿電腦。」她指著電腦，她的腿被慢慢降下去，後背的疼痛也逐漸減輕了。

「你為什麼不按鈴呢？我們會盡快過來幫忙的。你知道的，桃麗絲。」

「我想練練走路。我想離開這兒。只做物理治療是不夠的，太慢了。」

「耐心些，桃麗絲。你得接受現實。你已經九十六歲了，不是小孩子了。」護士輕聲慢語，卻彷彿給她猛然一擊。

「耐心和固執，」她喃喃地說，「如果你知道我有多固執。」

「我聽說了。我們要不要試試？」桃麗絲點點頭。護士慢慢把她的腿垂在床邊，幫她的上半身坐起來。桃麗絲瞇起了眼睛。

「太快了嗎？你頭暈嗎？」護士同情地看著她，溫柔地撫她的頭髮。桃麗絲搖搖頭。

「耐心和固執。」她說著，雙手按住軟軟的床墊。

「一，二，三，起。」護士一邊說，一邊扶桃麗絲起身，雙手穩穩地撐住她的腋窩。她感到臀部猛地一疼，然後疼痛傳到了一條腿上。「一步一步來，好嗎？」桃麗絲沒有說話，只是把摔斷的那條腿向前挪了幾公分。接著，又把另一條腿挪了幾公分。電腦已經近在咫尺。她盯著黑色的電腦包，只剩兩公尺了，但又彷彿隔著一條鴻溝。

「你要休息一下嗎？坐一會兒？」護士用腳勾過來一個凳子，但桃麗絲搖搖頭，仍然艱難地一步一步邁向放電腦的桌子。等她終於走到那兒時，把雙手撐在電腦上吐了一口氣，頭深深地低了下去。

「天哪，你還真是固執。」護士微笑著，一隻手摟著她的肩膀。桃麗絲喘著粗氣。她的雙腿已經沒有知覺，她前後扭扭腳趾，想把腿喚醒。她抬起頭，看到護士的眼睛，然後便倒了下去。

A. 卡爾．安德森

卡爾帶我們走出車站，走到街上，不停地跟我們聊天。我們拎著小箱子，他拎著大箱子。他說他在車上聽到我們的談話，他能聽懂一點瑞典語。車站外面有一排黃色的計程車，但他徑直走了過去，完全不理睬那些吆喝的司機。他走得很快，步伐很大，總是領先我們幾步。

「如果他是騙子怎麼辦？萬一他是壞人呢？」艾格尼絲小聲說，拉了拉箱子，想讓我停下來。我也拉了拉箱子，盯著她，點點頭，讓她繼續往前走。她不情願地咕噥著，又邁開了步伐。我們繼續跟著前面這個金髮男人，他比路上幾乎所有人都要高出至少半個頭。他看上去確實像瑞典人，或許這就是讓我決定相信他的原因。

我們走啊走。卡爾不時地回頭，彷彿是要看看我們還在不在。等他終於在一座窄窄的磚房前面停下時，我頭上已經冒汗了。紅色的大門外有兩個鐵盆，裡面種著水仙花。他對我們點點頭。

「到了。她身體不太好。」他開門前解釋說。

這座房子有三層，每層只有一個房間。我們直接進了廚房，裡面有一個老婦人坐在搖椅上。她的手放在腿上，兩眼直直地看著前方。

「媽媽，看我帶誰回來了。兩個從瑞典來的姑娘。」他對我們點點頭。她沒有抬頭，彷彿沒意識到有人進來。

「媽媽，她們可以跟你講瑞典語。」他摸摸她的臉頰。她的藍眼睛看上去毫無生氣，瞳孔很小。她的頭髮無精打采地披散在肩上，還有幾縷搭在眼睛上。她的肩上蓋著一條厚厚的針織披肩，看上去髒兮兮的。

「她叫克莉絲蒂娜。自從我父親失蹤後，她幾乎就不開口說話了。有時她會說幾句瑞典語，我只是想……」他轉過身去想掩蓋自己的悲傷。他清了清喉嚨，接著說：

「我只是想或許你們能讓她重新開口講話。還有，我需要人幫忙做點家務。」

「我來試試。」艾格尼絲小心翼翼地靠近搖椅。她在地板上坐下，背對著那個老太太。

「我只是在這兒坐一會兒。」她用瑞典語說，「如果需要的話，我可以整夜坐在這兒。如果你想說什麼，我願意聽。」

老太太沒回答。但是，過了一會兒，她的椅子輕輕搖了搖。我也坐了下來。屋子裡很安靜，只有搖椅吱吱呀呀的聲音和遠處街道上的嘈雜聲。我們答應在這裡住幾天，卡爾幫我們在樓上的起居室裡鋪了一張床。他還幫克莉絲蒂娜也鋪了一張床墊，輕輕幫她躺到上面。她太重了，他沒法把她搬到三樓的臥室裡。

卡爾經常上樓到起居室裡和我們聊天，但從不聊克莉絲蒂娜。他跟我們講他那天都做了什麼，講他工作的那家銀行。也講歐洲和戰爭。在我們住在伊蓮家的幾個月裡，歐洲的形勢越來越糟。卡爾告訴我們最新的情況，但他不知道瑞典是否也參戰了。在美國人眼裡，歐洲彷彿只是一個大的國家。

一開始，我們並不想問他的父親去哪兒了，但隨著我們對他瞭解得越來越多，聊的話題也越來越私密。幾個星期以後，我們終於鼓起了勇氣。答案在意料之中。

一切都很突然。一天，他們回家時，他的父親站在那裡，他的行李已經收拾好了。他說了幾句話就走了，沒有留下一分錢，但把房子留給了他們。

「他為了別人離開了我媽媽。他走後，她的心就死了。她在紐約一直覺得很迷失，他曾經是她的港灣。他照料著一切，他會為她挺身而出。」

我們靜靜地聽著。

「他已經走了三年了。我並不想他。我並不想念他的壞脾氣和專橫的態度。其實沒有他，我們生活得更好，我只希望媽媽也能看到這一點。但她漸漸變得越來越抑鬱。她不再見人，不再關心我們的家，也不再關心她的外表。最後，她就在搖椅上坐著，再也不起來，幾乎不說一句話。」

我們輪流坐在克莉絲蒂娜身邊跟她說話。她不喜歡離開搖椅，有時我都擔心她會變成一塊石頭。一個人能像那樣一言不發地坐多久？一天又一天，一週又一週過去了。卡爾堅持讓我們留下，說我們對克莉絲蒂娜有好處。他說得對。終於，一天清晨，當我們燒水泡茶時，奇蹟發生了。

「跟我講講瑞典。」她有氣無力地說。聽到那句瑞典語的感覺真是好極了。

我們趕忙到她跟前，一人在她一邊，跟她聊了起來。我們跟她講我們玩耍的雪堆、馬鈴薯和鯡魚、淅瀝小雨的氣息還有第一朵款冬花。我們還跟她講在斯德哥爾摩中部，在動物園島綠油油的草地上跳來跳去的小羔羊和明亮夏夜裡沙灘街上的自行車。我們給她描述的每一幅畫面都讓她的眼睛裡多了一點神采。她沒再說別的，但她越來越常朝我們看。如果我們安靜下來，她就會抬起眉毛，對我們點頭，讓我們繼續說。

日子一天天過去，我們繼續努力，想讓克莉絲蒂娜開心起來。某天，卡爾到家時，看到搖椅空了。「搖椅空了。」他盯著我們，「搖椅空了！她在哪兒？我母親在哪兒？」我們大笑起來，指指水池。她正站在那兒洗午餐吃過的盤子。她很瘦，臉色蒼白，但她自己站在那裡，雙手還在忙碌著。當卡爾走向她時，她溫和地笑了。他緊緊地擁抱了她。他趴在她的肩上看著我們，眼裡滿是淚水。

我們打聽著關於瑞典的消息，但沒人知道準確的情況。新聞在報導希特勒和他的行徑，還有德國士兵佔領巴黎時哭泣的法國人。我們盯著那些黑白的畫面，難以想像在我熱愛和思念的城市裡正在發生的一切。那裡跟我離開時已經截然不同，一切都變了。我給格斯塔寫了信，但是，跟之前經常出現的情況一樣，沒有回音。

我們仍然同卡爾和克莉絲蒂娜住在一起。我們不需要付房租，但我們幫忙做飯和打掃。這是卡爾表達感謝的方式。他上班時，我們就陪克莉絲蒂娜聊天。她無法解釋自己為什麼沉默了這麼久，感覺就像沉睡了好幾個月。但隨著日子一天天過去，她一天天好轉，我重新開始考慮未來。我們得找工作，得有自己的住處。隱居了幾乎一年，我們得出去闖闖了。

艾格尼絲對我的計畫一點也不感興趣，而且她最近經常讓我很不滿。她有事不再告訴我，每次我說什麼，她總是心不在焉，好像有點傷感。她開始用英文回答我的問題，即使我在跟她講瑞典語。過了一段時間，我注意到她開始黏著卡爾，而不是我。晚上，他們倆會待在廚房的沙發上，低聲聊到深夜，就像曾經的艾倫和我那樣。

一天晚上，很晚了，克莉絲蒂娜在搖椅上縫桌布。我在看報紙，跟平常一樣搜尋著關於戰爭的新聞。在報紙裡提到的每一名死去的士兵身上，我彷彿都會看到艾倫。我專心地看著報紙，甚至沒有注意到他們倆站在我面前，手拉著手。艾格尼絲不得不重複了一遍：

「卡爾和我，我們要結婚了。」

我盯著她，又盯著他。我沒明白。她那麼小，怎麼能結婚呢？而且是跟卡爾？

「你不高興嗎？」艾格尼絲大聲說，伸手給我看她的金戒指。「你為我們感到高興吧？多浪漫啊！我們打算春天時在瑞典教堂舉辦婚禮。你當我的伴娘。」

於是，櫻花剛剛開放的時候，他們結婚了。艾格尼絲的手捧花也是櫻花的顏色：嬌豔欲滴的粉色玫瑰、常春藤和白色的含羞草。我雙手緊緊握住那捧花，看卡爾為她的左手戴上另一只光滑的金戒指。戒指在她的關節處卡住了，卡爾來回扭了幾下，終於滑了過去。她穿著我的白色香奈兒裙子，我在巴黎時經常穿它。那條裙子彷彿是為她量身訂製的，她美極了，及肩的金髮被捲成了厚厚的大波浪，一半用白色的珍珠髮夾別住。

我本應為她高興，可我唯一感到的是對艾倫的思念。我知道你一定會覺得我總是艾倫長，艾倫短，珍妮。這很難。有一些記憶讓你無法忘懷。它們就像潰爛的膿腫一樣，不時地爆開，讓你好疼，好疼。

A. 卡爾·安德森

幾個月過去了，艾格尼絲越來越把自己當作新的女主人。她認為我應該服從她，按她說的做，就像小孩子在玩扮家家酒。這讓我很生氣。

一天早上，我在走廊裡踱來踱去。厚厚的木地板上有兩處會吱吱呀呀作響，我繞過去，免得發出聲響，但還是在來回走著。已經快八點了，卡爾很快就會出門上班。他出現時，我停下來，對他點點頭，向他告別。當他開門出去時，外面街道上的聲音傳了進來，但屋子裡很快又恢復了安靜，我繼續來回踱著步。我已經把右手的指甲咬得快禿了，很疼，但我無法克制自己。我走進了廚房。

「我不想在這兒待下去了。我不想一輩子都給你做女僕。」

當聽到這句憤怒的法語時，艾格尼絲瞪著我。家裡只有她能聽懂法語，所以我經常用法語跟她說話。我又重複了一遍，直到她點頭，想阻止我說下去。我已經收拾好了包包和我們從巴黎帶來的箱子，襯衫裙也換成了更嚴肅的衣服。我束起了頭髮，還塗了口紅。我已經準備好要面對外面的世界，重新在社會階層中找到自己的位置。我曾經是一名著名的模特兒。我已經淡出閃光燈太久了。

「可是你去哪兒呢？你住哪兒？我們先規劃一下不是更好嗎？」

我冷笑了一下。

「把包包放下。別傻了。」艾格尼絲小聲說。她的手在卡爾剛給她買的裙子上搓著。他為她買衣服，並把她佔為己有。

「再等幾天。求求你，留下來。卡爾認識人，他可以幫你。」

「卡爾，卡爾，卡爾。你只想著卡爾。你真覺得他能解決一切問題嗎？我在巴黎好得很，沒有你也沒有他。我在紐約也可以！」

「卡爾，卡爾，卡爾。我是聽到我的名字了嗎？你們在說什麼？有什麼問題嗎？」他回來拿雨傘，一隻手摟著艾格尼絲，在她的臉上親了一下。

「沒什麼。」她含含糊糊地說。

他揚起眉毛看著我。

「沒問題。」我說，轉身想走。艾格尼絲追了過來。

「求你了，別丟下我。」她懇求道，「我們是姊妹。我們應該在一起。你和我們在一起有個家。我們需要你。至少等你找到工作和住的地方。卡爾和我，我們倆可以幫你。」

她把我的箱子拎回床邊，我沒有力氣再反對。那天晚上，我對著浴室裡斑斑點點還有裂痕的鏡子仔細看自己的臉。美國之行已經在我臉上留下了印記。我眼周曾經光滑的皮膚現在又腫又晦暗。我輕輕抬起眉毛，把它們往上提，直到靠近髮際線，便又看到了自己原來的樣子，閃亮的大眼睛，年輕，漂亮。我本應是這樣。我對著鏡子裡的自己笑了，但曾經讓我引以為榮的笑容已經不見了。我搖搖頭，我的嘴唇又變回了一條直線。

我從巴黎帶來的化妝品一直沒有動過。我擰開粉蓋，用刷子往臉上刷了一層。臉上的紅血絲被厚厚的白粉蓋住了，雀斑也被遮住了。接著，我塗上腮紅，顴骨上的一點血色越來越大，成為大片的深櫻桃紅。我停不下來。我又畫了粗粗的黑眼線，一直畫到太陽穴。我把眉毛畫得很寬，就像一堆煤。我用深灰色的眼影塗滿一半的眼皮，又塗了口紅，幾乎是我嘴唇厚度的兩倍。我看著鏡子裡滑稽的自己，眼淚流了下來。最終，我在鏡子上給自己畫了一個大大的叉。

P. 約翰．羅伯特．鮑爾斯

我繼續忍受著，但那座小房子裡的氣氛越發讓我感到壓抑。這一次，我為自己的出走制定了更好的計畫。當我拿起東西離開時，卡爾已經在上班了，克莉絲蒂娜還在睡覺。我覺得這樣最好。這樣我和妹妹可以好好地告別。艾格尼絲哭了，她把自己所有的錢都給了我。

「我們很快會再見面的，我保證。」我們擁抱時，我輕輕地說。

我把她推開，便走了，沒有回頭，她哭泣的樣子太讓我難受了。我在第七街的一個小旅館住了幾天。房間裡幾乎沒有落腳的地方，僅僅能容下床和小邊桌。我剛住下沒兩天，便給格斯塔寫信，原原本本地把事情的經過和自己的感受告訴他。這一次，僅僅過了兩週，我便在郵局收到了他的回信。我每天都會去郵局，早已習慣了空手而歸，因此，當出納員遞過來一封信時，我激動極了，當場便拆開讀起來。信是用細細的墨水筆寫的，我看到字跡便笑了。我本期待著裡面會有一張回斯德哥爾摩的票，或至少有一點錢，但除了文字什麼都沒有。他沒有錢，他說，斯德哥爾摩的生活很艱難。戰爭影響了每一個人。他現在只能用畫換取食物和酒來維生。

如果可以的話，親愛的桃麗絲，我會寄一艘船過去接你。這艘船將載你跨過大洋，回到斯德哥爾摩美麗的碼頭。我會坐在窗前，用望遠鏡看著船員們載你歸來。我一看到你就會跑下去，站在那兒，張開雙臂迎接你。親愛的桃麗絲，如果這能變成現實就好了，老朋友久別重逢。無論何時，我都歡迎你回來。你知道的。我的大門永遠向你敞開。那個在巴斯圖街5號為我端酒的可愛的小姑娘，我永遠忘不了她。

你的格斯塔

信紙上畫著漂亮的紅色、紫色還有綠色的花。它們蜿蜒在信紙右角，包裹著整片文字。我小心翼翼地用食指摩挲著那些漂亮的花，它們表達著格斯塔對當年那個小姑娘的喜愛。畫的油彩很厚，我可以感受到紙上凹凸不平的每一個筆觸。那些花比我以前見他畫過的那些奇奇怪怪的油畫都要漂亮得多。

我仍然留著那封信，珍妮，和其他東西一起放在我的小鐵盒裡。或許它現在值錢了，畢竟他最終確實出了名，在他去世後很久。

我在郵局站了好一會兒，一手捏著他的信，一手拿著信封。彷彿我過去的生命線被割裂開了，身邊的世界模糊成了黑與白。終於，我慢慢把信紙折好，塞進我的胸衣裡，放在靠近心臟的位置。我的沮喪很快就被拋到了九霄雲外，取而代之的是盡快返回斯德哥爾摩的強烈願望。我跑進廁所。我在裡面使勁捏自己的臉頰，直到泛出紅暈，然後塗上口紅。我理了理合身的米色夾克，把仍然有點過大的裙子向上拉了拉。接著，我徑直來到約翰．羅伯特．鮑爾斯模特兒經紀公司。卡爾曾經告訴跟我，這個經紀公司做美女的生意。在紐約，模特兒找工作就是透過這樣的經紀公司，而不是像巴黎那樣透過百貨公司或是時尚品牌。當我把手按在門鈴上時，我的心怦怦直跳。我對經紀公司完全沒有概念，但我願意試一試。美貌是我唯一的資本。

「你好。」我站在一張巨大的桌子前面，靜靜地說，桌子後面坐著一個小個子女人，穿著黑紅格紋的緊身裙。她鼻尖上架著一副眼鏡，上上下下把我打量了一遍。

「我來見約翰．羅伯特．鮑爾斯。」我用結結巴巴的英語遲疑地說。

「你有預約嗎？」

我搖搖頭。她給了我一個居高臨下的微笑。

「小姐，這裡是約翰．羅伯特．鮑爾斯經紀公司。你不能這麼隨便進來就想見到他。」

「我只是覺得他或許會願意見我。我從巴黎來，我曾和歐洲幾家著名的時尚品牌合作，比如香奈兒。你知道香奈兒嗎？」

「香奈兒？」她站起身，指著牆邊一張深灰色的椅子。

「坐吧。我很快回來。」

我在那兒彷彿坐了一個世紀。終於，她回來了，身後跟著一個矮矮的男人。他穿著一身灰色的西裝。我看見裡面有一件馬甲，一個口袋裡還掛著細細的金鏈。他跟前台的接待員一樣，還沒開口，先把我上上下下打量了一遍。

「你為香奈兒工作過？」他的眼神從我的腳往上掃，避開了我的眼睛。

「轉身。」他抬起一隻手，做了個旋轉的手勢。我轉過身，扭頭回來看他。

「那一定是很久以前的事了。」他輕蔑地說完，便走開了。我盯著接待員，不明白發生了什麼。

「意思是你可以走了。」她朝門的方向點點頭。

「但你不想讓我穿上服裝試試嗎？」

「小姐，我相信你曾經一定是個漂亮的模特兒，但那些日子已經過去。我們這裡只要年輕人。」

她彷彿心滿意足。或許每一個被鮑爾斯先生拒絕的女孩都讓她感到一種勝利。

我用手摸了摸臉頰，仍然很柔軟，仍然像孩童的皮膚一樣光滑。我清了清喉嚨：

「或許我可以預約一下？等鮑爾斯先生有時間的時候？」

她堅定地搖了搖頭。

「恐怕沒這個必要了。你最好還是去找別的工作吧。」

15

「你的臉怎麼了？」珍妮靠近螢幕，用手指著。桃麗絲的臉上貼著一大塊白色膠布。

「沒事。我自己摔了一下，磨破了。不用擔心，只是一點擦傷。」

「怎麼回事？你起來走時他們不幫忙嗎？」

「唔，很傻的。我用力過猛，護士拉不動我。我必須得保持運動，否則他們就要送我去養老院了。」

「養老院？誰說的？」

「社福人員。我本來不想跟你說的，但他每隔幾天就帶著一張表來找我，想讓我簽字，這樣他們就可以說我是自願去的。」

「你怎麼想？」

「我情願去死。」

「那咱們就得確保你不用去那兒。下次他再來找你，你就打電話給我。」

「你打算怎麼說呢，親愛的？說我可以住在家裡嗎？我不能，現在不行。這麼看來他說得沒錯。我已經沒什麼用了。但我不想在他面前承認這一點。」

「我會跟他聊聊。」珍妮平靜地說，「但你怎麼打發時間呢？你有書讀嗎？要不要我給你寄點新書？」

「謝謝，我還有幾本你上次寄的書。我很喜歡唐．德里羅的書，那本關於911的書。」

「《墜樓者》。我也喜歡那本。我看看能不能寄給你一本……桃麗絲！桃麗絲！喂！」

桃麗絲的臉因為疼痛而僵住了。她右手捂住胸口，左手在空中狂亂地揮舞。

「桃麗絲！」珍妮在電腦螢幕裡大聲喊，「桃麗絲，怎麼了？告訴我，發生什麼了？」

她聽到微弱的嘶嘶聲。桃麗絲無奈地看著她，臉色越發蒼白了。珍妮用盡全力大喊：「護士！喂！護士！」

她又大聲說著什麼，但聽不清了，桃麗絲把電腦的音量調低了，怕吵著其他病人。但是隔壁的女人仍然感覺到出了問題。她從床上看過來，看到的是似乎睡著的桃麗絲。她按了鈴。珍妮大聲喊著。終於，來了一個護士，問有什麼需要她幫忙。隔壁的女人指了指桃麗絲的床。護士把電腦從桃麗絲的肚子上拿開，放在床頭櫃上。

「她突發心臟病！」珍妮喊著，護士跳了起來。

「天哪，你嚇死我了！」

「看看桃麗絲！她剛才蜷起來，手捂住胸口，然後就暈倒了！」

「你說什麼？」護士按了鈴，想摸桃麗絲的脈搏。她沒有摸到，便立即對她進行人工呼吸。在呼吸間隔裡，她喊人來幫忙。珍妮在加州淺綠色的廚房裡看著這一切。又跑過來三名醫護人員，一個醫生和兩個護士。醫生打開除顫器，把電極板放在桃麗絲的胸部。電擊使她的身體彈了起來，然後又落回到床上。他充上電，又給她做了第二次點擊。

「有脈搏了！」護士叫起來，食指和中指牢牢地按住桃麗絲的手腕。

「她還活著嗎？」珍妮尖叫著，「告訴我，她還活著嗎？」

醫生驚訝地抬起了眉毛，回頭看著護士。珍妮聽到他小聲說：「為什麼沒人把電腦關掉？」

他低頭看著她，點點頭：

「很抱歉讓你看到了這些。你是她的親戚嗎？」

珍妮點點頭，喘著粗氣。

「我是她唯一的親人。她怎麼樣？」

「她年紀很大了，也很虛弱。我們會盡全力讓她活得久一點，但她的心臟未必能撐住。她以前有過突發心臟病嗎？」

珍妮搖搖頭。

「我沒聽說過。她一直很強壯，很健康。請幫幫她，我無法想像沒有她的生活。」

「我理解。她的心跳已經恢復了。我們要把她送去加護病房，她今晚會住在那裡。我們現在掛斷視訊好嗎？」

「我不能跟她一起去嗎？」

「我覺得你最好休息一下。」他向蒂拉點點頭，她正驚恐地在珍妮身後啜泣。珍妮俯下身，把女兒抱到腿上，讓她安靜下來。

「沒關係，我想陪桃麗絲待一會兒，如果可以的話。」

醫生抱歉地搖搖頭。

「對不起。我們不能在加護病房裡用電腦，那樣會干擾設備。留在這兒吧，會有護士記下你的聯繫方式。我們一定會及時把她的情況告訴你。再見。」

「不，等等，我得問問……」但醫生和兩名護士已經從珍妮的螢幕上消失了。

16

海浪拍打沙灘的聲音被旁邊路上接連不斷的車水馬龍聲蓋住了。這座房子的風景很好，但他們搬進來的時候並沒有考慮到車流。從來沒人坐在漆成白色的陽台上看海。直到今天。

威利下班到家時，一眼就看到了珍妮，她正抱著蒂拉坐在他們多年前紮的吊床上。那時他們還在熱戀中，每時每刻都想在一起。吊床慢慢地來回搖擺，鏈條和鐵鉤間發出輕微的摩擦聲。

「你坐在這裡幹嘛？這麼多的廢氣，對寶寶不好。」他對她們笑著，但珍妮的表情很嚴肅。

「你還叫她寶寶嗎，她都快兩歲了。」

「她才一歲半，剛剛會走路。」

「她已經二十個月兩週零三天，快兩歲了。」

「好吧好吧，那我叫她蒂拉好了。」威利聳聳肩，打開門。

「我在考慮去趟瑞典。」

門砰的一聲關上了。蒂拉哭起來。「啊？瑞典？發生什麼了？」

「桃麗絲今天突發心臟病了。她要死了。」

「心臟病？我以為她是摔斷了腿。」

「情況很糟糕。我得去陪陪她。我不能讓她孤零零地死去。她需要我待多久，我就待多久……」

「那怎麼行？誰來照顧孩子們？我們可不能沒有你。」

「什麼？這就是你要說的？」

「我為桃麗絲感到難過，她年紀很大了。但生活還將繼續，我們需要你在這裡。」

「我可以帶著蒂拉。兒子們白天都在學校，你可以搞定。」

「你不能拋棄我們。」

「我沒有拋棄你們。你是這麼想的嗎？」

威利深吸了一口氣，不再看珍妮。她把一隻手放在他的肩上。

「會好的，你可以搞定的。」

「我知道她對你來說很重要，但她比你自己的家庭更重要嗎？你不能就這麼離開我們。我得上班，養家糊口。兒子們放學時，我還到不了家。那誰來照顧他們？」

「會有辦法的。我們花錢找個人就行。」

威利沒有回答。他嘴唇緊閉，進了屋，狠狠甩上了門，蒂拉幾乎被嚇得跳起來。珍妮躺倒在吊床上，調整好枕頭的位置，讓蒂拉趴在她的肚子上。但蒂拉不想那樣，立刻爬起來生氣地嘟囔。

「噓，躺下睡吧。」她一邊哄，一邊摟緊女兒。

威利從門裡探出頭來。

「你是在開玩笑吧。」

珍妮搖搖頭，他生氣地翻了個白眼。

她直直地盯著她，眉頭緊鎖，眼裡含著淚。

「她要死了，你沒聽懂嗎？」

「我知道，這真的很讓人難過。但如果你要離開，我恐怕搞不定。我沒法一邊照顧孩子，一邊料理家務，同時還要上班。」

珍妮坐起來，讓蒂拉坐在吊床的另一端。

威利走了出來，靠在牆上，一隻手輕撫她的臉頰。

「對不起……你能告訴我到底怎麼回事嗎？」

「當時我們在聊天，一開始一切都很正常，她看上去也很正常。她前幾天摔了一跤，臉上還貼著OK繃，但她還開著玩笑。你知道桃麗絲。但突然她捂住胸口，無法呼吸，就像電視裡演的那樣，就像《實習醫生格蕾》裡的某一集。我竭盡全力大喊，最後他們跑過來，帶來一台有電極的設備。」

威利在她身邊坐下，握住她的手。「所以真的是心臟病突發？」

「是的。醫生說她變虛弱了。骨折和手術一定對她創傷很大。後來護士告訴我，他們得採用血管成形術。」

「寶貝，說不定她還可以活很久，你並不知道。你在那兒做什麼呢？就坐在旁邊，等著她死去嗎？我不覺得那樣對你有什麼好處。」

他摩挲著她的手，但珍妮把手抽回，推開了他。

「你覺得那樣對我不好？你只是考慮你自己！如果我留下來，你可以過得更舒適，僅此而已。但你知道嗎？她是我和瑞典唯一的聯繫了，她是我和媽媽還有外婆僅有的交集。」

「我們為什麼再也不在這兒坐了？」海風吹著她的臉，她閉上眼睛。一輛卡車呼嘯而過，他們笑了。

「這就是為什麼。」威利吻她的額頭。

17

「早安，桃麗絲。」護士在床邊彎下腰，溫柔地笑著，充滿了同情。

「我在哪兒？我死了嗎？」

「你還活著。你在重症監護室。你昨天心臟出了點問題，突發心臟病。」

「我還以為我死了。」

「不，不，你沒有死。你的心跳又穩定了。醫生把堵塞的血管疏通了。你記得嗎？你做了一個手術。」

桃麗絲虛弱地點點頭，不太確定。

「你感覺怎麼樣？」

她用舌頭舔著上顎。

「有點渴。」

「你想喝點水嗎？」

桃麗絲蒼白的臉上擠出一點笑容。

「蘋果汁吧，如果有的話。」

「我去倒一點來。你先休息一會兒吧，很快你就會感覺好些的。」護士轉身要走。

「老巫婆的情況不太好。」

她轉過身來：「你說什麼？」

護士忍不住笑起來，但當她看到桃麗絲嚴肅的表情時，便安靜了。

「你現在可能感覺不太好，但你會好起來的。只是一點點心肌梗塞而已，你很幸運。」

「我已經九十六歲了。我剩下的運氣不多了。」

「是的，確實，你離一百歲還遠著呢！」護士對她擠擠眼睛，捏了捏她的手。

「死亡，死亡，死亡。」只剩下她一個人了，她喃喃自語道。床頭有一台儀器，她扭過頭，好奇地看著上面的數字和線條：她的脈搏在八十上下跳動著，呈「之」字形的心電圖，還有她的血氧含量。

A. 艾格尼絲・阿爾姆 已逝

天彷彿塌了下來。就在那兒，模特兒經紀公司外面的大街上。沒有工作，沒有地方住，沒有朋友。只有一個已經結了婚的妹妹住在幾個街區之外。我記得自己在那兒站了好一會兒，直愣愣地看著面前的車水馬龍。我不知道該去哪兒，該往哪兒走——但我幾乎不必告訴你我真正想去哪兒，珍妮。格斯塔曾經讓我發誓要遵從自己的內心，不讓生活的境遇改變自己的命運。但當時，我跟之前很多次一樣，違背了自己的誓言。我別無選擇。我邁著緩慢的步伐，向自己剛離開不久的那座房子走去。

卡爾還沒回來。艾格尼絲正在克莉絲蒂娜身邊做針線活。我進門時，她們抬起頭。艾格尼絲跳了起來。

「你回來了！我就知道！」她緊緊抱住了我。

「但我不會待很久。」我喃喃地說。

「會的，你留下來吧。你和克莉絲蒂娜可以睡在樓上。」她朝椅子點點頭，「我和卡爾可以睡這兒的沙發床。」

我搖搖頭，不同意。

「我們已經談過了。我們都盼著你回來。這兒有足夠的地方。你可以幫我做家務。」

她又擁抱了我，我感到她的肚子頂著我。

「現在輪到我來幫你了。你幫了我太多，而且我們這兒需要你。」她把我的手放在她的肚子上。聽到這些，我驚訝地瞪大眼睛，下巴都快掉下來了。

「你懷孕了？你為什麼不早說！你有寶寶了！」

她開心地點頭，揚起嘴角，情不自禁地笑起來，伸出手來拍我。

「是不是棒極了！」她叫著，「這座房子裡將要有個小寶寶！」她拿起剛才正在織的東西，是一條淺黃色的嬰兒毯。我想起艾倫和我曾經幻想的那麼多孩子，心裡一陣刺痛。但我立刻從回憶中走了出來。這是艾格尼絲的孩子，是她的時刻。我開心地對她笑了。

我沒辦法，只能留下來。我很期待小傢伙的到來。卡爾和艾格尼絲，克莉絲蒂娜和我。一個奇怪的家庭熱切地盼望著這個新生命。她就是愛麗絲，你的母親。

每天早上，艾格尼絲都會側身站在廚房，撫摸自己的肚子。每天早上，她的肚子都更大了一些。我們分享著她的快樂，她也從不拒絕我摸她的肚子。她身體裡有個小寶寶，到了後期，當寶寶踢她時，我甚至能看到一隻小腳的模樣。我想抓住它，但艾格尼絲把我的手推開了，說我碰得她癢癢。

當我感到自己被需要時，日子過得快多了。我幫艾格尼絲買菜做飯，打掃環境，洗洗刷刷。她行動越來越不方便，她變瘦了，臉也尖了，除了肚子，就像綁在身上的氣球一樣。我一次又一次問她是不是真的感覺沒問題，但她讓我不必擔心，說她只是感到疲倦。畢竟她懷著孕。「等孩子出生就好了，我就重新變回自己了。」她越來越頻繁地嘆氣說。

一天，我下樓時看到她坐在廚房的沙發上，嘴唇成了黑紫色，她的皮膚上也出現了斑點，顏色發青。她的眼睛睜得大大的，呼吸困難。我不能再描述下去了。我真想忘記那一幕，像極了父親臨死前的時刻。儘管這一次大哭的不是母親，而是我。

他們得以在你外婆艾格尼絲死去之前讓小愛麗絲生了出來。按那時的說法，她死於難產。懷孕使她的身體中了毒，導致器官衰竭。就那樣，隨著一天天過去，她走了，給我們留下一個襁褓中的嬰兒，整天就是哭，彷彿她知道自己已經被剝奪了母愛。

我每天都抱著你母親，幾乎從不放下。我安撫她，試著去愛她。我們給她餵加熱到人體溫度的牛奶，但那導致她肚子疼，於是她哭啊哭。我記得我把手放在她的小肚子上，可以感受到裡面在冒泡泡，彷彿有什麼東西住在裡面。克莉絲蒂娜有時會接替我一會兒，並試著安撫我們倆，但她畢竟老了，很容易疲倦。

卡爾無法忍受嬰兒的啼哭，也無法承受巨大的悲痛。他開始早出晚歸。直到有一天，他找到了一位奶媽，這位母親願意把她的母乳分一點給別的孩子，家裡才重新有了一絲平靜。

生活慢慢恢復正常了。愛麗絲一天天長大，第一次對我們咯咯地笑。我好想念艾格尼絲，但為了小丫頭，我只能努力克制住自己。

一天，我出門去。我原本只打算在附近買點肉和蔬菜。但不知不覺我走到了郵局，我已經很久沒去那兒了。我想看看格斯塔有沒有寫信給我。他沒有，但我收到了另一封信，是從法國寄來的。

桃麗絲，

我無法用言語形容我對你的思念。戰爭太可怕了。比你能想像到的要可怕得多。我每天都祈禱自己能活下來，再次見到你。我的錢包裡有一張你的照片，你看上去仍然和我在巴黎看到的漂亮玫瑰一樣。在這裡，一切都顯而易見。我把你的照片放在胸口，希望你能感受到來自大西洋彼岸的愛。

你永遠的，

艾倫

我在紐約，他本該在這裡。我們本該在這裡團聚。但他在法國。接下來的幾週，我都很茫然，滿腦子只想著艾倫。想著我們。

每天晚上，當我哄愛麗絲睡著，看著她沉睡的臉龐時，都會放棄離開美國的念頭。她這麼小，這麼可愛，這麼無助。她需要我。然而，我開始從卡爾給我的伙食費裡擠出一點錢藏起來。

終於，我忍不住了。我收拾了一個包包，然後就走了。我沒有跟克莉絲蒂娜告別，儘管我拿包包走時她看到了。我也沒有給卡爾留下字條。我沒有親吻愛麗絲，我怕自己會受不了。關上門的那一剎那，我閉上眼睛站了一會兒，便徑直走向碼頭。我受夠了美國。我要回歐洲。我要去艾倫那裡，我的愛驅使著我。

18

醫生的眼睛盯著深藍色塑膠資料夾裡的文件。

「你的數值看上去在好轉。」他翻著前三頁，看裡面的圖註和檢測結果。最後，他摘下眼鏡，放進白袍胸前的口袋，從進門起第一次看著桃麗絲的眼睛。

「你感覺如何？」

她微微搖了搖頭。

「很累，昏昏沉沉的。」她有氣無力地說。

「是的，心臟問題會讓人傷元氣。但我覺得你應該不需要再做更大的手術了。你仍然很強壯，血管成形術的效果也很好。你會康復的。」他伸手拍拍她的頭，彷彿她是個孩子。桃麗絲搖搖頭，掙開他的手。

「強壯？你覺得我現在看上去強壯嗎？」她慢慢抬起還插著導液管的手。塑膠管下面的皮膚已經瘀青，她的手一動，針頭周圍的皮膚就被拉扯地疼。

「當然，考慮到你的年紀，你確實算是很強壯了。我必須說，你這個歲數能有這樣的數值已經相當好了。你只需要休息休息，僅此而已。」說完，他便轉身走了。別高興得太早。

她冷得發抖，把毛毯一直拉到下巴。她的手指又冷又硬，她把手伸到嘴邊，向手上哈氣。微弱的熱空氣讓手暖和了一點。她聽到醫生在外面的走廊裡跟一個護士講話。他的聲音很小，但仍然可以聽見。

「把她送回病房吧，她不需要留在這裡。」

「真的可以嗎？她的情況夠穩定嗎？」

「她已經九十六歲了。很遺憾，她不會再活很久，她也顯然無法再承受一次手術了。」

「不會再活很久，無法再承受一次手術。」當護士進來從床頭櫃裡打包她的東西時，一陣寒顫直達她的四肢，她咬住了舌頭。

「你現在要回病房了，真是個好消息，不是嗎？讓我把這些電極摘下來。」護士溫柔地把桃麗絲的襯衣拉上去，取下黏糊糊的小圓片。裸露的皮膚讓她打了個寒顫，渾身一陣疼痛。

「可憐的人兒，你冷嗎？等一下，我再給你拿一床毛毯來。」護士走開了，很快便拿來了一床厚厚的綠白色條紋的毛毯，幫她蓋好。桃麗絲感激地笑笑。

「我還想要我的電腦。」

「你有電腦嗎？我沒見過，一定還在病房裡，我們回去找找。別擔心，你很快就能拿到了。」

「謝謝。你覺得我的外甥孫女可以跟醫生談談嗎？我知道她想跟醫生談談。」

「我們一定可以安排。我會跟你的主治醫生說。好了，咱們走吧，你準備好了嗎？」護士把制動踏板鬆開，推著搖搖晃晃的床走了出去。她把床向右轉，沿著空蕩蕩的走廊慢慢走到電梯。護士一直在說著話，但桃麗絲並沒有聽。醫生的話仍然在她腦海中迴盪。她自己的思緒已經被淹沒了。別怕。別怕。別怕。要堅強。電梯的嘀嘀聲是她最後聽到的聲音。

「我們可以跟誰聯繫嗎？家人？好朋友？」一個沒見過的護士坐在她床邊的椅子上。她已經回到病房了。這是一間新的病房，旁邊都是新的病友。她的黑色電腦包就在床頭櫃上。

「可以，珍妮，我的外甥孫女。她想跟醫生談談。現在幾點了？」她問。

「已經晚上五點了。你回來一直在睡覺。」

「太好了，」她邊說邊指著電腦，「你能把它遞給我嗎？我給珍妮打個電話。我有一個電腦軟體可以跟她通話。」

護士把電腦從包包裡拿出來遞給她。桃麗絲在網路電話裡點擊珍妮的名字，紅色的圖示顯示她並不在線上，儘管如此，她仍然試著打給她，但沒有接通。奇怪。現在是加州的早上，只要沒什麼事，她都會開著電腦。她只希望臨死前能有機會跟珍妮告別。她把電腦推到一邊，但仍然開著網路電話的視窗。

「還有其他人嗎？如果能有朋友來看看你多好？」

她點點頭，把頭歪向了 邊。她的臉頰碰到枕頭時，感覺就像碰到了硬邦邦的水泥。身上的毯子也很重。

「你能把毯子往下拉一點嗎？」她輕輕說，但是護士已經走了。她扭了扭身子，讓毯子稍微滑下一點，透點氣。電腦螢幕就在她面前，她盯著珍妮的圖示，等著它變成綠色。最後，她終於忍不住閉上了眼睛，睡著了。

19

這麼多年來，珍妮一直珍藏著一個鑰匙圈，上面拴著一隻金屬做的綠青蛙，青蛙的背面用麥克筆潦草地寫著「桃麗絲」三個字。鑰匙圈上只有一把銀鑰匙。飛機上，她把鑰匙圈給蒂拉玩。小女孩用肉嘟嘟的小手轉鑰匙圈，一次又一次，然後就笑起來。她笑的聲音很大，感覺是從喉嚨深處發出來的。儘管心裡煩躁不安，坐久了也很不舒服，但她們還是勉強睡了幾小時。珍妮的位置靠窗，飛機降落時，她可以看見濃密的森林，就像深綠色的田野一樣。她把蒂拉抱起來，讓她也能看見。

「蒂拉，看，瑞典！這就是瑞典！」她指著窗外的大地，但小女孩對青蛙更感興趣。她伸手去搆鑰匙圈，搆不到便大聲地哼哼唧唧。長途旅行和睡眠不足使她比平時更容易煩躁。珍妮把鑰匙圈遞給女兒，然後緊緊擁抱了她。蒂拉卻直接把青蛙放進了嘴裡。

「不能放到嘴裡，蒂拉，這樣危險。」珍妮把鑰匙圈從女兒嘴裡拿出來，小女孩大聲喊起來，鄰座的乘客不耐煩地看了她們一眼。珍妮在腳下的包包裡翻來翻去，找到一盒軟糖豆。她一個接一個地餵給蒂拉，小女孩終於安穩了，開心地吃著，直到飛機砰的一聲落了地。她們終於到瑞典了。當她們走過入境大廳時，珍妮被身邊的瑞典語包圍了。她會說瑞典語，也能聽懂，但幾乎從來沒有機會聽到別人說。

「請去巴斯圖街25號。」她跟計程車司機說話時，努力掩蓋著自己的美國口音，但她能聽出自己的發音一點都不標準。不過有什麼關係呢？司機自己也有口音。

「你們的旅途愉快嗎？」他問。珍妮笑了，她很高興自己能聽出司機的話有語法錯誤。窗外下著雨，雨刷忙碌地工作著，刮到乾燥處時便發出尖銳的摩擦聲。

她跟司機聊天來打發時間。「天氣真糟糕。」她想不起瑞典語的「天氣」怎麼說，只好改成英文。司機點頭作為回答。當他們到達目的地時，司機決定直接改說英文。她用信用卡付了錢，然後抱著蒂拉下了車。她抬頭看看二樓，桃麗絲公寓的窗簾拉著。司機熱心地幫她們把嬰兒車和兩個行李箱從後車廂拿出來，但他剛坐回車裡便一溜煙開走了，濺了珍妮一褲子的水。

「斯德哥爾摩和紐約一樣，每個人都來去匆匆。」她喃喃自語道，讓蒂拉坐在自己腿上，試著把折疊嬰兒車打開。小傢伙伸出手來，急切地想抓住雨滴。

「蒂拉，別動。媽媽要把嬰兒車打開。」她把膝蓋放低，抵住接口處，終於把車放穩了。她把女兒抱進車裡坐好，繫好安全帶，試著用屁股推車，身後拉著兩個行李箱。可是不行。嬰兒車的輪子朝著不同的方向，不穩。她把包包放下，迅速把車搬上台階，推進樓裡。她把蒂拉放下哄了哄，然後迅速跑回去拿包包。等她終於帶著行李、嬰兒車、蒂拉和所有的一切到了公寓門口時，她的T恤已經被汗水浸濕了。

她一打開門便聞到了一股陳腐的氣味。她在黑暗中摸索著開了燈，然後把嬰兒車推進來。蒂拉努力想站起來，費勁地大聲咳起來。珍妮伸手摸摸她的額頭，涼涼的，她只是累了，有一點感冒。她把蒂拉放在廚房的地板上，然後拉開所有的窗簾，打開所有的窗戶。陽光照了進來，她才發現蒂拉正坐在淺色木地板上，旁邊有一個深色的污點。那一定是血，桃麗絲摔倒時流的血。她迅速拉起蒂拉的手，讓她從地板上起來。她們進了客廳。客廳還和她記憶中的一樣：深紫色的天鵝絨沙發，灰藍色和棕色的靠墊，六〇年代的柚木桌子，還有一張書桌靠著一面牆，上面放著小天使。自打珍妮有記憶開始，桃麗絲就在蒐集天使。她數了數，光客廳裡就有八個陶瓷小天使。其中兩個是珍妮送她的禮物。她打算明天帶幾個去醫院，這樣桃麗絲就有伴了。她拿起離她最近的一個，是個漂亮的金色陶瓷小塑像，她把它貼在臉頰。

「哦，桃麗絲，你和你的天使們。」她自言自語著，眼睛濕潤了。她把塑像輕輕放回桌上，目光落在了一疊紙上，便拿起最上面的一張讀了起來。

20

樓下的街上響起了汽笛聲，是珍妮叫的計程車到了。她很擔心桃麗絲，她覺得自己需要立刻去醫院，不能等到明天。她把紙放回書桌，輕輕摩挲著。桃麗絲寫了好多。珍妮拿起最上面的幾張紙，對折後放進手提包裡。好奇心讓她迫不及待地想繼續讀下去。

很快，她已經坐在了去醫院的計程車上，懷裡抱著蒂拉。已經是晚上了，天已經黑了。她打了個呵欠，疲憊地拿出手機。

「嘿，我到了，一切都好。」珍妮把手機放在耳邊，準備好了迎接來自大西洋另一端的吵鬧。意外的是，那一頭很安靜。她聽到話筒被換手的聲音。傑克先說話了。

「媽媽，你怎麼能說走就走呢？都沒有告訴我！現在誰來幫我準備午餐呢？你什麼時候回來？」

「桃麗絲這兒需要我。她沒有別人了，沒有親人，也沒有朋友。沒人想孤零零地死去，也沒人應該孤零零地死去。」

「那我們呢？你不關心我們嗎？我們不重要嗎？我們也沒有人幫忙。」他大聲喊著，話語裡充滿了青春期少年堅決的以自我為中心。

「傑克……」

「就那麼走了，拋棄了你的家庭。你怎麼能這樣呢？」

「傑克，聽我說。」

「如果你想跟我說話，你就回來。」

「傑克，現在聽我說！」她抬高了聲音，她只有真的生氣時才會這樣。她在後視鏡裡和司機對視了一下。「我相信你一定可以自己準備幾個星期的三明治。我們現在說的是三明治，不是你的生活。你試著想想桃麗絲，而不僅僅是你自己。」

他一句話也沒有說，把話筒遞給了威利。

「你怎麼能就那樣離開？只留了一張字條來解釋？你沒有想到我們會擔心嗎？兒子們情緒很激動。如果你要離開幾個星期，那就應該計畫好。計畫！我們需要一個保姆來照顧兒子們。你是怎麼計畫的？」

「我們對我來這兒的事已經達成共識了。我也按我承諾的那樣把蒂拉帶來了。威利，不要把事情複雜化。兒子們已經大了。早上幫他們做兩個三明治，放在午餐盒裡，讓他們帶去學校。很簡單。」

「那放學以後誰來照顧他們呢？誰陪他們做作業？我得工作，你知道的。天哪，珍妮，你太衝動了！」

「你覺得這是衝動？好像我是愚蠢的少女？我們談過這事，你當時同意的，你知道我想過來跟桃麗絲告別。除了你以外，她是我唯一的親人！我小時候是她照顧我，現在她要死了！你到底不理解什麼？」

他哼哼著說了聲再見，便掛了電話。蒂拉抬頭靜靜地看著珍妮，珍妮擠出一絲笑容。

「是爸爸。」她抱緊女兒，親吻她圓圓的小臉蛋。

終於，她們到了。她按入口的指示牌找到了電梯，按下按鈕。等待讓她感到緊張。她不知道桃麗絲還是不是自己記憶中的樣子。其中一部電梯砰的停下來開了門。

她打量著這個陌生的病房。空氣裡瀰漫著消毒水的味道，耳邊響著病人的響鈴和各種儀器的聲音。一個護士看到她們，停了下來。

「你在找人嗎？」

「是的，我找桃麗絲．阿爾姆。她在這裡嗎？」

「桃麗絲，是的，在那兒。」護士指著一間病房，「但現在已經過了探視時間了，你恐怕暫時不能去看她。」

「我剛剛從舊金山飛過來！我們幾個小時前剛剛落地。求求你，讓我看看她吧。」

護士看了看四周，點點頭，陪她走過去。

「保持安靜，別待太久。其他人需要休息。」珍妮點點頭。

她隔著被子可以看出桃麗絲身體的輪廓。她很瘦，比她印象中要矮小了很多。她閉著眼睛。

珍妮在探視椅上坐下。她把嬰兒車拉到跟前，蒂拉也睡著了。她現在終於可以拿出那幾張紙來讀了，都是桃麗絲寫給她的文字。她很好奇她在寫什麼，她發現自己立刻被地址簿還有桃麗絲的父親和他工作室的故事吸引了。

桃麗絲的呻吟將她拉回了現實。桃麗絲醒了。珍妮站起身，在床邊彎下腰。

「桃麗絲，」她輕聲說，一邊輕撫她的頭髮。「我來了。」

桃麗絲睜開眼睛，眨了又眨。端詳了她好一會兒。

「珍妮，」她終於說，「哦，珍妮，真的是你嗎？」

「是的，真的是我。我來了，我來陪你。現在我可以照顧你了。」

P. 邁克．派克

邁克．派克。我已經很久沒有說過這個名字了。是他讓我明白，有些孩子並不是因為男女之愛而誕生在這個世界。是他讓我明白，愛並不是一種要求，愛並不一定美好。

我在一個雨天遇到他，他在我的記憶中也像是一場雨。

一九四一年初夏，那時，沒人願意去歐洲。民用船隻早就停了；大西洋上的移動打靶訓練已經被載著導彈的貨船和戰鬥機所取代。這些我都知道。但我仍然下定決心，如果上不了船，就絕不離開碼頭。哪怕我只能到英國或是西班牙，我也能離艾倫更近一些。還有格斯塔。我在碼頭走來走去，向港口停著的船上張望。我光著腳走在垃圾和水坑之間，每當有尖銳的小石子戳進我的腳底，我便疼得倒抽一口氣。我只剩一雙完好的鞋了，我不想把它毀掉，於是便收在了包包裡。我只帶了一個小箱子，裡面裝著幾件衣服。我把心愛的項鍊掛在脖子上。其餘的東西都存在卡爾家閣樓上的一個行李箱裡。我希望自己有一天能再見到它們。

「小姐！小姐！你在找人嗎？」一個男人從我身後跑過來，我被嚇得往後退了幾步。他比我稍矮一點，但透過薄薄的白色背心可以看出他肩膀和胳膊上的肌肉。他的衣服上沾著油漬，手上和臉上也是。他對我一笑，禮貌地摘下帽子。接著，他便伸手要幫我拎箱子。我警惕地雙手握住提把。小雨淅淅瀝瀝地下著。

「我來幫你拿包包吧。你迷路了嗎？現在沒有客船從這兒出發了。」

「我得去歐洲，我必須去。是很要緊的事。」我答道，往後退了一步。

「歐洲？你去那兒幹什麼？你不知道那裡在打仗嗎？」

「我是歐洲人。我得回家。那兒有人需要我，那兒有我需要的人。我不會走的，除非我能上船。」

「呃，你唯一能去歐洲的辦法就是在貨船上找個工作。但你得脫掉那條裙子。」他對我的紅裙子點點頭，「你的包包裡有褲子嗎？」

我搖搖頭。我見過不少女人穿著時髦的長褲，但我自己從來沒穿過。

他笑了。

「好吧，這個我們可以解決。或許我能幫你。我叫邁克，邁克·派克。明天早上有一艘船要出發，船上裝滿了給英軍的武器。我們需要一名廚師，原來的那名廚師病了。你會做飯嗎，小姐？」

我點點頭。我把包包放在地上，把這麼重的包包死死拎了這麼久，我的手指已經麻痺了。

「你得做好準備，這份工作很辛苦。我還得請你剪掉頭髮。像你這樣是不可能得到這份工作的，像位女士。」

我搖搖頭，瞪大了眼睛。不，我不能剪掉頭髮……

「你想不想去歐洲？」

「我必須去。」

「他們不可能帶一個女人從這兒出發。所以我們才需要你剪掉頭髮，穿成男孩的樣子。我們得給你找點衣服。你得穿褲子和男士襯衫。」

我猶豫著。但我得離開美國，我別無選擇。我跟著他走進營房裡的一間小辦公室，穿上他扔給我的衣服：厚厚的某種羊毛材質的棕色褲子，還有一件米色的襯衫，腋下還有乾掉的汗漬。衣服都很大，散發著難聞的氣味。我捲起袖子和褲腿。我還沒準備好，他便爬到我身後，喀嚓一下剪掉了一大把頭髮。我大叫一聲。

「你到底去不去？」他一邊笑，一邊晃著手中的剪刀。

我咬住嘴唇，點點頭，閉緊眼睛。他開始剪了。我一頭漂亮光滑的長髮很快便散落在破舊的木地板上。

「沒事的。」他笑著說。我渾身顫抖著，又緊張，又害怕。

他把我箱子裡的東西倒進一個麻袋，然後把箱子扔給我。

「明早七點回到這兒。我們划著那個到船上去。」他指指碼頭邊一艘在水面上忽沉忽浮的小船。

「我今晚可以待在這兒嗎？我無處可去。」

「當然可以，你想怎麼樣就怎麼樣。」他聳聳肩，連再見都沒說就走了。

我獨自在港口過了一夜，耳邊響著各種各樣的聲音。一隻老鼠從地板上跑過，然後又停下來，海風把門窗吹得嘎嘎響，還有碼頭下面下水道裡的水聲。我用麻袋當枕頭，用紅大衣當毯子，就是我和艾格尼絲初來美國時穿的那件紅大衣。試想一下，假如我當時知道後來會發生什麼！我頭下枕著的麻袋裡裝著幾件皺成一團的衣服，它們是我在巴黎光彩生活僅剩的印記了。我好奇格斯塔那晚怎麼樣，他在斯德哥爾摩是否安全。還有艾倫，他還活著嗎？我擔心地渾身發抖，但關於愛情的回憶讓我暫時忘卻了恐懼。我能聽到遠處一扇門被風吹的聲音。終於，我在它有節奏的砰砰聲裡睡著了。

P. 邁克．派克 已逝

天終於亮了，碼頭上起了濃霧。微弱的粉色光線照在鐵灰色的水面上，船身劃開水面，兩邊便泛起白色的水泡。邁克用力划著船。我看著曼哈頓，帝國大廈的尖頂直插雲霄。船頭的旗杆上掛著美國國旗，看上去沒精打采的。突然，他停下了，盯著我。

「上船時要低著頭。不要看任何人的眼睛。我會跟他們說你不懂英文。如果他們發現你是女人，你就得下去。」邁克放下船槳，走到我這邊來，用手按住我的胸部。船翹了起來。我喘著粗氣，驚恐地看著他嚴厲的表情。

「把襯衫脫掉。我們得把這些遮住。」我小心地開始解釦子，但他不耐煩地說我們要趕時間，直接把我的手推開，最後一個釦子被扯開了。我的胸衣和肚子都袒露在他面前。早晨濕涼的空氣讓我渾身一顫，起了雞皮疙瘩。他從急救箱裡翻出一卷膠布，緊緊地纏在我的胸衣上，於是我的胸部被壓平了，貼在肋骨上。這下，我僅剩的一點女性痕跡也沒有了。他在我的短髮上戴了頂帽子，便繼續向貨船划去。

「記住我的話。眼睛往下看。你一句英文都不會說。不可以跟任何人講話。」

我點點頭。當我們爬上繫在鋼鐵船身的繩索時，我努力像男人那樣走路，兩條腿分得很開。我的衣服在背上的袋子裡，被繃帶綁住的乳房被交叉在胸前的拉繩磨得很疼。邁克把我介紹給船員們，並且跟他們說，不用跟我講話，因為我一個字也聽不懂。然後，他帶我去了廚房，那裡有一大堆未拆封的食品箱，他扔下我便走了。當晚，在漆黑的夜裡，我明白了邁克的真實意圖。他根本沒打算幫我。他一隻手緊緊抓住我的兩個手腕，把它們按在床頭板上，對著我的耳朵說：「你敢發出一點聲音，我就把你扔下船去。我發誓。你要是說一個字，就會像石頭一樣沉到海底。」

他用另一隻手分開我的腿。他朝手心吐了幾口唾沫，小心地把我的外陰弄濕。他用手前後搓來搓去，然後把手指塞了進去，先是一根，然後兩根。我感到他的指甲在抓扯那裡嬌嫩的皮膚。然後，他一口氣便強行進入我的身體。他很大很用力，我不得不咬住嘴唇，怕哭出聲來。疼痛、恐懼和恥辱的淚水順著我的臉頰流下，他每一次粗暴的推進都使我的頭撞到床板。

同樣的場景幾乎每晚都會上演。我一聲不吭地躺著，一動不動，分開雙腿，讓這一切盡快結束。我已經習慣了他在我耳邊的喘息，他粗糙的雙手在我身上摸來摸去；我試著忍受他的舌頭舔我緊閉的嘴唇。

白天，我一聲不吭地在廚房裡工作，煮飯，切肉，洗刷。船員們進進出出。我看到過他們的眼睛，但從來不敢跟他們講話。邁克控制著我，我對試圖逃跑可能引發的後果充滿了恐懼。

一天晚上，我正在洗碗，我們距離陸地只剩幾小時航程了。突然，我聽到船長在駕駛台大喊。人們都跑起來。接著便聽到水邊傳來的槍聲。船上裝滿了武器和彈藥，我能聽出船長聲音裡的絕望：「後退！後退！掉頭！是德國人！是德國人！如果我們被擊中，船會爆炸的！」

地板和牆壁都被震得轟隆作響，我能感到身體受到的震動。引擎開始後退了。我在廚房裡暫時還比較安全，但我知道我很快也得到上面去，到甲板附近。我試著開門，才發現門被鎖住了。或許是邁克把我反鎖在裡面，或許是因為震動的原因，但我得出去。槍聲越來越近了，密得像鞭炮一樣。廚房一頭有一扇圓圓的小窗戶通向食堂。我用平底鍋砸開玻璃，然後把腳先伸出去。玻璃碴把我的腿和胳膊都劃破了。船還在後退，引擎開足了馬力，發出巨大的聲音。我偷偷爬上樓，來到後甲板上。我摸索著找到了裝救生衣的櫃子，套上一件救生衣，便坐下等待，緊緊靠在冰冷的牆壁上。

沒多久，德國船便追上了我們。男人們打開探照燈，瘋狂地射擊。德國人毫不猶豫地反擊。幾枚子彈擊中了我頭頂上方的金屬，我躲開了，生怕它們反彈回來。我緊緊趴在地板上，直到有一個船員發現了我。他當時正要爬上甲板盡頭的欄杆，我們的眼神相遇了。他向我揮手示意，讓我跟著他。我屏住氣，用胳膊擋在頭頂，跑到幾公尺外他站的位置。我不知道他要去哪兒，但我跟著他，迅速爬下繩索。繩索盡頭，我的腳碰到了一個硬邦邦的東西。他抓住我的腳踝，把我拉到一艘小救生艇上。然後，他把我們從大船邊推開，我們便慢慢漂走了。子彈從我們頭頂上方嗖嗖飛過，水流載著我們漂到離敵船更近的地方。我們讓自己躺倒，把頭藏在救生艇的座椅下方，用手緊緊捂住耳朵。隔著薄薄的船身和周圍環繞的水，我們聽到呼嘯的槍聲變成了微弱的格格聲。我在頭腦裡把學校裡學過但從沒用過的所有禱告詞都唸了一遍。

短短的幾分鐘就像幾個小時一樣漫長。

突然，我們聽到自己的那艘貨船發出可怕的爆炸聲。一股熱浪把救生艇掀翻了，我們倆都掉進了水裡。我聽到自己的救命恩人使勁拍打水面，喘著粗氣，大聲呼救，但他的聲音越漂越遠，越來越輕，最後便消失了。我在刺骨的海水裡翻滾，周圍都是燃燒的殘骸。我眼看著巨大的貨船慢慢傾斜，沉進水裡，就像一支熾熱的火把掉進黑色的水面。我身上穿的軟木救生衣讓我得以漂在水面上，我慢慢游回了小救生艇。船已經底朝天了，我爬到船頂上，叉開雙腿騎上去。德國人已經掉頭走了，海面又恢復了平靜。沒有槍聲，也不再有人喊叫。

天亮了，我還是一個人漂著，周圍都是燒焦的殘骸和屍體。有些人是被子彈擊中的，有些人是淹死的。我再也沒見過救了我的那個人。

邁克的屍體從我身邊漂過，我目送他遠去。他整齊的鬍子上有一層厚厚的深色血跡。他的頭部被擊中了，從救生衣的邊緣無力地垂了下來，額頭半浸在水裡。

我感到一陣解脫。

21

等她們終於回到巴斯圖街的公寓時，已經是舊金山的夜裡了。她們都累壞了。珍妮煮了一點粥，蒂拉則坐在她腳邊玩鍋子。小女孩把鍋子從櫃子裡拿了出來，開心地咯咯笑。她在地板上玩得很滿足，珍妮就把粥放在她面前，把地毯收起來，防止弄髒。

蒂拉把粥搞得一團糟，而珍妮正好奇地翻箱倒櫃看桃麗絲的東西。廚房餐桌的藍色桌布上整齊地擺著一些東西，她把它們一件件拿起來：有一支沾了油漬的放大鏡，已經佈滿灰塵，上面繫著褶皺的蕾絲帶，一端已經磨破了。她透過放大鏡看其餘的東西，圖像很模糊。她對放大鏡哈氣，用桌布的一角把鏡面擦乾淨。平整的淺藍色桌布被弄皺了，她試著把它撫平，但還是有點皺。於是她拿起了鹽瓶，裡面有幾顆黃色的米粒，她晃了晃，米粒便看不見了。

藥盒裡還裝著三天份的藥丸，星期五、星期六、星期天。看來桃麗絲是星期四摔倒的。珍妮努力回想她們最早的對話，是學校上課的日子，那麼一定是星期五。她很好奇這些是什麼藥，桃麗絲以前有過心臟病嗎？醫生知道嗎？或許最近的這次心臟病突發是因為她沒有吃藥？她把藥盒塞進自己的包包裡。

她打算明天問問醫生。

蒂拉把碗打翻了，大聲地哭起來。

「寶貝，我們睡覺好嗎？」她輕聲說，一邊抱起女兒，迅速把地板擦乾，用濕紙巾給蒂拉擦了擦臉，便把安撫奶嘴塞進她的嘴裡。

不一會兒，她便聽到蒂拉發出了睡前習慣性的嘟噥聲。珍妮也爬上床，緊挨著女兒，鼻尖埋在她的脖子裡。她閉上眼睛，聞到桃麗絲枕頭上溫暖的味道。

晚上七點了。蒂拉嘟嘟囔囔地抓她的頭髮，撥弄她的眼睛。珍妮眯著眼，看手錶上的夜光指針，努力推算著舊金山的時間。十點。蒂拉每天上午的小睡通常都是這時候醒來。珍妮累得頭暈，試圖哄女兒重新入睡，但沒有成功。小女孩精神好得很。

她打開床頭燈，光線下飄浮著很多灰塵，她伸手想把灰塵驅散。公寓裡很冷，她裹著一條毛毯走進廚房，她知道蒂拉很快就會餓得大哭。她在媽咪包裡翻來翻去，想找點能吃的東西。她在包包的底部找到幾塊碎餅乾和一袋水果乾，便打開遞給蒂拉。小女孩津津有味地吃了幾塊水果乾，便把袋子扔到一邊，注意力轉向了餅乾。她把餅乾放到地板上的一個平底鍋裡。她先使勁蓋上鍋蓋，如此幾次之後，她把肉嘟嘟的小手伸進鍋裡，把餅乾一塊一塊拿出來，再從肩上扔回去。

「餅乾，餅乾。」她玩得不亦樂乎。

「餅乾是給你吃的，寶貝。」珍妮先是用瑞典語說，接著又笑著換回了英文。「把餅乾吃了吧。」她仍然覺得暈乎乎的。窗外，天色已黑，對面的樓裡一點光亮都沒有，只有黑乎乎空蕩蕩的窗戶，玻璃上反射著路燈黃色的光，就像黑夜裡金色的火花。

桃麗絲打好的那疊紙就在廚房的餐桌上。她又拿起來，一頁一頁翻。開頭幾句是這樣的：

有很多名字，如過客一般從我們的人生中經過。你想過嗎，珍妮？這些名字走來，又離開，讓我們心碎，又讓我們流淚。有些成了愛人，有些成了敵人。有時我會翻翻我的地址簿。

地址簿。珍妮在桌上搜尋著。她拿起那本破舊的紅皮本，摩挲著已經泛黃的頁面。這一定就是桃麗絲提到的地址簿。她開始讀起來。一個個名字都被劃掉了。桃麗絲在後面寫上一個又一個「已逝」「已逝」「已逝」「已逝」。珍妮把地址簿放下，好像燙手一樣。她痛苦地看到了桃麗絲的孤獨。如果她住得近一點就好了。她想知道桃麗絲一個人住了多久，多少年。沒有朋友，沒有家人，只能與記憶作伴。美好的記憶，痛苦的記憶，糟糕的記憶。

現在，桃麗絲可能很快也會成為他們中的一個，成為死去的名字中的一個。「已逝」。

J. 保羅·瓊斯

那天夜裡，我好多次罵自己，為什麼要離開安全的美國？為了戰火紛飛的歐洲。為了能再見艾倫一面的夢。一個天真而不可實現的夢。我確信自己完了，我會死在這冰冷的大洋裡。天亮時，我躺在船身上，想像他的臉。我能感覺到涼冰冰的項鍊貼在胸口，但我沒法打開它。我閉上眼睛，試著勾勒出他的樣子。就那樣，他彷彿近在眼前，而危險的大海彷彿遠在天邊。他跟我說話。他大聲笑起來，就像他每次講笑話那樣。到了好笑的地方，他總是自己先笑，但仍然能讓我哈哈大笑，因為他的笑聲太有感染力了。他在我身邊跳舞，突然又到我身後，直直地看著前面，吻了我，然後就消失了。他的眼睛閃著求生的光。

海水黑漆漆的，白色的浪花就像朦朧陽光下閃閃發亮的刀片。海面上除了風聲，一片寂靜。救生艇的船身很溫暖，我感覺自己的身體越來越緊地貼著它。我把手指摳進木板中間，想抓得再牢一點，但我的力氣快要用完了，手臂漸漸耷拉下來。救生衣上厚厚的軟木已經嵌進我的肚子。我無法控制自己的身體，不自覺地往水裡滑，儘管我非常清楚這樣做的後果。死神在等著我，當我終於掉進水裡時，它一下子抱住了我。我的頭沉下水面，水的重量立刻壓了上來。

我聽到劈哩啪啦的聲音，聞到木頭的氣味。熱氣朝我湧來，我的臉熱得發紅發緊。我被緊緊地裹在一條厚厚的羊毛毯裡，緊得連胳膊都動不了。我眨眨眼睛。這是死亡的感覺嗎？在微弱的光線下，我掃視著這個屋子。中間是一座巨大的壁爐，煙囪直穿過深棕色的房梁，高高地伸進屋頂。右邊是一個小餐廚，左邊是門廳和窗戶。外面看上去一片漆黑。我不知道自己在那兒躺了多久，就那樣四處看著，觀察每一處細節。門廳的鉤子上掛著奇怪的工具，還有繩子，木頭牆的裂縫裡塞著一團團紙。我在哪裡？我並不害怕，反而有一種難以名狀的安全感。我在溫暖的爐火旁迷迷糊糊地睡了又醒，醒了又睡。我開始納悶自己到底有沒有離開大海。

終於，我聽到百葉窗被打開的聲音，我醒了。明亮的陽光照了進來。一隻狗輕輕蹭我的臉，用牠濕乎乎的舌頭舔我的臉頰。我呼著氣讓牠走開，輕輕地對牠搖頭。

「早安。」我聽到一個男人的聲音，感到一隻手溫柔地放在我的肩上。「你醒了嗎？」

我使勁眨眨眼，試圖看清楚面前站著的這個人。他很瘦，年紀不小了，臉上滿是皺紋。他正好奇地看著我。

「好險。我發現你的時候，你的頭在水面下。我以為你死了，但我把你扶起來時，你咳嗽了。死了好多人。到處都是屍體。這場戰爭……會要了我們所有人的命。」

「我沒死？」我一說話，喉嚨便疼起來。「我在哪裡？」

「你沒死，但也快了。你比其他船員要幸運。你叫什麼名字？」

「桃麗絲。」

他驚得跳起來，一臉疑惑。

「桃麗絲？你是女人？」

我點點頭。我想起了自己的短髮。

「否則我沒法從美國上船。」

「我還以為你是男人。好吧，不管男女，都一樣。你可以待在這兒，等到身體恢復好再走。」

「我在哪兒？」我又問。

「你在英國。在桑克里德。我在捕魚，然後發現了你。」

「英國沒在打仗嗎？」

「到處都在打仗。」他垂下眼睛，看著地板。「但在鄉下要好些。他們主要攻擊倫敦。夜裡我們會聽到轟炸機的聲音，我們就把所有的燈都熄滅。食物也很短缺。除了這些，生活跟平時差不多。我發現你的時候是去收網。我把魚都扔了回去。我不想要那些魚，牠們周圍全是死去的靈魂。」

那人把我的毛毯鬆了鬆，我可以活動活動胳膊了。我輕輕舒展著身體。我的腿有點疼，但可以動。狗又跑了回來。是一隻灰色的粗毛狗，用鼻子拱我。

「牠叫洛克斯，請原諒牠的冒失。我叫保羅。這個房子不大，但還有一個床墊，你可以睡在上面。條件簡陋了點，但溫暖舒適。你要去哪兒？我聽得出你不是英國人。」

我想了想。我要去哪兒呢？我不知道。斯德哥爾摩更像是遙遠的記憶，而巴黎已成了烏托邦，恐怕只會讓我失望。

「瑞典在打仗嗎？」

「據我所知還沒有。」

「那我就去瑞典，去斯德哥爾摩。你知道我怎樣能去那兒嗎？你有認識的人能幫我嗎？」

他悲傷地笑笑，搖搖頭。我會在他那兒待上一陣子。我想他那時就已經知道了。

J. 保羅．瓊斯

這座小房子裡有個能住人的閣樓。壁爐旁有一架高高的梯子，通向屋頂上一個被封住的洞。保羅拿起一把錘子，把釘子拔了出來。我們一起爬了上去。閣樓的牆壁向內傾斜，與很粗的木頭房梁相連，只有最中間的地方能站得下人。地板上滿是垃圾：一堆堆的舊報紙、舊書，一箱箱的漁網散發著海藻的味道，一個大黑箱子，還有一架手工製作的小搖馬，我們一走動便嘎吱作響。所有的一切上面都蒙著一層厚厚的蜘蛛網。

保羅一邊向我表示歉意，一邊用嘴吹著塵土和蜘蛛網，把箱子一個個疊起來，把書堆到牆角，空氣裡塵土飛揚，彷彿起了一大團灰色的雲。我打開半圓形的窗戶，讓陽光照進來。接著，我便用肥皂水擦洗地面和牆壁。

我的床就是一張薄薄的馬鬃床墊，羊毛床罩便是我的毯子。夜裡，我經常醒著，聽遙遠的飛機聲。對爆炸的恐懼折磨著我。我的腦海裡一遍又一遍地重現著船爆炸時的場景，還有被炸飛的人。我會驚恐地夢到海水都變成了血紅色，夢到死去的邁克，那個對我如此惡劣的人，仍然用眼睛瞪著我。

保羅說得對，戰爭離村民的日常生活很遙遠，但我並不是這裡唯一的不速之客。有幾個鄰居家裡收養了面色蒼白的小孩子，他們想念自己幾百英里外的父母，每晚一直哭到睡著。他們是從倫敦疏散出來的孩子。我看見他們穿著破破爛爛的衣服，光著腳，把打結的漁網解開，在冰冷的水中刷洗地毯，小手凍得紅腫皸裂，還要用瘦弱的身軀揹重物。他們得幹很重的活，來換取安身之地。

我也得工作。保羅教我殺魚，取出內臟。我站在碼頭盡頭一張快要散架的灰木桌子旁，他把捕回來的魚一箱箱放在我面前，我要用鋒利的刀迅速從魚鰓上方劃開一道，砍掉魚頭，取出內臟，扔給海鷗。我的指尖很快就被鋒利的魚鱗刺得傷痕累累，乾到裂開。而當我抱怨時，保羅只是笑笑。

「很快它們就會變結實的。你得讓你的城裡手指習慣於辛苦的工作。」

我渾身都是魚的血，讓我感到噁心，讓我總是想到死亡。但我不再多嘴。

一天晚上，我們在屋子裡就著一根蠟燭微弱的光線吃晚飯。保羅很少在吃飯時說話。他人很好，但話不多。但此時，他突然看著我。

「你是我們當中唯一吃著這樣的食物還能發胖的人。」他舉起勺子，讓稀得像水一樣的湯汁流回碗裡。有一點湯汁濺了出來，蠟燭發出了嘶嘶的聲音。

「什麼意思？」

「你胖了。你沒發現嗎？你是不是背著我藏了食物？」

「當然沒有！」我用手摸摸自己的肚子。他說得對，我確實胖了。我的肚皮就像風中的帆一樣繃得緊緊的。

「你不會是懷孕了吧？」

我慢慢地搖搖頭。

「因為我們可不想再多養活一張嘴。」

那天夜裡，我摸著自己圓滾的肚子，即使我躺下，肚子也沒有癟下去。我太笨了。我殺魚時作嘔的感覺跟血沒有關係。我想起艾格尼絲懷孕時的痛苦。我突然注意到了自己之前忽略的各種跡象。當我意識到這是邁克的孩子時，我直接吐在了閣樓的地板上。惡魔在我的身體裡扎了根，和我的血液融在一起。

22

珍妮坐在床上，一頁一頁讀著。蒂拉在她身邊躺著，大拇指含在嘴裡，睡得正香。時不時地，她會響亮地吮上一陣子。珍妮小心地把她的大拇指拽出來，把安撫奶嘴塞進去，但她立刻把奶嘴吐出來，又把手伸進嘴裡。珍妮嘆了口氣，繼續讀起來。這麼多的文字，這麼多的回憶，她都一無所知。她終於睏得睡著了，連檯燈也沒有關，胸前還放著一疊沒有讀完的紙。

醫院座落在郊區，是一座龐大的灰色水泥建築，細節處用深綠色和鏽紅色點綴。樓頂寫著幾個飄逸的白色大字「丹德醫院」。她推著嬰兒車裡的蒂拉走進入口，穿過一間玻璃房，穿著長袍的病人擠在一起一邊抽菸，一邊打著哆嗦。她在樓裡看到了更多的病人，都穿著白色的病人服，有的手上還打著點滴。他們的臉都是蒼白的，彷彿冰冷的冬天。舊金山此刻彷彿變得很遙遠。他們的家，大海，車流，傑克和他的青春期脾氣，大衛，威利，洗洗刷刷還有做飯。這裡只有她和蒂拉，一輛嬰兒車，一個孩子。她感到渾身自由，深吸一口氣，向走廊深處走去。

「她今天有所好轉，你可以跟她說說話。不過她還是需要休息，所以最好別待太久。還有，花恐怕不能帶進去。」護士指指珍妮手中的花，搖搖頭。「過敏。」珍妮不情願地把花放下，嘆了口氣，推著車走向桃麗絲的病房。當她看到床上的她時，停住了腳步。她看上去好瘦小，感覺幾乎快沒了。她的白髮像在灰色的臉上戴了一圈光環。她的嘴唇發紫。珍妮鬆開嬰兒車，衝上去輕輕地擁抱她。

「哦，我親愛的。」桃麗絲開心地說，一邊拍著珍妮的背。她的手背上還固定著輸液管。

「這是誰呀？」桃麗絲指指嬰兒車，蒂拉正睜大眼睛坐著，嘴巴也半張著。

「啊對了，這回她沒睡。」

珍妮把蒂拉從車裡抱出來，自己在床邊坐下，讓蒂拉坐在她的腿上。她混雜著瑞典語和英文對小女孩說：「這是桃麗絲姨奶奶，蒂拉。就是電腦裡的那位姨奶奶，你知道吧？說『你好』。」

「有隻蜘蛛在水管上奮力不懈往上爬升。」桃麗絲對蒂拉哼兒歌。珍妮的腿上下抖動，讓蒂拉跳起來。她睏倦的小臉蛋很快便有了笑意。珍妮的腿來回搖擺，蒂拉咯咯地大聲笑起來。

「她很像你，」桃麗絲伸手去抓她胖嘟嘟的腿，「你像她這麼大的時候腿也是胖嘟嘟的。」

她眨眨眼，笑著。

「真高興看到你還這麼幽默。」

「是的，老太太還沒死。」

「呃，別這樣說。你不能死，桃麗絲，你不能死。」

「但我總要死的，親愛的。我的時間到了，我已經活得太久了。你看不出我有多衰老嗎？」

「請別那麼說……」珍妮閉緊眼睛，「我昨天讀了你寫給我的東西。我哭了。你想說的那些話，發生在你身上的那些事。我不知道的太多了。」

「你看到哪裡了？」

「哦，我太累了，在巴黎那部分中間睡著了。你在那輛火車上一定很害怕。你那時那麼小，就跟傑克現在一樣大。簡直難以置信。」

「是的，我當然害怕。我現在還記得。很奇怪。當你老去時，最近發生的事會被遺忘，而童年的回憶卻變得如此真切，就像剛剛發生一樣。我甚至還記得火車到站時空氣的味道。」

「真的嗎？什麼味道？」

「木柴燃燒的濃煙、新烤的麵包、杏花的香氣，還有月台上有錢人身上的麝香味。」

「麝香？那是什麼？」

「是那時很流行的一種味道，很好聞，但也很濃烈。」

「你還記得你剛到巴黎時的感覺嗎？」

「我那時還很年輕。年輕的時候，一切都只關乎當下。在境況不好的時候，可能會有點留戀往昔。因為我母親曾經讓我感到心灰意冷，所以我並不太想念她。不過我的確想念她每天晚上哼歌的聲音。她以為我們都睡著了。她唱得真好聽。但我那時和夫人應該相處得挺好。至少我記得是那樣。」

「她經常哼什麼歌？是我小時候你經常給我唱的那些嗎？」

「是的，我應該給你唱過一些。她喜歡唱聖歌，她經常唱〈天父兒女〉和〈每一天〉。但她只是哼，從不唱詞。」

「聽起來不錯。等等，我可以放給你聽。」她拿出手機，按下YouTube視頻的播放鍵，遞給桃麗絲，桃麗絲瞇起眼睛看著螢幕。一個兒童合唱團正用明亮的嗓音唱著〈天父兒女〉。高音的部分他們還唱不上去。

「我母親哼時就是這樣，就像一個驚恐的孩子，她總是唱不了高音的部分，於是就從頭再來。」桃麗絲笑起來。

「我小時候就喜歡聽你唱歌，我坐在你的膝蓋上，你像這樣讓我跳上跳下。那是什麼歌？」

「牧師的小烏鴉……」桃麗絲唱了這首瑞典童謠的開頭，接著哼下去。

「對，就是這首！哦，我們得唱給蒂拉聽。」桃麗絲笑著，把手放在蒂拉的小粗腿上，然後她們一起唱起來。珍妮不太記得歌詞，只能含含糊糊地哼著，但她聽到桃麗絲輕快的聲音時便重新跟上了。她一隻手摟住蒂拉，溫柔地前後搖擺。床邊的金屬欄杆軋著她的腿，但她不亦樂乎，不想停下來。蒂拉輕輕笑著。「她滑到這裡，她滑到那裡……」

「你來和我們住在一起時，一切都是那麼美好。桃麗絲，我好想念你！」

珍妮眼裡含著淚，看著桃麗絲。她躺在那兒，眼睛已經閉上了，嘴巴半張著。珍妮立刻把手伸到她的嘴邊，她感到有熱氣呼出來。桃麗絲只是睡著了。

23

她感到很羞愧，但是她忍不住。她搜尋著每一個盒子，每一個架子，每一個櫃子，每一個角落，每一處縫隙。她找到了照片、首飾、紀念品、外國的硬幣、發票，還有零散的便條。她仔細研究這些東西，按地理位置把它們分門別類。她不知道的事情太多了。

她看到椅子上搭著一件灰色花紋的毛衣，是桃麗絲的，上面有淡淡的薰衣草香味。珍妮把它披在身上，在床邊坐下。蒂拉躺在床上，手放在頭頂，睡得正香。她只穿著紙尿褲，圓圓的小肚子隨著呼吸一鼓一鼓的。她的嘴巴半張著，喉嚨裡發出輕微的鼾聲。她的感冒還沒好，瑞典的冷空氣總是很難纏。

「可愛的寶貝。」她輕輕說著，吻女兒的額頭。她給她蓋上毯子，聞到小寶寶柔嫩皮膚的甜香。

珍妮累了，很想睡覺，但桃麗絲的東西激起了她的好奇心。她重新坐在涼涼的地板上，讀那些舊的收據，有些是用花體字手寫的。其中一張是穹頂餐廳的，塞在一只被翻得很舊的信封裡，邊角上用黑色的墨水筆畫著一顆心，墨跡已經褪色了。收據上是一瓶香檳和一些牡蠣。真奢侈。她用手機搜索這家餐廳，發現它還開著，在蒙帕納斯。她也要去一次，體驗一下桃麗絲曾經的感覺。她很好奇她是和誰去的，為什麼信封上畫了一顆心。

她打開一個很舊的木盒子。裡面有幾枚法國的硬幣、一塊方格圖案的絲綢手帕，還有一枚很大的盒式銀吊墜。珍妮輕輕將它打開。她以前見過，所以她知道裡面是什麼。一張黑白頭像對她笑著。她瞇起眼睛，想看得更清楚一點，但照片很舊了，顏色已經褪去，他的臉龐已經模糊。照片裡的人留著黑色短髮，梳向一邊。珍妮問他是誰時，桃麗絲並沒有回答過。她輕輕取出照片，背後也沒有寫名字。

桃麗絲寫的那疊東西就在床上。已經快午夜了，但她還想瞭解更多。她從中拿起一張紙，繼續讀起來，彷彿桃麗絲的聲音就在耳邊。

24

第二天早上，珍妮和桃麗絲擁抱後，第一件事便是從包包裡拿出那個吊墜，拿在手裡問：「這是誰？」

桃麗絲神秘地笑著，擠擠眼睛，但沒有回答。

「告訴我嘛。我以前就問過你，現在你得告訴我了。他是誰？」

「唔，只是一位故人。」

「是艾倫嗎？告訴我他就是艾倫，我知道他是。」

桃麗絲搖搖頭，但她的笑容和眼神裡的光出賣了她。

「他很帥。」

「當然，他怎麼可能不帥？」桃麗絲伸出手，想接過吊墜。

「在塞納河裡游泳。哦，那一定浪漫極了。」

「我們看看。」桃麗絲用顫抖的手指打開吊墜，瞇起眼睛看裡面的照片。「我現在什麼也看不清了。」

珍妮去拿床頭櫃上的放大鏡。

桃麗絲笑起來：「試想，如果艾倫知道七十年後的今天，我會躺在這裡透過放大鏡思念他，他一定會很高興！」

珍妮笑了：「桃麗絲，他後來怎麼樣了？」

桃麗絲搖搖頭。

「他怎麼樣了？我不知道。我一點也不知道。」

「他死了嗎？」

「不知道。他消失了。我們在巴黎相遇，相愛。他離開了我，但又從美國寄了一封信來讓我去他那兒。我收到信已經是一年以後了，所以等我到了紐約，他已經跟別人結婚了。他以為我不想去美國。我們仍然愛著對方，當我們發現這是一場誤會時，我們都哭了。然後他便去法國參戰了。他母親是法國人，他有法國和美國的雙重國籍。他從法國給我寫了一封信，告訴我他愛我，想和我在一起，說他之前太傻了。我估計他沒能活著回來，否則戰後我應該會收到他的信。他很可能和我們曾經在下面游泳的那座大橋一樣，都被德國人炸成了碎片，只剩下一堆瓦礫。」

珍妮很久都沒有說話。

「但是……戰後你在哪裡？他知道你在哪裡嗎？或許他曾經找過你？」

「愛總會找到的，親愛的珍妮，如果是真愛。命運引領著我們，我始終相信這一點。他很可能已經死了，但奇怪的是我從不覺得他死了。他一直在我身邊，我常常能透過某種奇怪的方式感覺到他的存在。」

「但萬一他沒死呢？萬一他還活著呢？萬一他還愛著你呢？你不想知道他現在是什麼樣嗎？」

「又禿又皺，我猜。」桃麗絲敏捷的回答讓珍妮笑起來。睡在嬰兒車裡的蒂拉突然坐起來，睜開碧藍的眼睛。

「你好，寶貝，」珍妮把手放在她的額頭，「繼續睡吧。」

她輕輕地來回推嬰兒車，想讓孩子盡快睡著。

「如果他還活著，我們得找到他。」

「唔，別傻了。我都快死了，沒人還活著。大家都死了。」

「大家沒死！他當然有可能還活著。你們倆差不多大吧？你還活著呢！」

「我也快死了。」

「哎呀，別這樣，你還好好的，你仍然很幽默。別忘了幾個星期前你還健健康康地住在家裡。」

「忘掉那些事吧，忘掉艾倫。已經過去太久了。每個人都有一份埋在心底的愛情，珍妮。這很正常。」

「什麼意思？『每個人都有一份埋在心底的愛情』？這是什麼意思？」

「你沒有嗎？不時會想起的人？」

「我？」

「是的，你。」桃麗絲笑了，珍妮的臉頰閃過一絲緋紅。「一次沒有結果的、沒能善終的愛情。每個人都有。這個人會深藏在你心底，一直留在那兒。」

「還有，那些隨著時間推移，似乎變得越來越好的人？」

「當然。那也是一部分。只有失去的愛才是完美的。」桃麗絲的眼裡閃著光。珍妮靜靜地坐了一會兒，她的臉上又泛起了紅暈。

「你說得對。馬庫斯。」

桃麗絲笑起來，珍妮伸出一隻手指噓她，又回頭看嬰兒車裡的女兒。

「馬庫斯，是的。」

「你記得他嗎？」

「當然記得。馬庫斯。那個故意把額頭曬黑的時髦男生。」

珍妮驚訝地抬起眉毛。

「故意把額頭曬黑？沒有吧，他有嗎？」

「有的，但你當時太愛他了，根本看不出來。他還在樹林裡爬，要把牛仔褲磨舊，你記得嗎？」

「哦天哪，對！」珍妮笑得直不起腰來，「但他很帥，很風趣。他能逗我笑，讓我跳舞。」

「跳舞？」

「是的，他總是說我應該放鬆一點。很有意思。」

兩個女人會心一笑。

「有時，我會玩假如的遊戲，自己都覺得好笑。」桃麗絲說。

珍妮詫異地看著她。

「你知道的，假如……假如你選擇馬庫斯作為終身伴侶。你的孩子會是什麼樣？你們會住在哪兒？你們會一直在一起嗎？」

「呃，可怕的想法。那樣我就不會遇到威利，也不會有現在這幾個孩子。馬庫斯和我是註定要分手的。他永遠不可能照顧好孩子們。雖然威利也不太擅長，但他屬於正常水準。而馬庫斯則太沉迷於找到最完美的牛仔褲。我甚至無法想像他的襯衫被孩子弄髒一丁點。」

「你知道他現在在幹什麼嗎？」

「不知道，完全不知道。杳無音訊。我最近曾試著在臉書上找他，但他似乎不在上面。」

「或許他也死了？」

珍妮看著桃麗絲：「你並不知道艾倫是否已經死了。」

「我從二戰開始就再也沒收到過他的消息了。你知道那是多長時間嗎？如果你問我的話，我覺得機率不大。」桃麗絲吸了吸鼻子，摩挲著吊墜。她的手顫抖著打開吊墜，用放大鏡看裡面微笑的年輕人。她的眼裡湧出了淚水，順著臉頰流了下來。

「太美好了，那些失去的愛情。」她喃喃地說。珍妮捏了捏她的手。

J. 保羅・瓊斯

月復一月，我對身體裡的這個新生命充滿了反感。這個生命是被醜惡種下的果子，它損耗著我的身體，我並不想讓它成為自己的一部分，但卻無能為力，它時時提醒著我它的存在。我的孩子會像他嗎？也會那樣醜惡嗎？我能夠去愛它嗎？夜裡，它動得厲害時，我會用拳頭狠狠地砸向肚子，想讓它停下來。有一次，我抓住了它的腳，死死地抓住。那次傷到了我的皮膚，我不知道是不是也讓它很痛苦。

保羅從未和我談論過這個孩子，或是它出生以後怎麼辦。保羅是個遁世者，他一直那樣。

我們沒錢買衣服。我的衣服穿不上了，保羅就把他的借給我。到了最後，我用舊魚線把羊毛毯子繫在胸前，裹住肚子和腿。我們也沒錢買吃的。我們吃魚和蘿蔔，或是用水、麵粉和磨碎的樹皮搓成團烤出的麵包。我每天都恍恍惚惚，從家到海邊，從海邊回到餐桌，從餐桌到閣樓。

我的肚子越來越大，每天幹活也越來越吃力了。我的後背痛，當我彎腰去拿箱子裡的魚時，肚子也會很礙事。我盡可能彎曲膝蓋，抓緊活蹦亂跳的魚，不讓牠們從我的手中溜走。洛克斯幾乎對我寸步不離，但我總是沒有精力去管那隻可憐的狗。

美國似乎越來越遙遠了，巴黎則更像個虛幻的夢，斯德哥爾摩也同樣。我在床邊的櫥櫃上劃線，記下我住在保羅家的日子。一個月一個月過去，劃的線越來越多，一條又一條。我不知道自己為什麼要這樣做，因為我從來沒有數過，我也並不想知道到底過了多久。但我仍然可以透過其他方式注意到時間的流逝。炎熱的天氣過去，轉而變成潮濕的陰涼，陽光被陰雨連綿所取代，綠油油的田地變成了厚厚的爛泥塘。

一天晚上，我們正在吃飯，突然，我感到渾身一陣劇痛。我喘著粗氣，又疼又怕。

我看著保羅，他正坐在我對面，嘖嘖喝著稀得像水的魚湯。

「臨產時該怎麼做？」

他抬起頭。他的臉上長著濃密的灰白鬍鬚，經常有小塊的食物掛在上面。

「你是說，你要生了嗎？」他看著我的身後。

「我不知道，我想是的。我們應該怎麼做？」

「讓你的身體盡其全力。我接生過很多頭小牛犢，我來幫你。去躺下來。」他朝著通向閣樓的梯子點點頭。

牛犢。我盯著他，但又一陣疼痛讓我趴到了桌子上。疼痛從我的腿直到脊柱，我疼得抓住桌子。我感到噁心，感到胃裡的湯在翻騰。

「我爬不上去了，肯定不行。」我驚恐地喘著氣。

保羅點點頭，站起身，抱來一床毛毯，鋪在壁爐前。

夜漸漸深了，接著天色漸明，然後又進入黑夜。我滿頭大汗，我呻吟，我大喊，我嘔吐，但就是生不出來。最後，疼痛消失了，一切都安靜了。保羅一直皺著眉頭坐在我身邊的搖椅上。他看上去彷彿很遙遠，很模糊。接著，他突然衝過來。他的臉是扭曲的，就像是擦亮的水壺上的鏡像：他的鼻子很大，而臉頰卻很瘦。

「桃麗絲！喂！喂！」我無法應答，一個字也吐不出來。

他立刻推門衝進黑夜裡。冷空氣立刻流進來，我感到無比舒暢，滿是汗水和疼痛的身體感到一陣涼爽。

之後的事我就不知道了。

等我再次醒來時，我已經躺在閣樓的床上。屋子裡很安靜，天已經黑了。我的肚子平靜了，但從我的肚臍向下有一道長長的刀口。我摸著上面的繃帶，可以摸到縫合的線。床頭櫃上點著一支蠟燭，保羅坐在床邊的凳子上。只有保羅，他的懷裡沒有孩子。

「你醒了。」他用一種從未有過的眼神看著我。我花了好一會兒工夫才意識到他看上去很害怕。「我以為你會死。」

「我還活著？」

他點點頭：「你要喝點水嗎？」

「發生什麼了？」

保羅搖搖頭，他的眼神很悲傷，嘴唇成了一條細細的線。我把雙手放在肚子上，閉上眼睛。我的身體重新屬於我了。曾經在裡面的那個生命，那個在最糟糕的時候來臨的生命，是我永遠也不想見到的。我如釋重負地嘆了口氣，渾身放鬆下來，沉在粗糙的馬鬃床墊裡。

「我跑去找醫生，但他也無能為力。太晚了。」

「他救了我的命。」

「是的，他救了你。你想怎麼處理這個孩子？」

「我不想見到它。」

「你想知道是男孩還是女孩嗎？」

我搖搖頭：「我身體裡的不是一個孩子。我從未懷過孩子。」

但當保羅終於起身爬下梯子時，我的身體又顫抖起來。疼痛從虛弱的肚子一直延伸到我的四肢，彷彿我的身體在驅趕惡魔。保羅離開了。他懂。

25

護士看到珍妮和嬰兒車，便停下來說：「她睡了。」

「她睡了很長時間嗎？」

「幾乎整個上午都在睡。她昨天好像很累。」

「什麼意思？」

年輕的護士遺憾地搖搖頭：「她很虛弱，很難說她還能活多久。」

「我們可以坐在她身邊嗎？」

「當然可以，但最好讓她休息。她昨天好像有點不開心。你走後她哭了很久。」

「你覺得這很奇怪嗎？她不能哭嗎？她要死了，她當然想哭。如果是我，我也會哭的。」

護士擠出一點笑容，沒再說話，便走開了。珍妮嘆了口氣。大家當然覺得人臨終時不應該流淚。至少在這個國家是這樣。和所有人一樣，與生活抗爭，然後不掉一滴眼淚地死去。但內心深處，她感覺自己知道桃麗絲流淚的真正原因。她沮喪地從包包裡掏出手機。

「喂？」一個帶著睡意的聲音從大洋彼岸傳來。

「嗨，是我。」

「珍妮，你知道現在幾點嗎？」

「我知道。很抱歉。我只是想聽聽你的聲音。你現在半夜不會被蒂拉吵醒了，所以能不能讓我吵醒你一回？我想你，很抱歉我走得那麼突然。」

「當然，親愛的。我也想你。怎麼了？發生什麼事了嗎？」

「她要死了。」

「我們早就知道了，寶貝。她年紀很大了。生命就是那樣。」

「這裡現在是上午，但她睡得很沉。護士說她累了，說她昨天哭了很久。」

「或許她在為什麼事感到遺憾？」

「或者思念……」

「是的，或許二者兼有。她見到你和蒂拉高興嗎？」

「是的，我想是的。」

他們沉默了一陣。珍妮聽到他在打呵欠。她鼓起勇氣。

「寶貝，你能幫我個忙嗎？我想找一個叫艾倫．史密斯的人。他大概和桃麗絲差不多年紀，一九二〇年前後出生，他可能住在紐約或是附近的地方。也可能在法國。他母親是法國人，他父親是美國人。我知道的就這些。」

威利很長時間沒有說話，他甚至沒有再打呵欠。當他終於開口時，他的反應和珍妮預料的一樣。

「對不起，你說什麼？誰？艾倫．史密斯？」

「是的，他叫這個名字。」

「你開玩笑吧。一九二〇年出生的艾倫．史密斯，我上哪兒找他去？你知道有多少人叫這個名字嗎？至少有上百人！」

珍妮得意地笑了，但她小心翼翼地不讓他聽出來。

「你的朋友斯坦不是在紐約警察局工作嗎？我覺得或許你可以打電話給他，請他查一查。如果艾倫住在紐約附近，應該能找到。告訴斯坦這很重要。」

「相對於什麼而言比較重要……曼哈頓的謀殺案嗎？」

「別說那個。我當然不是那個意思。但對我們來說很重要，對我。」

「你確定他還活著嗎？」

「不太確定……」她不介意威利的嘲笑，儘管他的聲音很大。「但我覺得他還活著。他對桃麗絲很重要，所以對我也很重要。真的很重要。求你了，就查一查吧。為了我。」

「所以你是要我去查一位已經近百歲的、可能還活著、可能住在紐約或是附近的老人？」

「完全正確。就是這些。」她笑了。

「我簡直搞不懂你。你就不能回來嗎？我們想你，我們需要你。」

「我會盡快回家，如果你能幫我這個忙，我就能早一點回去。但是現在，桃麗絲比你們更需要我。我們都需要知道艾倫．史密斯到底怎麼樣了。」

「好吧，你還有更多的資訊嗎？有以前的地址嗎？有照片嗎？他是做什麼的？」

「他是建築設計師，我想。至少戰前是。」

「戰前？我們說的是哪一場戰爭？不會是二戰吧？請跟我說她戰後有過他的消息。」

「沒多少，沒有。」

「珍妮，是沒多少還是沒有？」

「沒有。」

「你知道找到他的機率有多小嗎？」

「知道，但是……」

「斯坦會笑出眼淚來！你要我打電話給他，讓他找一個在二戰中失蹤的人？」

「你不懂，他沒有失蹤。只是她沒再得到他的音訊。說不定他回家了，生了幾個孩子，長命百歲，過著快樂的生活，現在正坐在陽台的搖椅上等待死神來臨呢。就像桃麗絲一樣。並且想念著她。」

她聽到威利的呼吸聲。他妥協了：「艾倫．史密斯，對吧？」

「艾倫．史密斯。對。」

「我會盡力。但別抱太大希望。」

「我愛你。」

「我也愛你，當然！」他溫暖的笑聲讓她想家了。

「兒子們怎麼樣？」

「還好，別擔心。速食總是有的。上帝保佑美國。」

「我會盡快回去。我愛你。」

「快回來吧。你不在，什麼都不對勁。我也愛你。向桃麗絲問好。」

珍妮偷偷看了一眼桃麗絲的病房，她看到桃麗絲的身子在被子裡動了一下。「她醒了，我得過去了。」她輕聲向家中的愛人告別，向正在痛苦中等待死神的人走去。

J. 保羅－瓊斯 已逝

我躺了好幾天，也可能是好幾個星期。我看著天花板，讓時間過去，感受著激素給身體帶來的變化：我的胸部脹奶，我的子宮在緩慢收縮。終於，我煩了。我沒有立刻下去找保羅，而是開始探尋這個閣樓，查看藏在這裡的箱子和櫃子。櫥櫃是鎖著的，但我下決心哪天要打開它。我發現一只裝滿花花綠綠的玩具車的大盆。櫃子內側有淡淡的用紅色粉筆畫的線條，畫得七繞八拐，只有小孩子才會那樣畫。玩具車上滿是凹痕，油漆也已經剝落了。我把每輛車都拿出來，在地板上排成一排，彷彿它們要在這凹凸不平的木地板上賽跑。這個孩子現在在哪兒？我翻遍了所有的箱子。在其中一個箱子裡，我發現了一些摺好的裙子，用粗糙的綠色魚線紮成了捆。我好奇這些是誰的裙子。這個女人怎麼樣了？那個孩子怎麼樣了？

好奇心終於促使我下樓去。我爬下樓梯時，肚子緊繃。我的肚子仍然很大，我的後背仍然跟懷孕的最後幾個星期一樣疼。保羅看到我，笑了，他甚至說他想我了。他讓我在餐桌旁坐下，給我熱了點湯，遞給我一片麵包。但當我問他那些玩具車是誰的時，他嘴唇緊閉，搖搖頭。他不想告訴我。或許他不能告訴我。誰知道別人在承受什麼樣的痛苦呢？我沒有再問，卻開始幻想這個女人和這個孩子。我給他們起名字，想像他們的模樣。我在一本舊的練習冊上，寫下他們的性格，他們的經歷。當我開始在晚上跟他們聊天時，我意識到自己該走了。

我給格斯塔寫信，向他求助。兩週後，他的回信便到了郵局。他說他擔心了好一陣子，好奇我怎麼沒寫信給他。現在我終於可以去跟他在一起了。他在信封裡寫了一個名字和地址，他給了一位朋友的朋友一幅畫，以此作為交換，讓我搭一艘貨船回家。幾天以後，我離開了保羅的小屋。他的眼裡含著淚水，我看到在他濃密的鬍子下，他的下巴在顫抖，我看到他咬住了嘴唇。我想，直到那時，我才真正瞭解保羅。我們在一起的兩年裡，他很少直視我的眼睛。那時，我終於知道了原因。告別是痛苦的。

保羅和我通信了好多年。我從未停止過關心他。那個遁世者住在自己的回憶裡。他去世時，我去了英國，把他埋在盛著愛犬洛克斯骨灰的甕旁邊，洛克斯早他幾年去世。只有三個人參加了他的葬禮。神父、他最近的鄰居，還有我。

N. 格斯塔．尼爾森

我們的重逢和格斯塔在信中想像的一模一樣。水手們把繩子拋上岸，碼頭工人們抓住繩子，繞在繫船柱上。鐵製的舷梯被打開，通向坑窪不平的人行道。天下著小雨，格斯塔站在碼頭上，撐著一把巨大的黑傘。我走向他。我已經不再年輕漂亮，完全不是他記憶中的樣子了。我沒有一件完好的衣服，沒有一雙好鞋。我的頭髮直直的，歲月也在我的臉上留下了印記，我的皮膚又粗糙又晦暗。儘管如此，他伸出雙臂，我毫不猶豫地撲進他懷裡。

「哦，桃麗絲！你終於回來了！」他輕聲說著，緊緊地擁抱我。

「是啊，好久了，親愛的格斯塔。」我抽著鼻子。

他笑了。他退後一步，雙手握住我的肩。

「讓我看看你。」

我擦乾眼淚，猶豫地看著他的眼睛。這已經足夠喚回我們的友誼了。突然，我感到自己又變回了那個十三歲的女孩，而他則是那個失意的畫家。

「你有皺紋了。」他大笑起來，用手指輕撫我眼周的皮膚。

「你也是個老頭了。」我也嘲笑他，把手放在他圓圓的肚子上。他笑了。

「我需要一個更好的管家。」

「我需要一份工作。」

「所以，你說呢？」

我仍然抓著我的行李袋，裡面是我僅存的回憶。

「我們開始嗎？你哪天可以上班？」

我抬頭笑了。

「現在怎麼樣？」

「現在很好。」

他再次伸出雙臂，我們擁抱，這一回更像是親密的工作夥伴。然後我們一起走上南城的小山坡，走到巴斯圖街。當我看到街道遠處夫人的房子時，我感到心裡受了一擊。我小心地走近它，站在外面看門上的名字。

「現在住在這兒的是一個年輕的家庭。他們有四個孩子，每天大喊大叫，跑來跑去，讓樓下的戈蘭很是苦惱。他說他們快把他逼瘋了。」

我點點頭，沒有回答，伸手去摸我常拉的把手。我回憶著自己第一次把手放在上面的場景……

「好了，我們回家吧，你得吃點東西。」格斯塔把手放在我肩上。我點點頭。

門廳瀰漫著松節油和灰塵的氣味。他的畫在牆邊排成了長排。松木地板上有濺出來的顏料，客廳的傢俱被蓋上了白色的床單。廚房裡滿是髒盤子和飛舞的蒼蠅。

「你需要一個管家。」

「我告訴過你了。」

「現在你有了。」

「你知道那是什麼樣的工作。我並不總是好脾氣。」

「我知道。」

「我還需要絕對的謹慎，關於……」

「我不會影響你的私生活。」

「很好。」

「我們有錢嗎？」

「不多。」

「我睡哪兒？」

他指給我女僕的小房間，裡面有一張床、一張書桌，還有一個衣帽間。裡面有女性雜誌，女人的氣息。我轉頭詫異地看他。

「她們一發現就會辭職……」

他從未說過同性戀這個詞。我們也從未談論過。每當他的夜間伴侶來訪時，我會在耳朵裡塞上棉花，免得聽到他們的呻吟。白天，他就是我的朋友格斯塔。我做我的事，他做他的事，晚上我們一起吃飯。如果他心情好，我們會聊一會兒天。有時聊藝術，有時聊政治。我們的關係從來不像是主人和女僕。對他來說，我就是桃麗絲，是他多年前的舊友，如今終於重逢。

一天晚上，我給他看我在保羅家寫的小故事。是關於那個女人和那個孩子的。他仔細地讀，不時還把同一頁讀上兩遍。當他終於開口時，他的語氣聽起來很驚訝：「這真是你寫的嗎？」

「是啊，寫得不好嗎？」

「桃麗絲，你很有才華。你有文字的天賦，我一直這麼說。你要好好利用這一點。」

格斯塔給我買了一本練習冊，我開始天天寫。寫短篇故事。短篇最適合我，我沒有精力去構思更長的東西。我的故事幫我們換來了更多的食物。我把它們賣給女性雜誌；只要是關於愛和熱情的，那些雜誌就買。那樣的東西有市場。愛。愛情。幸福的結局。我們坐在格斯塔的絲絨沙發上，為我想出的陳詞濫調哈哈大笑。我們這兩個被生活所磨煉的人，嘲笑著那些相信皆大歡喜的人。

26

「你能幫我拿點水嗎？」桃麗絲伸手去構床頭櫃上的玻璃杯。珍妮幫她拿穩，桃麗絲把手放在珍妮的手腕上，把水杯遞到嘴邊。

「你還想喝點別的嗎？可口可樂？蘇打水？果汁？」

「葡萄酒？」桃麗絲淘氣地擠擠眼。

「葡萄酒？你想喝葡萄酒嗎？」

桃麗絲點點頭。珍妮笑了。

「好的，當然可以。白的還是紅的？」

「桃紅葡萄酒。要涼的。」

「好的，我來搞定。得要一會兒，但你正好可以休息一下。」

「還要草莓。」

「草莓。還要別的嗎？巧克力？」

桃麗絲點點頭，她想笑笑，但是嘴唇不太配合。只有她的上唇向上動了一點，露出一點牙齒，像是在做鬼臉一樣。她的呼吸很吃力，每喘一口氣，胸部都呼呼地響。她看上去比昨天疲憊很多。珍妮俯下身，用臉頰去貼桃麗絲的臉。

「我很快就回來。」她輕聲說，心裡想著：千萬別在我離開的時候死去，求你了，千萬別死。

她一路小跑，穿過泥濘的小路，跑向摩爾比中心的棕色建築。她們經過水坑時，蒂拉就指著輪子濺起的水花咯咯地笑。珍妮感覺到雨水已經浸濕了自己的皮靴。她的整個腳周圍已經出現了一圈深色的波浪線；這樣的鞋底對瑞典的天氣來說太薄了。這雙靴子要報廢了，她忘了噴防水噴霧。

到了超市，她才發現這裡並不賣酒，只有國營的酒行才可以。她罵了一句，趕快往那裡趕。她對瑞典有很深的感情，這裡是她的外祖母和外曾祖母成長的地方，是她心中完美的國度，但她在這個國家的時間太短了。她嘆了口氣，在酒行的服務台旁邊坐下。五分鐘後，一位穿著綠色格紋襯衫的男人走了過來。

「你好！需要幫忙嗎？」

「你好！是的，我想買兩瓶桃紅葡萄酒，要好一點的。」她說。他點點頭，帶她來到貨架。他滔滔不絕地給了很多建議，又問她是要搭配什麼食物。

「沒有食物，只是巧克力和草莓。」她不耐煩地說。

「啊哈，如果那樣的話，或許你想要氣泡酒？或者——」

「不，就要普通的桃紅葡萄酒。」她打斷了他，「就選一個你自己會買的吧。」她幾乎想咆哮：快點給我拿瓶桃紅葡萄酒！但她克制住了。他拿出兩瓶來，她禮貌地笑笑。他剛一走開，她看到貨架下面另外一種更有名的牌子，便偷偷地換掉。

「你們賣酒杯嗎？」她一邊把美國護照遞過去，一邊問收銀員。

那個女人搖搖頭：「去超市看看吧，那兒一定有塑膠杯。」

珍妮嘆口氣，又返回超市。真是太麻煩了。

回醫院的路上，嬰兒車三次陷在了爛泥裡，等她終於回到病房時，已經跑得渾身發熱，臉都紅了。蒂拉睡著了。她脫下大衣，掛在嬰兒車的扶手上，這個動作碰到了袋子裡的酒瓶，它們響了一下。桃麗絲醒著，她聽到這個聲音，笑了。她的嘴笑得更明顯了一點，臉色也不那麼晦暗了。

「呼，走走就熱了。」珍妮拿起一張報紙搧風，「你看上去好點了！」

「嗎啡。」桃麗絲一字一頓，然後笑起來。「每次太疼的時候，他們就給我注射一點嗎啡。」

珍妮皺了皺眉頭：「你很疼嗎？哪裡？」

「這兒，那兒，到處都疼。臀部，腿，肚子。不一樣的疼，幾乎像是從身體裡面散發出來的。好像我的整個骨架在被上千根鋒利的大頭針刺著一樣。」

「哦，桃麗絲，聽上去好可怕！我真希望我能做點什麼！」

「就在那兒。」桃麗絲得意地笑了。

「你想喝點嗎？你剛注射了嗎啡，真的可以嗎？」

桃麗絲點點頭。珍妮把紫色的袋子從嬰兒車下面拿出來。她把兩瓶都放在桌子上，把空袋子壓扁。

「沒關係，反正我要死了。」

「不。我不想再聽到你那樣說。」珍妮咬住嘴唇，忍住淚水。

「親愛的，我再也下不了床了。你知道吧？你懂嗎？」

珍妮麻木地點頭，在床邊坐下，緊挨著桃麗絲。桃麗絲也向她靠近，想靠著她。當她移動腿時，她的臉稍稍扭曲了一下。

「用了嗎啡還疼嗎？」

「動的時候會疼。咱們聊點別的吧。我已經煩透了病痛。跟我講講威利吧。還有大衛和傑克，還有你們的家。」

「好啊。不過首先，咱們乾杯。」她把粉色的液體倒進兩個塑膠杯裡，這是她在超市裡找到的最接近葡萄酒杯的東西了。然後她按下按鈕，使床頭抬高。桃麗絲稍微往下滑了一點，珍妮把手放在她頸後，幫她把頭微微抬起，把杯子遞到她嘴邊。桃麗絲大聲地喝了一點點。

「像是普羅旺斯的夏夜。」她輕聲說著，閉上了眼睛。

「普羅旺斯？你去過嗎？」

「去過很多次。我住在巴黎的時候經常去。那兒的葡萄園裡經常有派對。」

珍妮遞給她一顆大大的紅草莓。「那兒漂亮嗎？」

桃麗絲嘆口氣：「美極了。」

「我昨晚讀到你在巴黎的經歷。這些真的都是寫給我的嗎？」

「是的，我不想帶著所有的回憶一起死去。想到所有的回憶跟我一起逝去，我就會很痛苦。」

「普羅旺斯那時候是什麼樣？那些派對什麼樣？你和誰去？」

「哦，很讓人激動。去的都是名流：作家、藝術家、設計師。每個人都穿得漂亮極了，超出你的想像。那時的服裝材質跟現在不同，很有光澤，質感很好。我們的派對在鄉下，但每個人穿得都好像要去參加諾貝爾獎頒獎典禮一樣。高跟鞋、珍珠項鍊、巨大的鑽石，還有沙沙響的絲綢裙。」

珍妮笑了。

「你是模特兒！你懂這些！難怪你從來不會對我的工作感到印象深刻。但你以前為什麼從來不提呢，桃麗絲？我不記得你曾提起過！」

「對，我可能是沒提過。但我已經寫給你了，所以你都知道了。畢竟這是漫長人生中一段很短的經歷，就像曇花一現。誰會相信眼前這個老太太曾經是個模特兒呢？況且，我最後又做回了本行，就是個普普通通的管家。」

「再跟我講講，我全都想聽。你在那些派對上都穿什麼？」

「我穿的都不是普通的衣服，都是精品。我去那兒的任務就是向世人展示那些服裝，讓大家為之驚嘆。」

「哇，聽起來好讓人激動！桃麗絲，我真希望我早點知道這些。我一直欽慕你的美麗，所以我並不覺得驚訝，我也不覺得其他人會覺得驚訝。小時候，我一直希望自己長大後能像你那樣，你還記得嗎？」

桃麗絲笑了，輕輕拍了拍她的臉，然後深吸了一口氣。

「是的，戰前的生活比較容易，而且年輕貌美時總是更容易。很多東西你都不需要花錢。」

「我能看出來。」珍妮大聲笑起來，扯了扯自己脖子上的皮膚。「這是怎麼了？我什麼時候變成了一個皺巴巴的中年婦女？」

「噓，別傻了。別那樣說你自己。你依然年輕漂亮，而且你至少還剩下一半的人生。」

珍妮看著她，若有所思。

「你有那時候的照片嗎？」

「只有幾張，我離開巴黎時沒能帶走太多。僅有的照片存在衣櫃裡的幾個鐵盒裡。」

「是嗎？」

「應該是，在我的衣服下面。很舊的生鏽的鐵盒。它們跟著我走過了半個地球，歷經風霜。其中一個曾經是巧克力盒，是艾倫給我的，所以我一直捨不得扔掉。正因為他，我才喜歡把回憶都存在鐵盒裡。」

「我今晚找找。好激動！如果我能找到照片，明天就帶過來，這樣你就可以跟我講講裡面的每一個人。你想再吃一個草莓嗎？」

蒂拉嗚咽著，揮著小手。她的嗚咽很快變成了大發脾氣。珍妮抱起女兒，緊緊抱住她的小身子，親吻她的臉頰，一上一下地抖動來安撫她。

「她可能是餓了，我得帶她去樓下的餐廳。我們很快就回來。你休息一會兒，待會再繼續跟我講巴黎。」

桃麗絲點點頭，但她的眼睛很疲憊，珍妮還沒轉身，她的眼皮已經耷拉了下來。她抱著蒂拉，看了她一會兒。桃麗絲身上蓋著醫院的淺黃色毛毯，瘦小得像一隻鳥。她稀疏的灰白頭髮被壓扁了，髮絲之間的頭皮也成了光禿禿的白色。一直伴隨她的美貌已經逝去了。珍妮忍住想擁抱她的衝動，迅速向餐廳走去。別死，請不要在我不在的時候死去，她又一次在心裡說。

N. 格斯塔．尼爾森

他是個徹頭徹尾的完美主義者，他的專注力是我見過最強的，幾近瘋狂。他作畫時，可以連續幾個星期都站在同一張畫布前。在那期間，他是不能被打擾的。他不吃東西，也不說話，把全部精力都投入到一塊塊油彩和它們所構成的圖案裡，彷彿全身心投入了一場熱烈的愛情。他總是說，他對此無能為力，他只是跟著感覺在走，讓靈感把畫畫出來。

「畫畫的並不是我。當我看到完成的作品時，自己也常常很驚訝。那些畫就那麼來了，就好像有人在操控一樣。」每次我問他，他都這麼說。

我經常遠遠地看他。儘管有評論家打擊他，但他仍然保持著自己的創造力，這讓我感到驚嘆。有些有錢又熱愛藝術的人聲稱自己懂他，買他的畫，讓他免於挨餓。

我們的巴黎夢成了巴斯圖街上這間公寓的內飾。畫室的牆上滿是巴黎——這座我們鍾愛的城市的圖像，有些是他自己畫的，有些是從報紙上剪下來的，有些是我寄給他的明信片。我們常常談論這座我們都思念的城市，他仍然想回去。我們幻想著有一天能一起回去。

一九四五年，當戰爭結束時，我們和所有人一樣，都去了國王街慶祝。格斯塔並不喜歡湊熱鬧，但他不想錯過那個時刻。他舉著法國國旗，我舉著瑞典國旗。戰爭終於結束，人們都幸福極了，大家又笑，又唱，一邊喊一邊向天空拋撒彩紙。

「桃麗絲，你知道這意味著什麼嗎？我們可以走了，我們終於可以走了。」格斯塔從未這樣大聲地笑，他向天空揮舞法國的三色旗。他常常對未來充滿悲觀和懷疑，現在終於有了希望。

「靈感，親愛的，我需要重新找到靈感。靈感在那兒，不在這裡。」他眉飛色舞，又想到了蒙馬特的藝術家朋友們。

但我們一直沒有錢。年輕時說走就走的勇氣也一去不復返了。巴黎始終是一個夢。和所有失去的愛情一樣，留在心裡的最終會變成特別嚮往的。某種程度上，我很高興他沒能回到巴黎。他可能將無法承受失望。他將會認知到他的靈感並不像想像的那樣與某個特定的地方緊密相連，而是在他自己的身體裡，他得將它找出來，發揮作用，不論這個過程多麼痛苦，多麼艱難，而且需要不停地重複。

那時，巴黎就像關於過去的陰雲，始終縈繞在我們心頭，我們覺得巴黎的一切都更好。事實上，直到現在，這片雲仍然在那裡。在傢俱裡，在法文書裡，在畫裡。巴黎抓住了我們倆的靈魂。

格斯塔心情好時，我經常用法語跟他交談。他會的單字不多，我試著教他一些。他很喜歡這樣。

「總有一天我們會去的，桃麗絲。你和我。」他反覆說，即使在他自己也意識到這不可能後，仍然在說。

我總是點點頭。點頭，微笑。

「是的，總有一天，格斯塔。總有一天。」

27

珍妮從一個貼著五顏六色標籤的玻璃罐裡挖出嬰兒食品——肉汁和馬鈴薯。這是有機食品。蒂拉嘴邊沾滿了醬汁，珍妮在她吃的間隙用勺子幫她刮乾淨。小傢伙嚼得很香。她指著勺子，手在空中揮舞。珍妮搖搖頭，把勺子抽回去。「我們得快點。快吃，快吃。」她用小寶寶的語氣輕輕說，一邊把勺子遞到女兒嘴邊。蒂拉伸出雙臂，迅速閉上嘴巴，開始抓勺子，大聲地哭鬧。當嗚咽變成刺耳的尖叫時，鄰桌的人投來惱怒的目光。珍妮沒辦法，只好把勺子給蒂拉。小傢伙立刻安靜了，開始用勺子打盤子，把醬汁濺得到處都是，惹得鄰桌又怒目而視。珍妮想，算了吧，至少她沒有哭，於是用餐巾紙把桌上的一片狼藉擦乾淨。

「媽媽馬上就回來。」她起身跑向櫃檯，買了一個三明治，還不停地回頭看坐在高腳椅上的女兒。她一邊往回走，一邊啃了兩口乾麵包。她頓了頓，讓瑞典火腿的味道在口中擴散。她的腦海裡湧起了回憶。桃麗絲經常給她做這種三明治帶到學校，那是她的午餐盒裡第一次有真正的三明治。在那之前，她只能帶餅乾，有時就是一兩個蘋果。

珍妮清楚地記得她們第一次見面時的場景。那時她才四歲，正緊緊裹著毯子坐在紅色沙發的一角，盯著忽閃忽閃的電視。桃麗絲敲了門，沒打招呼便踏進她們亂成一團的家。她的媽媽在廚房的地毯上睡著了，嘴角還流著口水。她的裙子幾乎蓋不住一半的大腿，內衣被刮到了膝蓋下方。小珍妮親眼看到她摔倒，一股已經乾掉的血跡表明她被劃傷了。

珍妮渾身打了個冷顫。讓人恐懼的回憶又回來了。她還記得，這個英文帶著口音的奇怪的老太太進來時，她很害怕，本能地往後退。她以為桃麗絲是社會保障管理局的人，要把她帶走，她媽媽拿這個嚇唬過她很多次。她把毯子拉得高高的，遮住了半張臉，呼出來的氣把毯子都潤濕了。接著，桃麗絲看到了愛麗絲。她把她側過來，打電話叫了救護車。在等待的過程中，她愛撫著愛麗絲的額頭。冰冷的夜裡，當兩位強壯的醫護人員把愛麗絲抬走後，桃麗絲挨著珍妮在沙發上坐下。珍妮緊張地頭髮都汗濕了，心跳得飛快，她能感覺到渾身的脈搏都在跳動。桃麗絲在哭泣，眼淚使她看上去不那麼危險了。珍妮的牙齒打著冷顫；她直直地看著前面，渾身發抖，止不住地發抖。桃麗絲溫柔地用一隻溫暖的手包住她的下巴，另一隻手輕撫她的背。她安撫她，一直說著「沒事了」「沒事了」，她的聲音在寂靜的房間裡就像一串旋律。她們那樣坐了好幾個小時。桃麗絲並沒有急於試圖跟她講話。那晚，珍妮躺在桃麗絲的大腿上睡著了，桃麗絲溫暖的手放在她的臉頰。

砰的一聲響，將珍妮從思緒中拉了回來。蒂拉把玻璃罐扔到了地上，她自己滿臉滿身都是食物。珍妮把她的上衣脫掉，用乾淨的一面把她的小臉擦乾淨，然後扔進盥洗袋裡，又拿出一件乾淨的衣服。蒂拉已經把黏糊糊的小手按在了自己圓滾滾的肚子上，滿意地研究著馬鈴薯泥在肚皮上形成的圖案，又用手拍拍肚子，想把食物在白白的皮膚上抹開。

「哦，不，蒂拉。我們得快點，快，快。」她用濕巾把小傢伙的肚子、脖子、臉和手擦乾淨，然後把半裸著的女兒抱進嬰兒車，把乾淨的上衣放在一旁，顧不得桌上的狼藉，迅速推著車走了。她得趕緊回到桃麗絲那兒，她還想聽她講更多的故事。她想在她去世前聽她講完。她小跑著穿過走廊，幾乎是急轉彎衝進了門。

「你當時怎麼能那麼及時地出現？」

桃麗絲醒了，驚訝地睜開眼睛。她輕輕地揉揉眼睛。蒂拉大聲打著噴嚏。珍妮手忙腳亂地給她穿上乾淨的上衣，眼睛卻一直看著桃麗絲。

「是誰打電話給你的？就是你救了我媽媽，我第一次見到你的時候。你怎麼會知道呢？」

「是……」她清清喉嚨，卻說不出話。珍妮拿起床頭櫃上的水杯，讓她喝了幾口。

「是她打的電話。」桃麗絲接著說。

「我媽媽？」

「對，我好幾年沒見到她了，從你還是小嬰兒的時候就沒見過。她有時會寫信給我，我不時地會打電話給她。那時候電話費很貴，她很少接。」

「但她打電話時說了什麼？是什麼使你去了美國？」

「親愛的……」

「告訴我。你什麼都可以告訴我。她已經死了。我想知道真相。」

「她說她想把你送走。」

「把我送走？送給誰？」

「隨便。她說她想開車到紐澤西的富人區，把你放在人行道上。她說無論如何都比跟著她好。」

「或許她想得對。在我的記憶中，控制我生活的是她的藥物，而不是她。不論怎樣都會比那樣更好。」

「我立刻就來了，當天晚上就從斯德哥爾摩上了飛機。」

「如果……」

「是啊，如果……」

「如果她當時死了，我的人生就不一樣了。」

「是的，我想她當時就是這麼想的。愛麗絲不想再活下去了，她已經受不了了。」

「多虧了你，她才活了下來。」

「都是時間趕得巧。」在這片黑暗的回憶中，桃麗絲輕輕捏珍妮的手，想表示她在開玩笑。

「我打算一晚上都玩『如果』的遊戲。」

「如果我從來沒能見到你。」

「不，這我沒法想像，即使是遊戲也不行。桃麗絲，你得在。要是沒有你，我不知道自己能不能承受得了。」

她淚如泉湧。

「你救了我的命！」

「你可以的，珍妮。你很堅強。你一直都很堅強。」

「那天，你握住我的下巴，我的牙齒才不再打顫，我可不堅強。」

「你那時才四歲，親愛的。即使那時，你也很堅強，而且很勇敢。真的。你人生的頭幾年一片混亂，但你活了下來，成為今天的你。你沒看到嗎？」

「可今天的我是什麼呢？一個蓬頭垢面的母親，有三個孩子，一事無成。」

「你為什麼這麼說呢？你為什麼說自己蓬頭垢面？你比大部分人都更漂亮，也更聰明。你知道的。你也當過模特兒。你還上過大學。」

「我的臉就像一張白紙，我的身體又高又瘦。這就是美嗎？不是。那只是能適應不同的要求，能取悅他人而已。時尚就是這樣。而且，我大學沒有畢業。我遇到了威利。我成了母親。」

「別妄自菲薄。永遠都不會太晚，做什麼都是。」桃麗絲嚴肅地看著她。

「誰說的？誰說永遠都不會太晚？你自己也說年輕貌美時做什麼都更容易些。」

「你很漂亮。你很有才華。那就夠了。把注意力放在別的事情上吧。開始培養自己的能力，而不是看著自己的人生，覺得自己不夠好。重新開始寫作吧。在自己身上下功夫。歸根結柢，那才是真正重要的。你就是你的靈魂。」

珍妮吸著鼻子：「寫作。你總是說這個。」

「你什麼時候才能認識到自己很有才華呢？你在大學裡還得過獎。你忘了嗎？」

「沒忘，我可能是得過幾次獎。但我寫什麼呢？我沒什麼可寫的。什麼也沒有。我的生活平平淡淡。或許在別人看來很完美，但很平淡。沒有激情，沒有冒險。威利和我就像一對好朋友，一起經營著我們的家庭。僅此而已。」

「那就想點什麼出來。」

「想點什麼？」

「是啊，把你想要的生活，寫……」她停住了，喘著粗氣，然後接著輕聲說：「寫下來。別錯過這次機會。別浪費你的回憶。還有，看在上帝的分上，別浪費你的才華！」

「你浪費了嗎？」

「是的。」

「你後悔嗎？」

「是的。」

突然，桃麗絲跳起來，下巴直垂向胸口。她的嘴角歪了，雙眼緊閉。珍妮大聲呼救，一個護士跑了過來。她按下響鈴，又有三位穿著白袍的女人跑過來圍著桃麗絲。

珍妮試著從她們肩膀之間的縫隙看過去。「發生什麼了？她還好嗎？」

桃麗絲的表情恢復了正常，嘴巴放鬆了，但她的皮膚變成了青紫色。

「我們得把她送回加護病房。」一名護士把珍妮推到一邊，鬆開床下的煞車片。

「我可以去嗎？」

「她需要休息。有消息我們會告訴你的。」

另一名留著深色短髮的護士搖搖頭。

「但我想在場，萬一——」

「我們會確保你在場的。她現在看上去又穩定了，但她的心臟不太穩定。這很正常。你知道的，離那一天不遠了。」

她同情地笑笑，然後追上其他人，她們已經推著床沿著走廊走遠了。珍妮一動不動地看著她們，心怦怦直跳。床尾的木板和鋼架把桃麗絲擋住了，她看不見她。她握緊拳頭，抱住自己。

28

她在衣櫃的最裡面找到了裝著照片的鐵盒。其中一個上面纏著厚厚的膠帶，另一個沒有。她用餐刀把膠帶裁開，把兩個鐵盒都打開，把照片在餐桌上呈弧形擺開。巴黎和紐約的記憶被交織在一起。就在這堆照片中間，她看到了自己：一個卷髮的小姑娘，為了能讓裙襬飄起來，正在跳舞。她笑了，把這張照片放到一邊；她要拿給威利看，這是她童年為數不多的照片之一。其他大多是老照片。其中一張裡，桃麗絲一隻手扶著帽簷，靠在牆邊，側頭看著艾菲爾鐵塔，軟軟的卷髮修飾著臉型。她穿著黑色的百褶裙和一件與之相配的襯衫，衣領是白色的，鈕釦上還包著織物。另一張是近景，桃麗絲的眉毛畫得很黑，又細又稜角分明。她的臉抹得很白，還塗著口紅。她的睫毛長長的，眼神迷離，彷彿思緒在別處。珍妮拿起這張黑白照片，仔細地看。桃麗絲的皮膚很光滑，一點皺紋或是曬斑都沒有。她精緻的鼻子筆直，眼睛大大的，臉頰就像少女一樣飽滿。她看上去年輕極了，美得令人難以置信。

珍妮掃視著這些照片，彷彿來到了另一個時代，眼前的景象讓桃麗絲的文字有了新的含義。她拿起一張桃麗絲穿著綁帶高跟鞋、鐘形裙和大翻領上衣的照片。她一隻手稍稍離開身體，下巴抬高，表情堅定，眼睛沒有看鏡頭，頭上戴著一頂圓圓的帽子，像是羊毛的無簷小便帽。這和八〇年代珍妮自己當模特兒時完全不同，她得噘著嘴，最好還要把嘴唇分開。她還得與鏡頭戀愛，穿很低胸的衣服來凸顯胸部，最好還要抹上油，讓皮膚閃閃發亮。攝影師會用巨大的風扇，讓模特兒的頭髮看上去像在風中飛舞，但效果總是差強人意：總有零散的頭髮被吹到模特兒臉上或是眼睛裡，或是直直地立在頭頂。在八〇年代，最容易惹造型師生氣的就是那些風扇了。她一邊回憶，一邊笑了。有一天，她也要給孩子們看看自己藏在閣樓裡的那些照片，它們還放在她那時隨身攜帶的包包裡。她每次找工作時，都要展示給攝影師和廣告公司看。威利看過那些照片，但孩子們沒看過；他們完全不瞭解媽媽以前的生活。最好她能自己告訴他們，免得他們也像她現在這樣。桃麗絲應該早點告訴她。

手機響了，她趕緊跑去接，怕把蒂拉吵醒。

「嗨，寶貝！」

「我再說一遍，好嗎？回家！」

珍妮被這突如其來的聲音帶回了現實。她走進廚房，帶上臥室的門，這樣她仍然能聽見蒂拉的動靜。

「怎麼了？」

「你不在，這就是怎麼了。回家。」

「不行。我們談過了。只要她活著，我就留在這兒！」她生氣地說。

「你知道你現在讓我處於什麼境地嗎？再這樣下去，我遲早會被炒魷魚。」

「再這樣下去？再怎麼下去？發生什麼了？」

「一團糟。一切都亂套了。」

「兒子們打架嗎？」

「可以這麼說。他們一直打來打去。我又要上班，又要照顧他們，照顧家，我做不到。這樣不行。我不知道你是怎麼搞定的！」

「平靜！請平靜下來，沒那麼難。我們可以解決這個問題，你只要找人幫忙就行。」

「她還有多長時間？」

珍妮感到內心深處有什麼碎了，她受不了了。

「多長時間？等等，讓我來問問死神，他現在就站在這兒看著我們。我他媽怎麼知道？但謝謝你終於問了她的情況。回答是：她很不好。她沒多長時間了。我在這兒也不怎麼開心，如果你想問的話。我愛她。她是我唯一的姨奶奶。不，比這還親，她就像我的媽媽。她救過我一次，我不會讓她孤零零地死去。你居然能問出這樣的問題……」

威利很長時間沒有說話。當他終於開口時，他的聲音聽起來很不安，充滿了歉意。

「對不起，寶貝。對不起。我太過分了。但我在這兒很絕望。真的，你每天是怎麼搞定的？真難。」

「因為我愛你們，所以我能搞定。沒那麼簡單，但也沒那麼複雜。」

「我們最近請來做過保姆的那個女孩叫什麼名字？」

她能聽到他在另一頭笑了。她等他再開口。

「住在派克韋路的那個嗎？蘇菲。」

「你覺得她能幫忙給兒子們準備午餐、下午放學後在家陪他們嗎？」

「或許吧。打電話問問她。我可以把她的號碼發給你。」

「謝謝。我跟你說過你做得很棒嗎？」

「沒有。事實上，這是你第一次這麼說。」

「對不起。我太自私了。」

「確實如此。」

「但你仍然愛我？」

她頓了一頓，猶豫了一下。

「是的。有時。你有好的一面。」

「我想你。」

「我不想你，在你像現在這樣的時候。你得明白，待在這裡對我來說很重要，並且也很難。」

「對不起。真的很抱歉。」

「好吧。」

「對不起，對不起，對不起。」

「我考慮考慮。艾倫的事怎麼樣？」

「什麼？誰？」

「艾倫．史密斯。你答應讓斯坦去查這個人的。不，別跟我說你忘了！我們得找到他！」

「糟糕！該死的！寶貝，這兒一團亂，我忘得一乾二淨。」

「你怎麼能忘？這麼重要的事！對我和桃麗絲來說非常重要。」

「對不起！我真是太不像話了。我現在就打電話給他。現在！我愛你，待會兒再聊！」

A. 愛麗絲・安德森

紅色的小裙子，寬大的裙襬。淺色的卷髮，在太陽穴那裡卷得厲害。胳膊在空中揮舞。你總是在跳舞，珍妮，繞著我的腿轉了一圈又一圈。我伸手去抓你，你就笑起來。然後我抓住你的一隻手，把你拉到跟前，我們就一起哈哈大笑。我還在你暖暖軟軟的小肚皮上吹覆盆子……你會拽我的耳朵，用大拇指和食指使勁捏我的耳垂，弄得我很痛，但我從來不想阻止你。你和我這麼近，我不想把你推開。

我們一起度過的日子是我生命中最幸福的時光。我此生沒能感受為人之母的快樂，或許差不多就是那樣吧。但是我有你。我得以成為你人生中的一部分。我得以給你無條件的愛。當你的母愛缺失時，我可以在那兒。我好開心自己能幫你，這對我來說，就像是一個饋贈。即使到今天，我很內疚地承認，你的母親不在時，我有時會感到鬆了一口氣，因為我可以幫你準備午餐，送你去學校，跟你吻別。我可以陪你做作業，帶你去動物園，唱關於動物的歌，吃霜淇淋。

每次我們從動物園回來，你都不肯吃肉。你坐在椅子上，每次我想讓你吃火腿或是雞肉時，你就抿緊了嘴唇。

「小雞活蹦亂跳的，很開心。」你堅定地說，「我想讓牠活下去。所有的動物都應該活下去！」

於是我們會連著幾星期只吃米飯和馬鈴薯，直到你忘了那些動物，重新開始吃肉，小孩子都這樣。你從小就心地善良，親愛的珍妮。你和所有人都是好朋友，甚至包括一次又一次讓你失望的母親。愛麗絲不在那兒。愛麗絲不理解你的需要。她活得很艱難，你也是。因為她，沒有人過得很容易。

她會從戒毒中心給你寄禮物。是巨大的玩具，我們得從郵局拿回家。有玩具帳篷、娃娃屋，還有巨大的泰迪熊，比你還要大。你記得嗎？你一直很期待那些包裹，比見到她本人還要期待。那些玩具我們會一連玩上幾小時。就我們倆。你和我，還有我們的遊戲。我們都感到很踏實。

29

在鐵盒的最下面，珍妮發現了幾封信。薄薄的信封上寫著桃麗絲的地址，貼著美國的郵票。她看到落款的日期和筆跡，立刻把它們扔到了地上。

熱呼呼的水流溫暖著她的身體，但她還是不停地發抖。她蜷在浴缸一角，把蓮蓬頭放在膝蓋中間。她可以從蓮蓬頭的金屬上看到自己的鏡像。她看到自己的眼睛，看上去好疲憊，周圍滿是皺紋。她應該休息了，應該陪蒂拉一起睡覺。但她裹著桃麗絲的粉色睡袍，又坐了下來，直直地盯著那些信。這就是她母親寫的關於想丟棄她的信嗎？

終於，她鼓起勇氣，把信從信封裡抽了出來。

「嗨，桃麗絲。我需要錢。你能寄點給我嗎？」

一封又一封，這些信裡沒有問候，沒有一絲對桃麗絲的關心。

「你寄的書收到了。謝謝。教科書很好，但我還需要錢。我們需要錢來買吃的，還要給小傢伙買新衣服。謝謝理解。」

珍妮把信按照郵戳上的日期順序放好。開始的幾封都是在要錢。但是，接下來，口氣變了。

「桃麗絲，我沒法再養她了。你想知道我是怎麼懷上她的嗎？我從來沒告訴過你。我當時很興奮，神智不清。跟往常一樣，還是因為海洛因。我甚至都不知道他長什麼樣。我只知道他不知從哪兒冒出來，玩弄了我一晚上，弄得我渾身又青又紫。哪有孩子會願意以這種方式來到這個世界？她出生的時候就像吸了毒，不停地大哭大喊。求你了，回來幫幫我吧。」

珍妮繼續讀下去。

「你走之後她就不睡覺。一直哭到睡著。每天晚上都是這樣。我不想要她了。我要把她送給明天我見到的第一個人。我從來都不想要她。」

「喂，喂，誰呀？」

珍妮拿著手機坐著，盯著螢幕上威利的頭像。

「珍妮？珍妮，是你嗎？發生什麼了？桃麗絲死了？」

「她從來沒愛過我。」

「誰？桃麗絲？她當然愛你。寶貝，她當然愛你！」

「媽媽。」

「什麼意思？發生什麼了？桃麗絲說什麼了？」

「她什麼也沒說。我找到了一些信。是我媽媽寫給她的，她說她恨我。說我出生時就像吸了海洛因一樣興奮。」

「這你早就知道了，不是嗎？」

「她是被強姦的。強姦了整個晚上。於是才有了我。」

「真的？」

「我真希望自己沒有打開那些信。」

「寶貝……」他喘著粗氣，「你打開前知道是她寫的嗎？」

「我認出了筆跡。我忍不住。」她情緒失控，吼了起來。「去他媽的童年！」

「你已經是成年人了，寶貝，你有很好的生活。你有我。還有孩子們。他們愛他們的母親。我也愛你，比什麼都愛。」

她一邊吸著鼻子，一邊擦眼睛。她用手捋捋頭髮：「是的，我有你，還有孩子們。」

「而且你一直有桃麗絲。想像一下，當時要不是她在。」

「媽媽很可能就把我送給別人了。」

「你母親需要去戒毒所的時候，桃麗絲來了。我敢肯定她是那時候寫的信，正犯著毒癮。那時候打電話很貴。她一定是寫完之後想都沒想就寄出了。桃麗絲不應該留著那些信。你也有過幸福的時光。」

「你他媽知道什麼？」

「別生氣。我在試著安撫你。我知道的。你告訴過我。」

「萬一我是瞎編的呢？為了讓自己看起來正常一點。」

「你編了嗎？」

「或許有一點吧。我不記得了。」

「把信扔了吧。現在已經不重要了。如果可以的話，睡一會兒。」

「當然重要！我整個人生都在希望中度過。」

「什麼意思，希望什麼？」

「希望她還是愛我的。」

「她愛你。她寫那些東西的時候並不是她自己。你被愛著。我愛你，我愛你勝過一切。孩子們也愛你。你對很多人來說都非常重要。永遠別忘了這一點。這不是你的錯。」

「這不是我的錯。」

「對，不是你的錯。父母不稱職從來都不是孩子的錯。是毒品的錯。」

「還有強姦。」

「那跟你無關。你本應來到這個世界，成為我的妻子，還有孩子們的好媽媽。」

淚水再次從她的臉頰滾下來。「桃麗絲快要死了。」

「我知道這很痛苦。很抱歉之前我只想著自己，一直催你回家。」

「所以你覺得我不需要回家了？」

「需要，我想你，我愛你，我需要你，但我現在理解了。我真希望我就在你身邊，吻你，跟你說晚安。」

「抱著我。」

「對，還有抱著你。睡會兒吧，寶貝。事情會好轉的。我愛你，勝過一切。」

珍妮掛了電話，又盯著那些信封。她不想，不應該，但還是忍不住。她又逐字逐句讀了一遍。來自一位缺席的母親的文字。她不算是一位母親。

30

不是因為疼痛。不是因為噁心。不是因為悲傷。也不是因為對家人的思念。而是被遺忘的記憶不停地冒出來，一個接一個地來打擾她。都是她一直壓制的記憶。它們使她在斯德哥爾摩寂靜的黑夜裡輾轉難眠。終於，因為腦袋裡的思緒太多，她從蒂拉身邊爬起來，走到廚房的餐桌邊坐下，裹著一條毛毯，下巴支在光溜溜的膝蓋上。桃麗絲寫的東西就在她面前，關於她人生的故事。她開始讀起來，找尋美好的記憶。但她的注意力沒法集中，字母都擠到了一起。她突然看不懂瑞典文了。

她所有最糟糕的記憶都是英文的，都來自美國。瑞典代表著安全。桃麗絲代表著愛。當她們需要她時，她就來了，需要她待多久，她就待多久。如果必要的話，她可以待上好幾個月，即使在愛麗絲從戒毒中心出來之後。桃麗絲代表著正常的生活。對一個從未經歷過正常生活，只是從朋友們的生活目睹一二的孩子來說，正常就是一個人最美好的狀態了。午餐盒裡的三明治，提醒她帶上健身包和作業，簽好字的需要交給老師的表格，長髮中的兩條髮辮，乾淨的衣服，還有盛在真正的餐盤裡的熱呼呼的食物。

只有她和母親時，生活則恰恰相反。她天天穿著破舊不堪的衣服去上學。她還記得有一雙鞋的鞋底有一個很大的洞。她總是把那隻腳拖在後面，怕朋友們看見她的髒襪子，嘲笑她。這使得她走路的姿勢很奇怪，像半跳著一樣，甚至到今天有時還能看出來。

桃麗絲跟她說媽媽快要回來的那些夜晚總是最難熬的，她總是焦慮不已。桃麗絲總是向她保證會再待上一陣子，她也總是說到做到。桃麗絲總是信守諾言。多好的桃麗絲，讓人感到踏實。

她重新回到床上，在蒂拉軟軟暖暖的小身子旁邊躺下。她輕撫她淺色的髮絲，擦去黏在枕頭上的鼻涕。小傢伙鼻塞，沒法用鼻子呼吸。她想，我得弄點滴鼻液來，於是又爬起來，走到洗手間。她在桃麗絲的東西中翻來翻去，找到了髮膠、定型液、髮膜。她知道桃麗絲總是很在意髮型，每天都要梳頭至少一百下。珍妮第一次見到她時，她的頭髮仍然又長又密，深金色的頭髮中閃爍著幾根銀絲。她從來不染髮，而是讓頭髮自然變白。現在，她的頭髮已經成了銀白色，很稀疏，而且剪短了，珍妮覺得她一定很討厭現在的短髮。她已經把滴鼻液忘得一乾二淨，而是拿起了定型液、捲髮器和髮膜，把它們都放進了盥洗袋裡。

桃麗絲不應該難看地死去。她一直是世界上最美麗的人。珍妮翻她的化妝品，找到了眼影、鏽紅色的腮紅，還有粉底和口紅。她立刻打起精神，開始找衣櫃裡的衣服。桃麗絲不能穿著醫院的白色病人服死去，那衣服總是往下滑，露出她褶皺的白皮膚。但衣櫃裡那些普通的居家服也不行。衣架上掛滿了黑灰色的衣服，缺少色彩。她得給她買一條新裙子，要時髦的，快樂的。黃色或者綠色，或者粉色。又漂亮又舒適的。

裙子。

她寫在便條紙上，也放進盥洗袋裡。

等她終於爬上床時，已經凌晨四點了。路燈發出微弱的光，從百葉窗和窗戶之間的縫隙中照進來。她閉上眼睛，又回到了在紐約的青春時代。傷心的她身邊不再是蒂拉，而是桃麗絲，撫慰著她，愛著她，在她害怕時輕撫她的頭髮，讓她感到安全，讓她睡著。她輕輕哼起桃麗絲常唱給她的歌：

「夏日裡，生活容易過得好。魚兒跳，棉花長得高……」

不被愛。她深深地嘆了口氣。

不，她被愛著。桃麗絲在那兒。桃麗絲才是重要的人。她繼續哼著，聲音越來越輕，沉沉地睡去。

A. 愛麗絲·安德森

每次她從戒毒中心回來，都面色紅潤，頭髮也換了新髮型和髮色，梳得乾淨整齊。她帶回來一堆禮物，有玩具、衣服還有泰迪熊，但你從不看她一眼。你躲在我的身後，緊緊抱住我的大腿。她沒法走近你，她也不會走近你。你們倆之間的隔閡越來越深。等你長大了，你會關上門，或是跟朋友們一起玩。但她真的努力了，我希望你能記得美好的時光。當她在工作日做了三道菜的正餐，請你最要好的朋友們來吃晚餐時。或是當她熬了一整夜為你縫製萬聖節的服裝時，那件橘色的螃蟹服，爪子裡塞滿了棉花。當你拎著盛糖果的小桶走在社區裡時，你特別自豪，儘管你幾乎走不動；因為衣服太重了，你站不穩，摔倒了好幾次。假如我有當時的照片或是視頻，你的孩子一定很想看看。

愛麗絲和我們家其他任何人都不一樣。不像我母親，也不像你的外婆艾格尼絲。或許她脆弱的一面來自她父親的母親。克莉絲蒂娜生性焦慮。我從來都不太理解愛麗絲脆弱的那一面，我通常只會教她要振作。我經常生她的氣，尤其是當她冒出愚蠢的想法時，比如為了賺錢去當妓女，或是把你送給別人領養。她只有需要錢或是想讓我留下時才會說這些。這一招一般都很管用，因為我會留下來。我當然會留下來，為了你。你還記得那個夏天，她決定剃光頭髮，要解放自己嗎？她不顧我們的反對，真的把頭髮剃光了。還有一段時間，她會光著身子在家裡走來走去，說這樣就能成長為自由的靈魂。是啊，我的天，她有好多奇怪的想法！

但她可能接著就會突然遇上一個男人，全身心圍著他。如果他是音樂家，她就會迷上音樂；如果他是律師，她就會突然穿得很正式。她信奉上帝，她信佛，她是無神論者，只要她當時覺得對，她就信。

你記得我跟你說的這些嗎，珍妮？你就在那兒，你看到了這一切。我們不瞭解她。你不瞭解，我也不瞭解。我想她自己也不瞭解自己。

31

「看我帶什麼來了。」珍妮咧嘴朝桃麗絲疲憊的眼睛笑著，一邊開始從盥洗袋裡往外拿東西。

「你準備好做美容了嗎？」

桃麗絲輕輕搖頭。

她輕聲說：「你真是個瘋女人。」

「我的姨奶奶可不能頂著一頭扁平的頭髮死去。」珍妮開著玩笑，但當她看到桃麗絲眼神裡的恐懼時，她咬住了嘴唇。「對不起，我不是說……不，剛才是個愚蠢的玩笑。太愚蠢了。」

「真的很扁平嗎？我從摔傷到現在都沒照過鏡子。」

珍妮這才意識到桃麗絲眼睛裡的恐慌跟死亡無關，她笑起來。

「不，也不完全扁平……但可以更好些。讓我來施展魔法吧。」

她溫柔地梳著她稀疏、銀白的頭髮。有幾根掉下來，纏在紅色的梳齒上。

「疼嗎？」

桃麗絲搖搖頭。

「很舒服，你繼續。」

珍妮把手放在桃麗絲的脖子下面，輕輕托起她的頭，溫柔地幫她梳腦後的頭髮。接著，她把頭髮繞在捲髮器上，一次繞一卷。她只用了七卷就夠了。桃麗絲的頭髮很稀疏，有些地方連頭皮都露出來了。她在捲髮器上噴了些定型液，又用一條紅白格子的茶巾把她的頭包住。茶巾上用稍淺一點的紅色繡著花體的字母A。

「這是我母親的茶巾。想像一下它的品質！我從英國回來後，一位老鄰居把它和一些舊傢俱給了我。」桃麗絲解釋說。

「從英國？你什麼時候去了英國？」

「你得繼續往下讀。」

桃麗絲打了個哈欠，把頭靠在枕頭上。

「你寫得太棒了。我每天晚上都讀一點。有很多事我完全不知道。」

「我想把我的記憶告訴你，這樣它們就不會淡去和消失。」

「你記得好清楚，這麼多細節。」

「只要閉上眼睛回憶就可以。當你只剩下時間可以打發時，思緒就會很深入。」

「我很好奇我會記得什麼。我的人生可沒你那麼精采，差遠了。」

「你身處其中時從來不會覺得它精采。很難。細微之處只有很久以後才能體會到。」

桃麗絲嘆口氣。

「我好累。」她接著輕聲說，「我覺得我得休息一會兒。」

「你想吃點什麼嗎？」

「巧克力，來點牛奶巧克力就好。」

珍妮在盥洗袋裡翻來翻去。她記得自己趁蒂拉睡著時偷偷摸摸吃了一塊，但現在只剩下包裝紙和一點黏糊糊的碎渣。她扭頭去看桃麗絲，她已經睡著了。珍妮立刻把一隻手指放在她嘴邊，一絲微弱的熱空氣讓她放鬆下來。

「走吧，蒂拉，咱們去買東西。」她把女兒從嬰兒車裡抱起來，讓她自己走。她跟她玩耍，搔癢她的肚子，小女孩咯咯笑起來。這個新生命沉浸在探索的喜悅裡，和病床上的老者形成鮮明對比，她感到一種解脫。儘管心中悲傷，她仍然可以和蒂拉一起歡笑。她抱起女兒來回搖擺。

「牧師的小烏鴉……」她唱得很大聲，路過的護士都笑了。蒂拉也笑了，胖乎乎的小胳膊摟著她的脖子。

「媽媽！」她尖聲叫道，把頭埋進珍妮的脖子。珍妮感到一滴涼涼的鼻涕流到了自己身上，便用袖子去擦。她的胳膊肘不小心碰到了蒂拉，小女孩叫起來。

「媽媽，媽媽，」她揮舞著胳膊，好像剛剛碰掉了她最寶貴的東西。她想回到媽媽懷裡，靠在媽媽脖子上，那兒既溫暖，又安全。珍妮迅速把她抱過來，緊緊地擁抱她，輕輕拍她的背。

「媽媽在這兒，寶貝，媽媽在這兒。」她輕聲說著，一邊吻女兒的頭。儘管媽媽就在身邊，蒂拉彷彿仍然很依戀她。她不禁好奇家裡的兩個兒子會不會也想媽媽了。

她就這麼抱著蒂拉，走到了販賣部，去買巧克力。

回來以後，珍妮用手指輕輕地撫摸桃麗絲的臉。她仍然沉沉地睡著。蒂拉拍了一下桃麗絲的手，珍妮剛要阻止她，桃麗絲的眼睛睜開了。

「是你嗎，愛麗絲？」她輕聲說，好像看不清眼前的人。

「我是珍妮，不是愛麗絲。你感覺怎麼樣？你頭暈嗎？」她扭頭想找護士，「等一下，我去叫人。」

她把蒂拉抱進嬰兒車，跑進走廊。沒人。她看到護士站有三名護士，每人都端著一杯咖啡。她向她們跑過去。

「出了點問題。她的眼睛轉來轉去。」

她聽到蒂拉的哭聲，便跑在護士前面趕回來。等她回到病房時，看到桃麗絲正試著安撫女兒，儘管她自己虛弱得很。她正掙扎著想唱歌，但完全走調了，蒂拉哭得更厲害了。

「媽媽！」蒂拉滿臉淚水，鼻子上還掛著厚厚的黃鼻涕，隨著呼吸一上一下。珍妮把女兒抱了起來。桃麗絲的聲音很虛弱，充滿了絕望：

「對不起，我試著……」

她想擁抱她們倆。讓老者活下去，也賦予小傢伙勇氣和力量。護士們給桃麗絲做檢查，她遠遠地看著：她們接上了血壓監測儀，在她的食指上夾上指脈氧，還用聽診器聽她的胸口。

「她很虛弱。剛才可能只是一陣頭暈。」護士收起儀器，走出了病房。

可能只是一陣頭暈。「可能只是。」珍妮感到自己被這句話惹惱了。

「我們現在把捲髮器摘下來嗎？」她問，指指桃麗絲的頭。

桃麗絲點點頭。

「那樣你一定會更美。」

桃麗絲虛弱地笑了。珍妮任由淚水慢慢湧出來，一直滾到鼻子。她溫柔地把捲髮器一個個鬆開。

「我聽說鹽水可以護髮。」桃麗絲的聲音很沙啞。

珍妮含著淚笑了。

「我真的會想你。我真的好愛你。」

「我也愛你，我最親愛的孩子。還有你。」她對蒂拉點點頭，小女娃現在安靜下來了，正忙著把嬰兒車裡的東西往地上扔。珍妮把她抱到床邊，好方便桃麗絲跟她說話，但小傢伙不肯，還想回到車裡。她想跳下來，幸好被珍妮接住了。

桃麗絲對嬰兒車點點頭：「把她抱回去吧，珍妮。看一個老太太死去可沒什麼意思。」

站到地上，蒂拉立刻抓了一本童書。她用了很大的力氣把書扔到床下，封面都脫落了。珍妮顧不上管她，只要她安安靜靜開開心心的就行。她給桃麗絲梳頭，又噴上髮膠。桃麗絲稀疏的頭髮看起來蓬鬆了些，蓋住了裸露的頭皮。珍妮滿意地看著自己的傑作，然後開始幫桃麗絲化妝。她小心翼翼地在她滿是皺紋的臉上撲上粉，打著圈塗上淺粉色的腮紅，又塗上口紅。桃麗絲蒼白的面色紅潤起來。她拍了張照片，桃麗絲看了滿意地點頭。

「還有眼睛。」她輕聲說。

珍妮彎下腰，小心翼翼地幫她畫上淺粉色的眼影。桃麗絲的眼皮已經下垂，耷拉在眼睛上，一半的虹膜都被遮住了。部分眼影被卡在眼皮的褶皺裡，顯得不太均勻，但她並不在意。

「我給你買了條連衣裙。很舒服的，如果你喜歡的話睡覺時也可以穿。」

她從嬰兒車下方拿出Gina Tricot品牌的包裝袋，把衣服展示給桃麗絲看。是一條深粉色的針織連衣裙，長袖，圓領，胸前還打著褶。

「顏色很漂亮。」桃麗絲輕聲說著，用手指撫摸連衣裙的手感。

「是的，我記得你很喜歡粉色。你總是給我買粉色的衣服。媽媽討厭粉色。」

「嬉皮。」桃麗絲話音剛落便咳了一聲。

「沒錯。她是真正的嬉皮。我不知道她是從哪兒學來的，但她的生活態度好幾次差點要了她的命。」珍妮嘆口氣，「最後確實要了她的命。」

「毒品是罪魁禍首。」桃麗絲說。

珍妮沒有回答。她小心翼翼地幫桃麗絲穿上連衣裙，然後問：「關於我爸爸，你知道什麼嗎？」

桃麗絲迅速抬頭看著她，搖搖頭。

「完全不知道？」

「不知道。」

「一點都不知道？」

「我們聊過這個，親愛的。」

「我知道你知道的比說的多。我看到了媽媽的信，在放照片的鐵盒裡。她恨我。」

桃麗絲搖頭。

「不，親愛的，別這麼想。她不恨你。她吸了毒，她需要錢。她在極度沮喪時未經思考就寫了那些信，她沒錢打電話給我。我也不知道自己為什麼留著那些信。真是愚蠢。」

「她是被強姦的。」

桃麗絲閉上了眼睛，沒有說話。

「你愛我，我知道。我能感覺到。」

「愛麗絲愛你。」

「什麼時候？在她向自己的靜脈裡注射海洛因的時候嗎？是她躺在廚房的地板上嘔吐，最後我去清理乾淨的時候嗎？還是她想把我送給陌生人的時候？」

「她那時是毒癮發作。」桃麗絲的聲音很虛弱。

「她一直跟我保證，說她會戒掉。」

「她努力了，但是沒成功。」

「所以你才愛我嗎？因為我沒有母親？」

桃麗絲睜開眼睛，她的眼裡閃著淚光，眼神又開始迷離。珍妮衝上前去。

「對不起，我們不需要談這些。我愛你。你是我的一切。」

「你需要時，我總會來。」桃麗絲輕聲說，珍妮點點頭，吻她的額頭。「我愛你，因為我愛你。」

「別再說話了，桃麗絲，休息吧。我會待在這兒，握著你的手。」

「格斯塔去哪兒了？他喝咖啡了嗎？」

「你搞混了，桃麗絲。格斯塔已經死了。我出生前他就已經死了。你不記得了嗎？」

她想起來了，點點頭。

「大家都死了。」

「沒有，並沒有都死。完全不是。」

「重要的人都死了。除了你。」

珍妮輕輕撫摸她的手臂，她還穿著深粉色的新連衣裙。

「別害怕。」她輕輕說。但是桃麗絲已經睡著了。她的呼吸很吃力，胸口一起一伏，肺部還發出響聲。

一位護士走進來，升起床邊的護欄。

「我覺得桃麗絲現在最好能睡會兒。你和女兒也是。」護士一邊說，一邊對蒂拉招手。

珍妮擦乾眼淚：「我不想離開桃麗絲。我可以睡在這兒嗎？」

護士搖搖頭。

「你們走吧。臨終時我們會看出來的。她今晚沒問題，如果情況不好，我們會打電話給你。」

「但你要向我保證，如果有一丁點變化，一定會立刻打電話給我。哪怕一丁點變化也要打！」

護士耐心地點頭：「我保證。」

珍妮不情願地離開病房，走向電梯。蒂拉在嬰兒車裡已經不耐煩了，她想起身出來走。她在病房裡坐得太久了，情緒不太好。珍妮把她抱下來，讓她走在自己身邊。小傢伙用胖乎乎的小手抓緊推車的一邊，搖搖晃晃地走著。珍妮滑了滑手機，有十通未接來電，都是威利打來的。還有一則簡訊：你一定不會相信。艾倫·史密斯還活著。打電話給我！

32

「他還活著？真的嗎？」

「他還活著。如果是同一個艾倫·史密斯的話。」

「到他那兒去！」

「你瘋了嗎？我不能就這麼去紐約。誰來照顧兒子們？」

「帶上他們一起去！快去！」

「珍妮，我覺得你完全失去理智了。」

「你必須得去。桃麗絲一輩子都孤身一人，一輩子。除了她為那個同性戀藝術家工作的那些年。她一輩子只愛一個人，唯一的真愛就是艾倫·史密斯。從二戰到現在她就再沒見過他。你懂嗎？必須要讓她去世之前見他一面。快去！帶上電腦，這樣我們可以網路通話。到了之後打給我。」

「但我們甚至都不確定到底是不是同一個人。萬一是別人呢？」

「他多大了？」

「一九一九年出生。」

「聽起來差不多。」

「他住在長島。二十年前他妻子去世了。」

「有可能。艾倫結過婚。」

「斯坦在郵件裡說，他一九四〇到一九七六年住在法國。他接管了一家做包包的工廠，賺了不少錢。」

「桃麗絲跟我說過他戰爭期間去了法國。」

「他母親是法國人，他的護照上有兩個姓。艾倫・雷瑟・史密斯。」

「一定是他，他母親就是法國人。快去！」

「珍妮，你瘋了。兒子們還在學校，我不可能丟下一切就這麼出發。」

「去他媽的學校！」她幾乎無法控制自己的音量，「他們缺幾天課會怎麼樣？現在這事比其他任何事都重要。桃麗絲剩下的日子不多了，她死之前一定要見他最後一面。說不定她只剩下幾小時了。快去！如果你找不到這樣做的理由，就算是為了我吧！我求你了！」

「你發誓，如果我去了，你就回家嗎？」

「當然，等我把一切都處理好，立刻就回家。」

「為了你，好吧，完全是為了你。天哪，我簡直不敢相信自己真的要去……」

「路過學校接上兒子們，然後搭最早一班去紐約的航班。如果柏格夫人大驚小怪，就跟她說有一位很親的親戚病了。這屬於相關理由，如果我沒記錯的話。」

「相關理由？」

「對，學生請假需要相關理由，有些情況算相關，有些不算。別想這個了，快走吧。別忘了帶上大衛的哮喘藥。」

「我到那兒之後怎麼辦？」

「跟他聊聊。確認他是我們要找的艾倫，看他是否還記得桃麗絲。然後立刻打電話給我。」

「但是，聽著，現在知道他還活著，對她來說有什麼好處呢？讓她知道他這些年一直活著，然後難過地死去嗎？難道讓她帶著他早已死去的想法離開人世不是更好嗎？」

「你說什麼都沒用。現在就走！我要掛電話了。」

「好吧，我去，雖然我還是不太理解為什麼。只是別抱太大希望，仍然有可能不是同一個艾倫。」

「好的，我知道，但是你現在不需要理解為什麼。我只是請求你過去而已。相信我，這樣做是對的。我要掛了。對不起，我真得掛了。」

她沒等他回話就掛了電話，把手機調成靜音，放進包包裡。蒂拉正坐在地板上翻推車下方的東西，把它們在身旁擺成了半圓形。一根香蕉，一本書，兩片乾淨的尿布，幾件被屎弄髒的內衣，還有米糕。珍妮迅速把東西收好，對幾位路人點點頭。蒂拉搖搖擺擺地沿著走廊走開了，她匆忙追過去把她抱起來。她把女兒放進嬰兒車，要給她穿上外套和夾克，小傢伙使勁掙扎，抽抽搭搭哭起來。

「我們要回家了，回家吃飯。噓。」

但她還是叫了起來，哭的間隙大口喘著氣，把鼻涕吸得一上一下。珍妮不再管她。她心頭的事太多了。她迅速推起車，希望這樣能讓小傢伙安靜下來，免得自己在公共場所丟人。

S. 艾倫．史密斯

他們說，人永遠忘不了初戀。他們說，初戀會在身體的記憶深處築巢生根。艾倫就在我身體的記憶深處。他可能是一名已經犧牲的士兵，也可能是領撫恤金的已經去世的退伍軍人，但他仍然在我心底，在我皺巴巴的身體裡。我踏進墳墓的那一天，也會帶上他，我希望能在天堂裡找到他。如果他當時留在我身邊，我一定會一輩子跟隨他，我對此深信無疑。

他總說他的心是法國人，身體是美國人，頭腦是二者的結合。他說自己相對而言更像法國人，而不是美國人。他說法語時帶著典型的美國口音。我和他在巴黎的大街小巷跳舞時，我常常嘲笑他的發音。那樣的笑聲在我心中成了幸福的象徵——令人傷心的是，我再也沒能感受那種幸福。他身上有一種敏銳和童心的獨特組合，既縝密又無憂無慮，既活潑又嚴肅。

他是學建築的，所以每當我在雜誌裡看到建築物的照片，都會仔細讀相應的文字，從中尋找他的名字。直到現在仍然如此。真傻。現在，我或許可以透過網路找到他，但那時候，一切都困難得多。或許我還沒竭盡全力。但我寄了信，寄了好多郵局代取的信，儘管我完全不知道他住在哪兒，甚至連他在地球的哪個角落都不知道。我把信寄到了曼哈頓的郵局，還有巴黎的郵局，但他從來沒有回信。相反，他近乎成了一個鬼魂，成了項鍊盒裡的記憶，我每天晚上都會跟他說話。他是我唯一的真愛。

格斯塔用兩幅畫換回了一張沙發，很大，很軟，表面是深紫色的絲絨。晚上，我們會坐在沙發上，就著一瓶紅酒，分享我們的希望和夢想。我們的夢想很多，很不著邊際，讓我們又哭又笑。

格斯塔經常問我關於男人的問題。他坦率而又狂放不羈，所以會問很多私密的問題。他是唯一知道艾倫的人，但他並不理解我，他覺得我瘋了。他想盡辦法，試圖阻止我這樣遠遠地愛著艾倫。他想讓我把視線轉移到別人身上，男人或是女人，反正對他來說都一樣。

「關鍵是人，而不是性別，桃麗絲。性別並不重要。當靈魂相遇併合為一體時，就產生了吸引。愛情並不在意性別，人們也不應該在意。」他常常這麼說。

人生最大的愉悅莫過於能夠自由地表達觀點，並且即使觀點不同時也仍然被愛。所以，和格斯塔這樣包容的人一起生活的感覺很好。我們之間什麼都有，只是沒有激情。有一次他確實試著吻我，但我們倆都大笑起來。

「不好，一點都不好。」他吐著舌頭，笑著說。那是我們之間最接近愛情的一次了。

我並不孤獨。格斯塔就是我的親人。還有你，珍妮，你就是我的親人。我每天都過得很好，很舒適，真的。遺憾的是，我找不到艾倫，但我活得很好。

當我一個人坐在家裡時，經常會想他。年紀越大，就越想他。我不知道怎能有人像艾倫這樣進入我的生活。我真想知道他去哪兒了。他在戰場上犧牲了嗎？還是活下來了，慢慢老去？如果他還活著，他老了之後是什麼樣？他的頭髮變成了白色還是灰色？他胖還是瘦？他有機會建成自己曾經夢想的那些建築了嗎？他想我嗎？他對他娶的那個女人有著對我一樣的激情嗎？他愛她像愛我一樣嗎？

這些問題總是縈繞在我的心頭，估計會一直到我死去。或許有一天我們會再見面，在天堂裡。或許那時我終於能依偎在他的懷裡。能再見到他的念頭讓我願意相信上帝。如果上帝真的存在，我會說：

祢好，上帝。輪到我了。輪到我愛和被愛了。

33

還有好多頁沒讀。好多文字。或許醫院床頭櫃上的電腦裡還有更多。珍妮翻著那堆紙，選出關於同一個人的章節。她先後讀了關於伊蓮、艾格尼絲、邁克，還有格斯塔的章節。他們的整個人生被短短幾行字所概括。

這麼多的回憶，這麼多已經故去的人。他們去世時帶走了什麼秘密呢？她把地址簿拿來翻閱。她很好奇桃麗絲沒有寫到的那些人怎麼樣了。克斯汀・拉爾森是誰？她在床頭的一本便箋上用大字寫下了這個名字。她明天要問問克斯汀是怎麼死的，她在桃麗絲的生命中意味著什麼。

她順著食指一行行往下看，看到了自己的名字，她是僅有的幾個沒有被歪歪扭扭劃掉的名字之一。但是地址錯了，還是她以前的住處。那是她在短暫的學生時代所住的公寓。那時她還不認識威利，也沒有孩子。她那時候更幸福嗎？她心裡一顫，把桃麗絲的針織開衫裹得更緊了。或許吧。她把舊地址劃掉，仔細地寫上新地址。這是他們全家住的地方，應該是幸福的所在。或許這裡可以找到幸福。

是桃麗絲為她付了創意寫作課程的學費。六個月的課程，他們分成小組，發揮想像力，大聲朗讀。寫作本身很好，但朗讀很糟。她沒能很好地面對批評。接著，突然，威利出現了。他很強壯，很英俊，給她安全感。他使她忘記了所有陰鬱的想法，他們在一起快樂極了：一起衝浪，一起騎車，一起打網球。於是她放棄了學業，在一家餐廳找了一份工作，當服務員。如果他從來沒有出現，會怎麼樣？如果她繼續寫作會怎麼樣？桃麗絲仍然會問她關於寫作的情況，問她進展如何，彷彿理所應當地以為她仍然在寫作。事實是，從那以後她就沒怎麼寫過。但同時，寫作的事一直藏在她心底，就像一個虛幻的夢。她知道自己可以寫，她知道自己有這方面的才華。內心深處，她知道這一點。但她現在的處境，首先，誰來照顧孩子們？誰來做飯、打掃屋子？其次，即使試一下也很難。寄給出版商的稿件中，只有百分之一能夠被印刷成書。區區百分之一。機率太低了。憑什麼她能成為那個幸運兒？萬一她的才華不夠呢？萬一她失敗了呢？

珍妮不再想這些，拿出手機，在最近通話裡找到威利的名字。

「嗨，寶貝。怎麼樣，你出發了嗎？」

「還沒有。」

她嘆口氣：「求求你，威利……」

「我會去的。明天上午的飛機。大衛住在迪蘭家，傑克可以自己照顧自己，直到我回來。」

「謝謝。」她鬆了口氣，眼圈濕了。「哦，威利，謝謝你！」

「希望不虛此行。」他的聲音很生硬。

「你什麼意思？」

「我理解你在做什麼，但我不理解你為什麼要強加於她。」

「但是……你不理解什麼？她就要死了。他是她一生的愛。你到底不理解什麼？這不是顯而易見的嗎？還是你根本就沒有愛過？」

「天哪，珍妮，別那麼情緒化。我當然愛過。我愛你，希望你明白這一點。」

「好吧。」

「好，別傷心，我正在幫你找艾倫。我明天就飛。」

「好。」

「我愛你。我得掛了。」

「好的，拜。」

她掛了電話，擦去一滴倔強的淚水。吸氣，吐氣。

她搜尋著自己的記憶。他們相識已經十五年了。那時，他們剛剛墜入愛河，能一整天都待在床上。他們一天做愛十次，把皮膚都蹭破了。那就是愛吧？但那已經是很久以前的事了。她想。或許自從蒂拉出生以後他們只做愛了一次。生了三個孩子，她那裡已經糟透了。或許這樣也好，否則他們倆恐怕都不會滿意。

她皺了皺眉頭。

蒂拉出生後只有一次。

不可能吧。

她爬上床，躺在蒂拉身邊，緊緊靠著她。她以前常常這樣躺在威利身旁，鼻子靠著他的脖子。蒂拉聞起來又香甜又帶著一絲汗酸味。她頸後的頭髮已經汗濕了，捲曲著，就像威利的卷髮。女兒遺傳了他。

她再次打給威利。

「怎麼了？」他直愣愣地問。

「我也愛你。」

「我知道。我們當然是真愛。我從來沒有說過或是感覺到別的。」

「我們仍然相愛，對吧？」

「當然。」

「很好。」

「睡會兒吧，休息吧。」

「好的，我會的。」

「我確定這個艾倫是不是我們要找的人之後會立刻打電話給你。」

「謝謝！」

「我是為了你才這樣做。我願意為你做一切。記住這一點。」

「這就是愛。」

「是的，我就是這個意思。」

34

珍妮推開桃麗絲病房的門時，一股強烈的尿味撲鼻而來。桃麗絲側躺在床上，護士們正忙著幫她換床單。

「她們把儲尿袋碰掉了。」桃麗絲用嘴型說，生氣地皺著眉頭，一臉嫌棄。

「你們把尿灑到她的床上了？」珍妮不滿地問護士。

「是的……是個意外。我們只是在更換儲尿袋而已。」

「你們不給她洗澡嗎？」

桃麗絲的頭髮又被壓平了，粉色的連衣裙也濕漉漉的，被扔在地板上。在乾淨的病人服送來之前，她身上只蓋了一條明顯不夠大的浴巾。

「按照日程，她應該明天洗澡。」

「但她渾身都是尿！」

「我們會用濕巾給她擦乾淨。如果要幫她洗澡的話，得需要更多的人手。」

「我不管你們需要什麼！如果你們把尿灑在了病人身上，就不應該再拘泥於什麼日程！」

護士尷尬地沉默著，繼續用濕巾給桃麗絲擦身。直到其中一位停住了：

「抱歉。你說得很對，她當然應該洗澡。你可以幫我們一把嗎？」

珍妮點點頭，把嬰兒車和車裡睡著的蒂拉推到牆邊。她們一起把桃麗絲抬到淋浴椅上，推著她走進浴室。桃麗絲的頭虛弱地耷拉著，她沒有力氣讓自己坐直。珍妮小心地幫她用肥皂擦洗身體。

「我們重新再給你弄頭髮。」

「老太太不會醜巴巴地死去。」桃麗絲輕聲說。

「不會的，老太太不會醜巴巴地死去。我保證。儘管你從來沒有醜過。你是我認識的最美麗的人。」

「你在撒謊。最美的人是你。」桃麗絲有點上氣不接下氣。

她們剛把她抬回床上，她就睡著了。珍妮把手放在她的額頭。

「她怎麼樣？」

「她的脈搏很弱。她的心臟還在掙扎，但可能支持不了太久了。恐怕只剩幾天了。」

珍妮俯下身，把臉貼在桃麗絲的臉上。她小時候，她們坐在紐約家中的沙發上時常常這樣。突然間，她彷彿又變成了那個小女孩，漂泊不定，沒有安全感。桃麗絲就是她的救生圈，讓她的頭露出水面。

「求求你，別離開我。」她吻她的額頭。桃麗絲仍然睡著，喘著粗氣。蒂拉醒了，開始在嬰兒車裡哼哼。珍妮把她抱起來，但小傢伙扭來扭去，想要下來。於是她又把她放下，自己半躺在桃麗絲身邊，挨得很近很近，深深地呼吸。

「你得把女兒看好。」一名護士抱著蒂拉走進病房，「醫院裡到處都是危險的東西。」

珍妮點頭，抱歉地笑笑。她接過女兒，遞給她一袋糖果。蒂拉嚐到了甜味，開心地咂著小嘴。珍妮重新把她放回車裡，把安全帶繫在她胖嘟嘟的身上。

「請坐一會兒，坐好。我得……」

「她在鬧嗎？」桃麗絲的聲音幾乎聽不見。

「你醒了嗎？感覺怎麼樣？你洗完澡就睡著了。」

「我很累。」

「如果你不想說話就不用說。」

「我想告訴你。我想把我來不及寫的都告訴你，還有回答你的問題。」

「哦，我的問題太多了，我都不知道從哪兒開始。你沒怎麼寫你和格斯塔在一起的日子。」

「二十年。」

「是啊，你們在一起那麼多年。他關心你嗎？他人好嗎？你愛他嗎？」

「是的，他就像父親一樣。」

「他去世時你一定很傷心。」

「是的。」桃麗絲點點頭，閉上眼睛。「就像失去了一隻手臂。」

「他是怎麼死的？」

「他只是太老了。已經過去很久了，還是六〇年代的事。」

「我出生那陣子？」

「就在你出生前。當一個親愛的人死去，就會有另一個親人降生。」

「你繼承了他的全部遺產？」

「是的，他的公寓、一些傢俱，還有他的畫。我把大件的作品賣掉了，突然之間它們就變得很值錢。」

「現在值上百萬了。」

「試想，如果格斯塔知道的話。」

「他會很高興，很驕傲的。」珍妮含著淚笑了。

「我也不知道，激勵他的從來都不是錢。但如果他的畫早一點升值，他就可以回巴黎了。我們就可以一起回去了。」

「你們想回去嗎？」

「想。」

「他很可能知道自己成功了。或許他現在就是天堂的天使，你很快就能見到他了。」她從床頭櫃上拿起桃麗絲的陶瓷天使，遞給她。

「他很害怕死去。那時候，人們說同性戀者不能上天堂。他信了。」

「他信教嗎？」

「並不公開信。但私下信，跟我們大家一樣。」

「如果天堂真的存在，格斯塔會在那兒等你。」

「我們可以開派對了。」桃麗絲一邊想笑，一邊喘著粗氣。

「太好了。聽到你的笑聲真開心。你的笑聲讓我前進。它一直在那兒，在我心裡，每當我需要時，就聽一聽。」

「棉花糖大戰。」

「對！你還記得！」珍妮一邊回想著，一邊笑起來。「在廚房裡，圍著那張放不下的桌子。你、我，還有媽媽。我們笑得好開心，還吃了好多。我的肚子疼了一晚上。」

「偶爾幹點傻事對你有好處。」

珍妮點點頭，輕撫桃麗絲的頭髮。稀疏的髮絲和嬰兒的一樣柔軟。

「我來重新給你弄頭髮。」

她幫桃麗絲捲髮時，桃麗絲又睡著了。她的呼吸很重。蒂拉已經把糖吃完了，又開始哼哼，想下來活動活動，但珍妮沒有管她。她繼續幫桃麗絲梳頭，捲髮。直到一名護士過來提醒她孩子在哭，她才終於把女兒抱起。

35

手機響了。

珍妮在黑暗中摸索，蒂拉在睡夢中哼了幾聲。

「喂？」她迷迷糊糊地說，擔心是醫院打來的。

「珍妮，上Skype！」

「什麼？」

「我和艾倫在一起。就是我們要找的艾倫。他又老又病，跟桃麗絲一樣。但他記得她。我跟他說桃麗絲還活著時，他就哭了起來。」

珍妮一下子坐了起來，心怦怦跳，耳朵裡響著：艾倫！

「你找到他了！」

「是的！你和桃麗絲在一起嗎？如果沒有，現在就去！」

「現在是半夜，但我現在就過去。」

「叫車，快點。」

「好的，我們到了就打電話給你。」

她跳下床，跑進洗手間。她用冷水潑了潑臉，穿上昨天的衣服，叫了一輛計程車。她把筆記型電腦放進盥洗袋，用一條毯子裹好蒂拉，抱進嬰兒車裡，小傢伙哼了幾聲，但沒有醒。甚至在嬰兒車的後輪撞到台階時，她也沒醒。計程車已經在外面等候。司機幫珍妮把嬰兒車收起來，放進後車廂，她抱著女兒鑽進車裡。他們在斯德哥爾摩的黑夜裡安靜地行駛。廣播裡放著懷舊的情歌〈紫雨〉，她清楚地記得歌詞，笑著回憶。有一段時間，她和威利會在廚房的地板上翩翩起舞，他會在她的耳邊哼這首歌。他們貼在一起，他會勃起，頂著她的肚子。那時他們還沒有孩子，還沒有柴米油鹽。她到家就會放這首歌給他聽，然後他們就一起跳舞。

「小傢伙生病了嗎？」司機開出主路時，打破了沉默。

「不是，我們是去探視。你可以停在大門口嗎？」

他點點頭，平穩地減速。等她抱著蒂拉下車時，司機已經把嬰兒車從後車廂裡拿了出來，展開裝好。他對她點點頭：

「希望一切都好。」

她簡短地謝過他，但心情太過緊張，笑不出來

珍妮衝進病房時，桃麗絲正醒著，睜著眼睛，臉色不像先前那樣蒼白了。幸好，她進來時沒有撞見護士。

「你沒睡著！」珍妮輕聲說，怕吵醒其他人。

「是的。」桃麗絲給她一個大大的笑容。

「我要給你個驚喜。我們得幫你穿上連衣裙，到走廊裡來。」她鬆開煞車片，推著床向門口走去。這時來了一名護士，驚訝地瞪大了眼睛。

「你在幹什麼？！」

珍妮讓她別出聲，推著床繼續往前走。護士跟著她們，明顯生氣了。「你在幹什麼？你不能就這麼……你知道現在幾點嗎？」

「就讓我們在這兒待一會兒。這很重要。這事真的不能等。我知道其他人在睡覺，我們不會吵醒他們的。」

她把床推到休息室的一角，匆匆給護士一個微笑。護士搖搖頭，沒說話，走了。珍妮從盥洗袋裡拿出連衣裙。她把它手洗了，還沒乾透。

「珍妮，你在幹什麼？我們要去參加派對嗎？」

珍妮笑了：「這是個驚喜，我告訴你了。但你可以認為是去參加派對。」

她溫柔地幫桃麗絲梳頭，還幫她撲上一點腮紅。

「口紅也要。」桃麗絲對她咂咂嘴巴。

珍妮把粉色和米色調和在一起，直到調出她知道桃麗絲喜歡的顏色，塗在她薄而乾燥的嘴唇上。她在床邊坐下，把電腦放在膝蓋。她再也忍不住了。

「桃麗絲，他還活著！」

「什麼？誰還活著？你在說誰？」

「我們，威利……我們找到艾倫了。」

桃麗絲幾乎跳起來，盯著她。

「艾倫！」她似乎嚇了一跳。

「他想見你，跟你通網路電話。威利現在和他在一起，我打過去給他。」說著，她打開銀色的電腦螢幕。

「不！他不能看到這樣的我。」她的眼睛緊張地一轉，臉頰比腮紅還紅。艾倫……

「他也很老了，不久於世了。這是你們最後的機會。你得勇敢地抓住它。」

「但萬一……」

「萬一什麼？」

「萬一他和我記憶中的不一樣呢？萬一我失望了呢？或者萬一他失望了呢？」

「只有一個辦法才能知道。冒個險吧。我現在打電話給他們。」

桃麗絲用毛毯蓋住自己的下巴。珍妮又把它拉下來。

「你很美。相信我。」

她點擊威利的名字，給他撥了過去。他立刻便接通了。

「珍妮，桃麗絲，你們好。」威利笑著招手。他眼睛下方的黑眼圈暴露了他最近的睡眠嚴重不足。「你們準備好了嗎？」

珍妮點點頭。威利把電腦轉向一位坐在深棕色絲絨扶手椅裡的人。桃麗絲盯著螢幕。他雙手交叉放在大腿上，小腿蹺在腳凳上，蓋著紅色的毯子。他的臉上滿是皺紋，臉頰凹陷。他的夾克耷拉在瘦削的肩上，和在巴黎的時候一樣。他的襯衫鈕釦一直扣到最上面，脖子上的皮膚鬆垮垮地掛在領口。他微笑著揮舞有點變形的手，瞇著眼睛看螢幕。威利俯身上前：

「珍妮，打開鏡頭。」他一邊說，一邊把電腦放在老人腿上。

珍妮抬頭看看桃麗絲。她直愣愣地看著艾倫的眼睛，嘴巴半張著。珍妮問她是否準備好了，她立刻點頭。

當艾倫看到病床上瘦削的桃麗絲時，一下子跳了起來。

「哦，桃麗絲。」他喘著氣，聲音裡充滿了哀傷。他伸出顫抖的手，好像想摸摸她。

他們倆靜靜地坐了好一會兒。珍妮在螢幕後面迫切地點頭，還打著手勢，想讓桃麗絲開口說話。最後，艾倫打破了沉默。

「我從來沒有忘記你，桃麗絲。」淚水從他凹陷的臉頰滾下。

桃麗絲伸手去摸珍妮掛在她脖子上的項鍊盒。她想把它打開，但顫抖的手指實在沒有力氣。珍妮幫她打開，桃麗絲把裡面的照片遞給艾倫。他瞇著眼看清楚，然後大聲笑起來。

「巴黎。」他喃喃地說。

「那幾個月是我一生中最幸福的時光。」她剛一開口，眼眶便噙滿了淚水。「我從來沒有忘記你。」

「你依然那麼美。」

「那是我一生中最幸福的幾個月。你……」她的喉嚨卡住了，眼睛失了神，轉向一邊。珍妮把一隻手放在她的手腕上，摸她的脈搏。很弱。桃麗絲的臉色又蒼白了。

「我到處找你。」她終於又發出聲來。

「我也到處找你。我給你寫信了。」

「發生了什麼？你在哪兒？」

「戰後我留在巴黎，待了好多年。」

桃麗絲擦擦眼睛：「你妻子呢？」

「她難產死了。孩子也死了。我後來又結了婚，但那是很多年以後的事了。我到處找你，我去了紐約，我寫了很多信。最後，我實在找不到了。你去哪兒了？這麼多年，你都在哪兒？」

「我為了你離開了紐約，去了歐洲。我本想去巴黎，但我到歐洲時法國仍然在打仗，那時候很艱難。最後我回到了瑞典，在斯德哥爾摩。」

「我從未停止對你的思念。我想念我們一起吃晚餐，一起散步……還有一起開車去普羅旺斯。」

桃麗絲靜靜地聽，幸福地回憶著。珍妮看到她臉上的喜悅，不禁濕了眼眶。突然間，桃麗絲的眼神恢復了生機。她顫巍巍地向艾倫飛吻，接著說：

「星空下的那個夜晚，你還記得嗎？多麼美妙的夜晚！」

「我把你從時裝秀拐走那次。」

「啊哈，你並沒有拐走我。你耐心地等到我結束，都在城堡外面的草地上睡著了。你記得嗎？我把你吻醒了。」

「記得。我記得我和你一起走過的每一步。那是我一生中最重要的時光。」

桃麗絲的聲音又變得虛弱、傷心：「你在紐約傷透了我的心。如果你那樣愛我，為什麼要這麼做？」

「我別無選擇，親愛的。因為你，我才去了歐洲。」

「什麼意思？你說你是因為戰爭才去的？你丟下了我！」

「我逃走了。當我知道你就在同一座城市裡時，我沒法再看我妻子的眼睛。我無法克制地想你。所以我逃走了，離開你們倆。」

他們靜靜地看著對方。背景裡，威利在清嗓子。珍妮湊過來看他是不是也在鏡頭裡，但螢幕上只有艾倫。她拿出手機，給他發了一顆紅心。

「我真不敢相信，你居然還活著。」桃麗絲微笑著對螢幕伸出手。他也伸出手，去接住她。

「哦，我的愛人。」他喃喃地說。

「你好遠，你為什麼在這麼遠的地方？」桃麗絲吸著鼻子，「我真希望自己能最後一次在你懷裡，希望你能擁抱我，吻我。」

「我不敢相信你這麼多年都在項鍊盒裡存著我的照片。如果我知道的話……我們本可以……我們本應……哦，桃麗絲……我們本應生好多孩子，幸福地在一起。」他用手捂住臉，垂下頭，但又努力直起來，含淚笑著，手指仍然蓋住了臉。「我們會在天堂見面的，我的愛人。我會在那兒照顧你的。我愛你，桃麗絲。從我第一次見到你的每一天，我都愛你。在我心裡，始終是我們，我們一直在一起。」

艾倫的聲音在空蕩蕩的走廊迴響。桃麗絲頭靠著枕頭，努力讓自己的眼睛睜著。她試著說話，但喉嚨似乎被堵住了，只能發出模糊的聲音。

珍妮坐在螢幕後面，擦乾眼淚。她探身向前，來到鏡頭裡。

「艾倫，你好。對不起，她太虛弱了，她恐怕支持不了多久了。」

「我可以的。」桃麗絲終於重新發出聲來。

「你睡吧，我的愛人，我會在這兒看著你睡著。你還是那麼美，和我記憶中的一樣。你是最美的。」

「你也和以前一樣，滿嘴大話。」桃麗絲疲憊地笑了。

「對你而言，再大的讚美之辭也不為過。沒有什麼比你更美了，從來都沒有。」

「我一直愛著你，艾倫。一直。每一年，每一天，每個小時。我們一直在一起。」

「我也一直愛著你。我會一直愛下去。」

桃麗絲笑了，她睡著時嘴角還帶著笑。艾倫靜靜地看著她。淚水從他的臉頰滾下來，他也不再去擦。

「我相信你們明天可以再聊。」珍妮又回到鏡頭裡。

「不，不，請你別關。求求你。我想再看她一會兒。」

珍妮對他笑了，含著淚，心痛地笑了。「我把電腦開著，你想關的時候隨時可以關。我理解。我懂。」

36

她仔細看著睡夢中的桃麗絲，不時又看看螢幕上的艾倫。他閉著眼睛坐在扶手椅上，很快也要睡著了。口袋裡的手機振動了。

她看到螢幕上威利的頭像，笑了。

「我理解了。」他溫柔地說，「我現在真的理解了。」

「是啊……愛。我想把這個送給桃麗絲，我不想讓她心裡帶著不快樂的愛離開。」

「我知道，我懂。還有，聽著，我愛你。你太棒了，你總能理解這種事。我真慶幸自己沒有失去你，我真慶幸自己能和你共度一生。很抱歉我有時像個傻子。」

「很高興你承認了。」

「承認什麼？承認我愛你還是承認我傻？」

「兩者都是。」她笑起來。

「真希望你也在這兒，這樣我就可以抱著你，久久地抱著。我知道這一切對你來說很不容易。我再次向你道歉。我並不是有意那樣漠不關心。」

「我知道。我也希望你在這兒，這樣你可以和她告別。」

桃麗絲哼了一聲，珍妮輕聲說了句「我得掛了，我愛你，拜拜」，便匆忙回到桃麗絲身邊。

艾倫看上去也睡著了，她把電腦螢幕蓋上，免得吵醒他。接著，她便在床邊坐下，用手試桃麗絲的額頭。她的皮膚涼涼的，但又有些汗涔涔的。桃麗絲的眼神開始迷離，似乎無法集中。珍妮跑去叫護士。

「艾倫，」桃麗絲喊道，「艾倫！」

一位護士跑過來，拉下桃麗絲的衣領，聽她的心跳。

「她的心跳不太好，我去叫醫生。」

「我們給她的一位老朋友打了電話，或許我不應該這麼做，不應該在半夜裡這麼做。」

珍妮哭了。

「不論你做什麼她都會死去的，寶貝。她年紀很大了。」護士走近珍妮，一隻胳膊摟住她，拍拍她的背，想讓她不再發抖。

「桃麗絲！桃麗絲，請醒醒！求求你，跟我說話……」

桃麗絲掙扎著，但只睜開了一隻眼睛。她看到了珍妮的目光。她的嘴唇發紫。

「我……祝願你……足夠的……」她聽起來精疲力竭，然後就閉上了眼睛。

「足夠的快樂，強健你的靈魂；足夠的痛苦，讓你更加珍惜生活中的幸福瞬間；還有足夠的相遇，讓你能經常有機會……道別……」珍妮的嘴唇顫抖著，淚水從臉頰流下。她把自己經常聽桃麗絲說起的這段話說完。

她先是喘著粗氣，接著喉嚨深處似乎堵住了，珍妮和護士都跳了起來。桃麗絲突然睜開眼睛，清澈的眼神直直地看著珍妮。

然後她便走了。

37

珍妮流著淚，拿出一支筆，緩慢地在封面內頁的名字上劃了一條細細彎彎的線。桃麗絲・阿爾姆。她在旁邊寫上「已逝」兩個字。她寫了兩遍、三遍、四遍。最後，整頁紙都被寫滿了。

她面前的桌子上放著從醫院帶回來的桃麗絲的遺物。有幾件首飾。項鍊盒。粉色連衣裙。她入院時穿的衣服，一件深藍色的泡泡袖短上衣，還有一條灰色的羊毛褲，已經被剪開了。一個手提包，裡面是她的錢包和手機，手機仍然開著。還有電腦。她該怎麼處理這些東西呢？任何一件她都不可能丟掉。公寓也得保持原樣，至少得保持一段時間。她四處看看，用手摩挲著粗糙的桌面。桃麗絲一直用這張桌子。公寓裡的一切都沒有變過。

突然，她想起桃麗絲寫的關於信的部分。除了她找到的兩個盒子以外，一定還有別的盒子。她跑進臥室，在床邊趴下。她看到角落裡有一個已經生鏽的鐵盒。她把鐵盒搆出來，吹掉上面厚厚的灰塵。她把它打開，吸了一口氣。裡面有好多信。她今晚要把它們讀完。

蒂拉正在廚房裡乒乒乓乓地敲著鍋碗瓢盆，玩得正開心。珍妮沒有管她，背靠著女兒坐下，免得讓她看到自己流淚。可憐的小女娃這些天被忽視了，但好在她不會記得。好在她還太小，還不懂。

珍妮很累。她最近整夜整日地不眠不休，現在，隨著夜幕降臨，她感覺渾身痠痛，眼睛也腫了。她草草地抹了一把臉，頭枕在手上，趴在桌子上休息。她內心深處的那個小孩子失去了唯一的港灣。她不想當母親。不想當大人。她只想像胎兒一樣蜷曲著，一直哭到眼淚流乾，直到桃麗絲回來抱住她。她感到淚水又湧上來了，無法抑制地哭了起來。

「媽媽傷心。」蒂拉用力拍她的腿，拉她的上衣。珍妮抱起女兒，緊緊地擁抱她。小女娃用圓圓的胳膊摟住媽媽的脖子。

「媽媽好想念桃麗絲，寶貝。」她輕聲說著，吻女兒的臉頰。

「醫院。」蒂拉說著，想回到地上。她跑到自己的嬰兒車前，但珍妮搖搖頭。

「不，現在不用，蒂拉，玩一會兒這個吧。」她把手機遞給女兒。「我們不用再去了。」她對自己說。

她打開桃麗絲的電腦螢幕，按下開機鍵，看著圖示一個個顯示在桌面上。有兩個資料夾。一個叫「珍妮」，一個叫「便條」。她點開「珍妮」，瀏覽裡面的文件。大部分她都讀過了，是列印出來的那部分，不過裡面還有一個資料夾，叫「死亡」。這個單字讓她渾身一顫。她頓了頓，點開了。裡面有兩個檔案，一個叫《桃麗絲的遺囑》。遺囑很短，她寫道所有遺產都歸珍妮所有，還提到在她的書桌下方有一份列印好並公證過的版本。桃麗絲希望在自己的棺材上放上紅玫瑰，還希望葬禮上演奏爵士樂而不是唱聖歌。此外還有一小段留言：

別害怕生活，珍妮。生活。享受生活。開懷大笑。生活不會取悅你，你要去享受它。不管什麼時候，當機會來臨，要敢於抓住它，好好地利用它。

最重要的是，我愛你，一直愛你，永遠別忘了這一點。我親愛的珍妮。

下面還有一小段：

附：寫作！這是你的才華。才華應該用起來。

珍妮含著淚笑了。事實上，寫作是桃麗絲的才華所在，尤其當她讀了桃麗絲的回憶之後。寫作是桃麗絲的夢想。但也是珍妮的。她終於對自己承認了這一點。

她打開第二個檔案，慢慢讀起來。逐字逐句。這是桃麗絲的絕筆。

A. 格斯塔・尼爾森 已逝

幾乎所有的人都死了。所有我跟你提過的人。所有在我生命中留下印記的人。格斯塔去世時，我就坐在他的床邊。我握著他的手。他的手很溫暖，然後便一點一點地變涼。我沒有鬆開，直到我知道生命已完全離他而去，只剩下軀殼。他是老死的。他是我此生第二愛的人。柏拉圖式的愛。一位我可以依靠的朋友。我住在多明尼克家時，他看到我童真的一面，即使我的頭髮慢慢花白，他仍然看到我內心的天真。

現在我要把格斯塔的秘密告訴你。他在世時，我向他保證絕不說一個字，我信守了自己的諾言。但我不想帶著秘密踏進墳墓，所以我放心地把它們交給你。

我的公寓有一間密室。方圓兩米的面積，在保姆間的壁櫥後面。你把最裡面的踢腳板移開，就可以進去了。

裡面藏著格斯塔畫的巴黎，是他最珍愛的寶藏。它們一直放在那裡。都是關於他最鍾愛的城市的美麗畫作。巴黎是格斯塔心中的城市。

那些畫現在都是你的了。如果你想讓世界看到它們，就在巴黎的博物館展出吧。他會感到驕傲的。

A. 愛麗絲・安德森 已逝

最後一章。你的母親。自你記事開始，她的命運始終是你的夢魘。不論我寫什麼，都不會改變她在你心中的形象——一次又一次嘗試、但一次又一次失敗的母親。不論我寫什麼，時光都不會倒流，都不能讓她插進胳膊的針頭掉在地上斷掉。

但我可以讓自己釋然。我可以把我從來不敢說出來的話告訴你。這些年，這些話一直折磨著我。我希望你讀到這裡時，我已經死了。如果我還沒死，請求你相信這是唯一正確的版本。如果你還有其他問題，還想知道更多，我也無能為力了。

都是我的錯。在愛麗絲最需要我的時候，我拋棄了她。不止一次，而是好幾次。從我離開那座房子，把一個哭泣的嬰兒丟給一個年老多病的奶奶時，當我為了艾倫去法國時，這一切就開始了。我離開時，愛麗絲在哭，但我還是關上了門。我心裡只想著自己，還有對未來幸福的希望。你總覺得我是關心你們、幫助你們的人。但那時不是這樣。那時我只想著自己，想著自己的未來。因為我心裡只有這些，我的未來就變得比愛麗絲的更重要。每次你的外祖父卡爾寫信求我回去，我都把信扔進了垃圾桶。她過生日的時候，我會給她寄禮物，但僅此而已。一個昂貴的泰迪熊，或是一件漂亮的裙子。彷彿禮物可以彌補我虧欠她的陪伴。

毒品從來都不是問題的根源。而是她生命的開端。從一開始，她就缺少安全感。那種安全感的缺失使她容易被毒品所吸引，因為毒品幫她逃離現實中的恐懼。否則，她會是一個更好的母親。

我經常試著跟她聊天，想讓她從過去中走出來，看到生命中美好的一面。但她只是搖搖頭。有一次，她告訴我，她只有在毒癮中才能感到幸福。毒品讓她飄飄然，讓她的問題全部消失。

你出生時，卡爾打電話告訴我，我才第一次回到紐約。那時格斯塔剛剛去世，只剩下我一個人。我第一眼就愛上了你。我握著你的小腳，看著你。你一歲時，我又去了紐約。還有你四歲、五歲、六歲，之後每年我都回去看你，直到你上大學。

我失去過一個孩子，一個我不想要的孩子。我甚至從未把它看作自己的孩子。但在那之後，我一直有一種空蕩蕩的感覺。是你填補了那個空缺。你成為我的一切，愛你太容易了。你給了我彌補的機會，我向自己發誓，不能讓任何不好的事發生在你身上，要讓你得到人生中所需要的全部支援。因為人生很難，珍妮。人生很難。

答應我，你不會再責怪你死去的母親。我相信愛麗絲是愛你的。原諒她吧。我本應像照顧你那樣照顧她。但我沒有。是我的錯。請原諒我。

尾聲

他們坐在珍妮家廚房的地板上，按郵戳上的日期把信封整理好。他們把沒有拆封的信打開。艾倫的曾侄女瑪麗坐在珍妮旁邊。是她打電話來通報了艾倫的死訊。他在桃麗絲去世之後不到四十八小時也去世了。她也發現了一些信。

這些信封都有兩個共同點：收件人上都印著「地址不明」，都被退回給了寄件人。

一九四四年十一月七日
留局待取　艾倫·史密斯，巴黎

親愛的艾倫，

對你的擔心折磨著我。我沒有一天不想著你。我在新聞報導裡找你的臉，一個一個士兵地看。希望你已經平安離開了巴黎，回到了紐約。我現在在瑞典，在斯德哥爾摩。

你的桃麗絲

一九四五年五月二十日
留局待取　桃麗絲·阿爾姆，紐約

桃麗絲，我還活著。戰爭終於結束了，我每天都想著你。你在哪兒？我想知道你和你妹妹過得怎麼樣，你們好嗎？寫信給我。我會留在巴黎。如果你讀到這封信，就回來。

你的艾倫

一九四五年八月三十日
留局待取　桃麗絲．阿爾姆，紐約

親愛的桃麗絲，

我真希望有一天你會走進郵局，讀到我的信。我能感覺到你還活著，你一直在我心裡。我想重新和你在一起。我仍然在巴黎。

你的艾倫

一九四六年六月十五日
留局待取　艾倫．史密斯，紐約

有時，我懷疑你是否只存在我的夢裡。我每天都會至少想你一次。求求你，親愛的艾倫，給我一個信號。只要一句話就可以。我還在斯德哥爾摩。我愛你。

你的桃麗絲

一九四六年，一九四七年，一九五〇年，一九五三年，一九五五年，一九六〇年，一九七〇年……他們一生都在給對方寫信。來來回回的短信，和對方擦肩而過。要是……假如……

珍妮和瑪麗相視而笑。

「難以置信。他們一生都愛著對方。」

每一塊墓碑下都安息著愛。如此多的愛。
驀然回首，整個人生從此改變。
公園長椅上的十指相扣。
父母對新生寶寶愛的凝視。
深厚到不需要激情的友誼。
兩個人融為一體，一次又一次。
愛。
區區一個字，卻承載了許多。
歸根結柢，只有愛最重要。
你愛得足夠嗎？

國家圖書館出版品預行編目(CIP)資料

紅色地址簿/蘇菲亞.倫德伯格作;華靜文譯.--初版.--
臺北市：春天出版國際文化有限公司, 2023.02
面；公分. --(春天文學；26)
譯自：Den röda adressboken.
ISBN 978-957-741-645-2(平裝)

881.357 112000785

春天文學26

紅色地址簿 Den röda adressboken

作　者　蘇菲亞・倫德伯格
譯　者　華靜文
總編輯　莊宜勳
主　編　鍾靈
出版者　春天出版國際文化有限公司
地　址　台北市大安區忠孝東路四段303號4樓之1
電　話　02-7733-4070
傳　眞　02-7733-4069
E-mail　frank.spring@msa.hinet.net
網　址　http://www.bookspring.com.tw
部落格　http://blog.pixnet.net/bookspring
郵政帳號　19705538
戶　名　春天出版國際文化有限公司
法律顧問　蕭顯忠律師事務所
出版日期　二〇二三年二月初版
定　價　340元

總經銷　楨德圖書事業有限公司
地　址　新北市新店區中興路二段196號8樓
電　話　02-8919-3186
傳　眞　02-8914-5524
香港總代理　一代匯集
地　址　九龍旺角塘尾道64號 龍駒企業大廈10 B&D室
電　話　852-2783-8102
傳　眞　852-2396-0050

ISBN 978-957-741-645-2　Printed in Taiwan